KB272979

문화로 노는 시니어

문화로 노는 시니어

문무학

뜻밖에

　『문화로 노는 시니어』라는 제목을 붙인 이 책은, 2024년 『책으로 노는 시니어』, 2025년 『예술로 노는 시니어』에 이어지는 시니어의 생활 실천기다. 한 달 4주를 주기로 해서 독서, 예술, 여행, 스포츠 중 한 가지를 실천하고 그 느낌을 정리하여 문화로 논다는 당돌한 이름을 붙인 것이다.

　3년째 같은 방식으로 책에서 예술로, 예술에서 문화로 분야를 넓혀가며 실천기를 쓰고, 시리즈 형식으로 책을 출간한다. 앞서 출판된 책들은 크게 기대하지 않았지만, 큰글자책으로 출판되기도 했고, 한국출판진흥원의 전자책, 오디오북 제작 지원 도서로 선정되기도 했다.

　이 책에 실린 글을 쓰기 위해 나는 책을 읽고, 예술을 감상하고, 여행하고, 스포츠를 즐겼다. 그러니까 무엇보다 자존감이 높아지고, 어제보다 오늘, 내 가슴이 더 넓어지는 것 같다. 그래서 좋다. 이렇게 꾸준히 글을 쓰고 싶고, 책을 내고 싶은 욕구를 충족시켜 주기도 하지만 내가 살아있음을 확인해 준다.

　해야 할 일이 있다고 생각하는 삶은 나이가 많아도 젊은 삶이다. 아무것도 하지 않거나, 할 수 없다고 생각하는 삶은 나이가 적어도 늙은 삶이다. 정말 아무것도 할 수 없을 때까지 무엇인가를 하기만 한다면, 그 일이 젊음을 지켜줄 것이며, 몸이 늙지 않을 수는 없지만, 정신이 늙는 시간을 조금이라도 늦춰 줄 것이다. 나는 그 사실을 굳게 믿는다.

영국에서 태어나 미국에서 사망한 부흥사 George Whitefield는 "나는 녹슬어 없어지기보다 닳아서 없어지기를 바란다."는 말을 남겼다. 시니어들이 들어야 할 말 중에 이 보다 더 귀한 말이 있을까 싶다. 그냥 늙는 것은 녹스는 것이다. 몸이든 정신이든 닳아서 쓸 수 없을 때까지, 백두산이 닳도록 나라 사랑하듯이 쓰는 것이 시니어의 괜찮은 삶이 될 것이다.

삶에 녹이 슬지 않게 하려면 어떻게 해야 하는가? 꼭 이렇게 살아야 한다고 말하기는 어렵지만, 할 일 만들어서 내 삶이 녹슬지 않도록 해보는 것이 참 괜찮다고 말하고 싶다. 그냥 생각한 것을 말하는 것이 아니라 3년을 그렇게 실천해 보니까 삶에 녹이 슬지 않는다는 사실을 경험했다. 그래서 권하고 싶다. 이 말이 책을 내는 진짜 이유다.

2026년 1월
송하석경재에서 문무학

차례

짧아도 깊은 소설들

고골리(N. V. Gogol) 지음, 김영국 옮김,
『외투·코』, 범우사, 2014(범우문고 171).

니콜라이 바실리예비치 고골리(Nikolaj Vasil'evich Gogol). 지금 러시아와 전쟁을 벌이고 있는 우크라이나 출신 작가다. 풀 네임으로 그의 이름을 읽어보면 어떤 운율이 생기는 것 같아 자꾸 읽어보게 된다. 알렉산드르 세르게예비치 푸시킨과 더불어 러시아 근대문학의 개척자로 불린다. 1834년 페테르부르크대학 세계사 담당 조교수가 되었으나 그만두고 이듬해 작품집 『아라베스크』, 『미르고도르』를 출판했다.

관료주의의 부패를 비판하여 반대주의자들의 공격을 받아, 36년 러시아를 떠나 파리에서 「죽은 혼」을 집필하였다. 「외투」는 39년 파리에서 집필을 시작, 41년 모스크바에서 완성됐고 43년 출판되었다. 41년 「죽은 혼」을 탈고했으나, 모스크바 검열위원회에 제출한바 출판 불허로

42년 일부 개작 출판되었다. 그 후 모스크바에서 「죽은 혼」 제2부를 완성하려 했으나 뜻을 이루지 못하고 정신적 고뇌와 사상적 동요, 착란 상태에 빠져 1852년 43세로 사망했다.

「외투」는 "키는 작고 살짝 곰보에다가 머리칼은 약간 붉은 기가 돌고, 보기에 시력이 나쁜 것 같고, 이마는 약간 벗겨졌고, 양 볼에는 주름살이 잡혔고, 안색은 이른바 치질 환자 같"은(18쪽) 아카키 아카키에비치 만년 9등관, 그는 사교성이 없고 요령이 없어서 다른 사람들로부터 멸시와 학대를 받는 인물이다. 자기 일에 열심이지만 외투 하나 없이 추운 날씨에 고통을 겪는다. 하루 두 끼만 먹는 등의 절약 생활을 하며 외투를 새로 맞추기로 한다.

그는 정서淨書를 하며 다채롭고 즐거운 자기 세계를 가지고 있다. '마음에 드는 글자'를 만나면 히죽히죽 웃기도 한다. 그는 곧 장만하게 될 외투를 항상 머릿속에 생각하면서 정신적으로 충실한 시간을 보내고 살아있는 것 자체를 만족스러워한다. 그가 하는 일, 정서가 즐거운 세계이고 외투가 인생의 목적이 된 폐쇄된 세계 속에서 살아간다.

드디어 새 외투를 입은 첫날 "수위실에서 그는 외투를 벗어 그것을 한 바퀴 휘둘러보고 수위에게 잘 보관해 달라고 신신당부하였다."(50쪽), "모두들 그에게로 몰려와

새 외투를 축하하는 뜻에서 한잔해야 한다느니, 적어도 전원에게 어디선가 저녁을 한턱내야 한다고 말하기 시작했을 때" 당황했으나 계장 보좌관이 "내가 아카키 아카키예비치 대신 자리를 마련할 터이니, 오늘 저녁 우리 집에 와서 차라도 마셔주기 바라오, 오늘은 마침 내 명명축일命名祝日이오."(50~51쪽) 했다. 그 집의 초대에 갔다 돌아오는 길에 불한당에게 외투를 빼앗기고 만다.

강탈당한 외투를 찾기 위하여 경찰서를 찾아가고, 구 경찰서장은 사건을 뭔가 몹시 기묘하게만 받아들였다. 동료들은 경찰로는 안 되고 유력한 인사를 찾아가야 한다고 했다. 어렵사리 유력 인사를 찾아가지만 "뭐야, 자네는?" "절차를 모르는가? 잘못 찾아왔군!" 하는 호통에 놀라고, 돌아오는 길에 순식간에 후두염에 걸려서 다음 날 아침 시체로 발견된다.

그 후 도시에는 밤마다 유령이 나타나 외투를 뺐는 소동이 일어난다. 아카키 아카키예비치가 죽어 유령이 됐다. 유령의 입이 어그러지고 무덤의 송장 내음이 확 풍기면서 다음과 같은 말을 했을 때 유력한 인사의 공포는 극도에 달했다. "아아! 드디어 네놈을 만났구나! 마침내 난 네놈의 덜미를 잡았다! 난 네놈의 외투가 필요해! 내 외투에 대해서 힘은커녕 호되게 책망까지 하고…… 이젠 네놈의 것이 필요해."(79쪽) 하며 유력한 인사의 외투를 뺐고 나서야 유령은 사라졌다.

「코」는 1833년부터 1835년 초에 걸쳐 집필되었다. 고골리는 이 원고를 잡지《모스크바의 관찰자》에 보냈으나 속악俗惡하고 진부한 작품이라고 게재를 거부당하였다. 이것을 다시 고쳐 푸시킨이 주재하는 잡지《현대인》에 발표하였다. 이때 작가는 페테르부르크대학 세계사 강좌 조교수로 있었으며 중편「네프스키 거리」, 「타라스블리바」, 「초상화」, 「광인일기」 등을 집필하며 왕성한 창작 활동을 했다.

「코」의 주인공 8등관 코발로프, 그는 제 직위에 만족하지 못하며 사는 말단 공무원이다. 어느 날 아침 눈을 뜬 그는 자신의 코가 사라진 것을 발견하게 되고 사라진 코를 찾으러 돌아다니다가 자신보다 높은 직급의 코를 만난다. 그는 코에게 말을 걸려고 하지만 무시당한다. 그렇게 코를 원래대로 되돌리지 못하다가 여러 가지 진기한 사건이 벌어진 다음 코가 제자리에 돌아온다는 기상천외한 이 이야기에는 구구한 해석이 있다.

온갖 사물에 엉겨 붙은 난센스를 그로테스크한 수법으로 묘사한 해학문학이라고 하는 설에서부터 코에 직위의 상징성을 인정하여 5등관의 모습을 한 코라고 하는 것은 주인공 코발로프의 추한 출세욕을 보여준 것이라고 하는 설, 코의 성적인 상징성을 인정하여 코의 소실이라고 하는 그로테스크한 사건을 성적 콤플렉스 현상으로 묘사한 것이라는 프로이트식 해석에 이르기까지 여러 가지다.

인간 고골리의 눈으로 보면 이미 인간이 아니라는 것을 나타내기 위한 것이다. 여기서 현실은 비현실이고 비현실이 현실이라고 하는 고골리의 독특한 사물의 역전 관계를 볼 수 있다. 코발로프는 본래 코가 없는 존재로서 코를 가진 코발로프란 가정의 존재에 불과하다. 그 코발로프가 코를 찾아 헤매며 큰 소동을 벌이고 코를 가지고 있는 자기가 참자기인 것처럼 깊이 생각하는 데서 웃기는 것이다.

막 구워낸 빵에서 나온 구워지지 않은 코, 카잔스키 대성당에서의 코와 코발트와의 대화, 코의 광고에 대한 이야기, 돌아온 코가 붙지 않는 사건, 이에 관한 오해에서 생긴 포트토치나 부인과의 편지 왕래, 마지막에 이발사 이반 야코블레비치가 면도하는 장면, 어느 것을 보더라도 자세히 묘사된 코를 둘러싼 일화이며 웃음이다. 이 작품의 주인공은 얼른 보아 코발로프처럼 보이나 사실은 코 자체이다.

이야기의 마무리는 그야말로 황당하게 끝난다. 이 작품의 마지막 단락에서 "글을 쓴다는 자들이 어떻게 이런 주제를 다룰 수 있었을까 하는 것이다. 솔직히 말해 이것은 전혀 이해가 불가능하다. 이것은 마치…… 아니, 아니, 전혀 모르겠다. (중략) 누가 뭐라고 하든 이와 같은 사건이라는 것은 세상에 있을 수 있는 법이다. …… 흔치는 않겠지만 있을 수 있는 것만은 확실하다.”고 썼다.

벨린스키는 「외투」를 “고골리의 가장 깊이 있는 창작의 하나”라고 말했고, 도스토옙스키는 “우리는 모두 「외투」에서 나왔다.”고 말했다. 그 이유는 어디 있을까? 그것은 전체 체제의 사회 하층에서 무기력하게 살고 있는 이른바 ‘작은 사람들’이 필연적으로 패배하지 않을 수 없는 운명을 인도주의적인 정신으로 묘사하여 눈물을 통한 웃음이 정점에 도달했다고 보았기 때문이었다. 「코」의 주인공도 말단 공무원이다. 따라서 같은 선상에 놓이는 작품이다.

고골리의 단편 「외투」와 「코」는 눈물을 웃음으로 포장해 가난하고 힘없는 사람들을 무시하는 사회에 경각심을 불러일으키는 작품이다. 여기에서 귀재로서 고골리의 진수를 엿볼 수 있다. 작가가 진정으로 드러내고자 한 것이 웃음이 아닌 눈물이란 것을 말해주는 것이다. 눈물을 웃음으로 적절히 표현해 낸 것에, 이 작품의 훌륭함이 들어 있다. 시쳇말로 ‘웃픈’ 단편이다. 짧아도 결코 짧다고 말할 수 없는 작품들이다. 짧아도 깊은 소설이다.

1. 신득렬, 『에픽테토스의 인생철학』, 태일사, 2024.

"그는 즐거움을 위해 그리고 어떤 종류의 지식을 얻기 위해 독서한다면 경솔하고 게으르다고 생각했다. 올바른 목적을 위해 독서를 한다면 행복하게 될 수 있다는 것이다. 그는 독서가 행복을 가져다주지 않는다면 무슨 소용이 있는가 하고 물었다. 그는 즐거움이나 지식 획득보다 더 차원 높은 인생의 목적인 행복을 염두에 두고 독서를 하라고 요청하고 있다." (42쪽)

"현자는 완전한 사람이 아니라 완전해지려고 노력하는 사람이라는 것이다." (74쪽)

"교육받지 못한 사람은 자신에게 나쁜 일이 생기면 다른 사람들을 비난한다. 교육받아 성장하고 있는 사람은 자신을 나무란다. 이에 비해 잘 교육받은 사람은 남도 자기 자신도 비난하지 않는다." (133쪽, 2부 『편람』, 〈5. 사물과 사물에 관한 의견〉에서)

2. 성국회 시조집, 『당신이 오시기에 12월은 봄입니다』, 목언예원, 2024.

"아, 나는 당신 곁에 詩로 썩어 문드러져" (「순장」 둘째 수 중장)

3. 이선정 시집, 『고래, 52』, 달아실 2024(1판 4쇄).

"이성선 시인의 관 위에 손을 얹었었던/ 그가 가고, 나는 비로소 「덧니」를 읽는다// 낙엽, 우주가 내 몸에 손 얹어오듯/ 어찌하여 결별했던 시인 하나가 떠오르는가(이하 생략)"(「쉬 - 故 문인수 시인을 추모함」)

 * 문인수 시인의 「쉬」에서 제목과 본문 차용함.

문인수 시인의 시 「덧니: 이성선 시인을 추모함」 "그의 棺 위에 손을 얹었다."로 시작하여 이성선 시인의 시 「미시령 노을」 중 "낙엽, 우주가 내 몸에 손을 얹었다."를 마지막 행으로 했다.

을사년 으쌰으쌰, 80 초반

일시: 2025. 1. 11. 08:20
장소: 파미힐스(남○수, 배○업, 이○국)

1995년 골프를 시작했다. 그러고 보니 올해가 30년이 되는 해다. 그전부터 권유도 받았고, 하고 싶기도 했지만, 대학원 박사과정에 재학 중이어서 학위 받고 나서 하겠다며 미루어 왔다. 드디어 1995년 2월 학위를 받고 3월부터 골프를 시작하게 되었다. 당시 동대구역 남쪽에 동대구 호텔이 있었고, 그 도로 건너에 동대구 골프 연습장이 있었다. 그 연습장에 처음으로 등록을 했다. 매일 퇴근 후에 가서 1시간 이상씩 연습했다.

처음엔 안 하던 운동이라 그런지 전신이 아프고 불편했다. 세상에 쉽게 되는 일이 없지만, 골프를 즐기는 것도 상당한 준비가 있어야 한다는 것을 알게 되었다. 참 뜻대로 되지 않았다. 연습장을 탓해서 될 일이 아니었지만 하도 잘되지 않아서 연습장을 옮겼다. 수성 호텔에 붙어있었던 연습장으로 옮겼다. 그러나 운동 신경이 둔해서 그런지 참으로 잘 안되었다. 꾸준히 하는 수밖에 다른 도리가 없었다.

그러다가 좀 나아져서 실내 연습장으로서는 거리가 좀 있는 냉천 골프 연습장으로 옮겼다. 거기서 중학 동창 김용규를 만나 그가 드라이버를 바꿔주기도 하고 레슨비까지 지불해 주며 열심히 하도록 도와주었다. 당시 그는 싱글 골퍼였다. 내가 연습하는 걸 보고 "노동하지 말고 연습하라."고 한 말이 잊히지 않는다. 처음 필드에 나간 것은 그해 하반기였을 것이다. 선산 컨트리클럽으로 기억되는데 누구하고 쳤던가는 잘 기억나지 않는다.

그렇게 해서 당시 근무하던 영남일보 직원들과 대구 CC, 파미힐스, 선산, 경주 등 지역의 여러 골프장에서 라운드했다. 97년 IMF를 맞았다. 직장에서는 월급이 대폭 삭감되어 경제력도 없었고 사회적 분위기도 골프장에 나갈 엄두를 내지 못하게 하였다. 어렵게 시작한 골프를 하는 수 없이 쉬었다. 그때까지만 해도 골프는 대중적으로 보지 않았다. 그리고 골프장 관리를 위한 제초제 사용이 환경에 큰 영향을 끼친다고 색안경을 끼고 보던 시대였다.

IMF 위기가 지나고 다시 채를 잡았다. 골프 모임에도 가입했다. 대학 동창 이ㅇ태 씨가 소개해 淸波曾 회원이 되었다. 2006년 5월 13일이었다. 올해 이 모임의 총무를 맞게 되어 장부를 살펴보니 2월에 게스트로 참석, "감포 제이스 씨사이드 13번 홀 이글, 캐디피와 그늘집 경비 250,000원 스폰서"라는 기록이 있다. 동반자 이ㅇ태, 배ㅇ업, 성ㅇ식 회원이 해준 EAGLE 기념패가 있다. 그러니까 회원이 되기 전에 게스트로 초청되어 라운드 했던 모임이다.

가입 이후 매월 둘째 주 토요일 정기 모임을 가지고 있다. 2025년 1월 18일 월례회는 남아웃 코스 8시, 8시 7분 두 팀. 우리 팀은 남ㅇ수, 배ㅇ업, 게스트 이ㅇ국, 나 네 사람이었는데 남ㅇ수 씨가 86타로 1위, 나머지 세 사람은 88타 동타를 쳤다. 두 팀 모두를 합친 결과는 박ㅇ관이 82타로 우승, 이ㅇ태 준우승, 메달 남ㅇ수, 롱게스트 문무학, 니어리스트 류ㅇ복이 차지했다. 나보다 남ㅇ수 씨가 조금 더 멀리 갔지만 메달에 등극해 롱게스트상이 내게 돌아왔다.

골프장에 갈 때는 언제나 오늘은 잘 해봐야지 다짐하고 가지만, 경기를 끝내고 나면 언제나 불만이다. 그 샷을 그렇게 해서는 안 되는 것이었는데 하는 것이 너무 많은 것이다. 오늘도 6번 숏 홀에서 OB만 내지 않았다면 괜찮은 성적이었다. 그 홀에서 OB를 내본 적도 없는데 오늘은 그런 공이 나온 것이다. 원인은 샷의 불안정. 백스윙을 충분히 하지도 않고 다운스윙에 들어가고 공을 보지도 않은 것이다. 안되는 이유까지 알지만 몸이 따라 주지 않는다.

오늘 가장 잘 친 홀은 IN 코스 5번 롱홀이었다. 롱게스트를 뽑는 홀, 드라이버가 그런대로 맞았다. 그리고 세컨드샷도 잘됐다. 써드샷이 그런 Edge까지 가서 버터로 홀컵에 붙여 파를 잡았다. 이 롱홀에서 오랜만에 파를 잡았다. 백스윙을 끝까지 하고 공을 바라보았으며, 버터에서도 거리 계산을 제대로 했기 때문이다. 이어진 숏홀에서도 8번 아연으로 붙여 버디 찬스가 왔는데 아쉽게 놓치고 말았다.

골프는 이런 재미다. 안될 땐 안되다가도 또 잘 될 땐 이렇게도 되는 것이다. 오늘은 OB한 방이 최대의 실수였다. 차분하지 못했던 탓이다. 골프에서뿐만이 아니라 다른 일에서도 차분해야 하는데 그것이 잘 안되는 것이다. 신중하자, 신중하자. 다짐한 것도 한두 번이 아니건만 골프채만 잡으면 왜 그리 바빠지는지……. 아무튼 2025년 골프장에 자주 나갈 수 있길 바란다. 올해의 스코어 목표는 80대 초반 유지. 신중하기만 하면 어렵지 않을 것이다.

2025년 새해 인사로 쓴 시 「을사년을 맞으며」를 읊조리며 다짐해 본다.

을사년 으쌰으쌰, 으쌰으쌰 2025
삼백예순닷새 내내 너도 으쌰으쌰
몸 편히 마음도 편히 으쌰으쌰 아보하

시조의 품, 예술의 통섭

김일연 시평집,『시조의 향연』, 책만드는집, 2024.

평론집은 여유롭게 읽는 책이 아니다. 얼마간의 긴장을 갖고 읽는 경우가 많다. 그런데 이런 평론집 읽는 내 태도를 바꾸게 하는 책이 있다. 김일연의 시평집『시조의 향연』이 그것이다. '향연'은 특별히 손님을 대접하는 잔치라는 의미를 갖는다. 그렇지만 이 책 제목의 '향연'은 그리스 문화인들이 한곳에 모여 '사랑'을 여러 관점에서 이야기한 플라톤「대화」편의 의미를 차용한 것으로 보인다. 그렇게 한 까닭은 '사랑'이 아닌 '시조'에 대한 논의를 '사랑'만큼 펼치겠다는 의도라는 걸 쉽게 알아차릴 수 있다.

그 발상이 좋다. 그것이 이 책의 품격을 높이는 데 얼마간 기여하기도 한다. 10여 년간《시조 21》'내가 읽은 단시조'란에 연재한 것을 모은 것으로 집필 기간이 길었다. 그동안 단시조 150여 편에 대한 평을 쓴 것이다. 그런데 나는 이 책을 읽어나가면서 평론집이라는 생각보다 창작 지도서, 혹은 수필집 같다는 생각이 들었다. 경어체 문장이어서 딱딱하지 않았다는 데 이유가 있는지도 모르겠다. 무슨 이론, 이론하면서 머리로 끌고 가는 것이 아니라 가슴에 가만히 내려앉는 글이었기 때문이기도 하다.

「들어가는 말」에서 "이런 것이다, 또는 저런 것이다. 단순하고 소박하게 격을 논할 만큼 시조는 가볍거나 얕지 않다. 시대의 무게를 안고 살아온 사람들의 기쁨과 슬픔뿐 아니라 그들의 사유와 삶의 고비에서 맞은 회오리 같은 고통과 격정을 살피고 보듬으며 오늘에 닿은 시조의 품은 그 살아온 시간만큼 너르고 깊고 진중하다. 그러한 품의 시조가 한 수의 단시조일 때 가장 은근하고 활달하게 자신을 드러낸다는 것이 참으로 놀랍지 않은가?"에서 왜 단시조만을 읽었는가? 라는 의문은 풀린다.

김일연은 이 책의 곳곳에 문학에 관한, 예술에 관한, 시조에 관한 특히 단시조에 대한 견해를 뚜렷하게 밝히고 있다. 그런데 그 견해가 예술은 예술만으로, 문학은 문학만으로, 시조는 시조만으로가 아니라 모든 예술의 통섭에서 다루었다. 그 견해가 미덥다. 시조는 결국 문학을 넘어 예술이 되어야 하기 때문이다. 시조는 시이며 시는 문학이고, 문학은 예술이라는 인식하에서 시조를 바라보아야 한다는 평소의 내 생각과 궤를 같이하고 있어 공감의 폭이 넓었다.

이렇게 큰 틀에서 시조를 바라본다는 근거는 그가 시조를 해석하는데 다른 장르의 예술 작품을 끌고 와서 공감하게 하는 것이다. 가장 많이 끌고 오는 것이 명화이지만, 그 명화도 동서양의 명화를 가리지 않았다. 그림뿐만 아니라 영화를 끌고 오기도 하고, 소설을 끌어들이기도 했다. 심지어 채플린이나 배삼룡을 끌어오기도 하고(128쪽), 마르셀 프루스트의 『잃어버린 시간을 찾아서』, 게오르규 『25시』, 데이비드 리스먼의 『고독한 군중』 등 단시조 한 수로는 거리가 있을 대작들을 언급함으로써 시조에 깊이를 더하고 있다.

이러한 집필 의도는 "문학은 해피엔딩을 꿈꾸는 비극"(17쪽)이라거나, "인간의 상처를 봉합하는 잡업이 시이며 음악이며 그림이라."(20쪽)는 인식에 기반을 두고 있다. 문학이 무엇인가를 전제하고, 시와 음악과 그림이 인간의 상처를 봉합하는 일에 기여하는 것들이라고 줄 세운 것이다. 여기에서 예술 장르에는 우열이 없다는 사실을 말해주고 있다. 시조가 시고 시는 문학이며, 문학은 예술이라는 사실을 드러낸 것이다.

문학 장르에서 "시는 삶 그 자체이며 삶을 삶보다 더

진실하게 드러내는 은유다.”(37쪽)라는 입장을 견지하며, “나의 경험에서 우러나는 간절함이 없는 시는 그것이 없는 삶처럼 거짓된 것,”(229쪽)이라고 단언하기도 한다. 또한 “간절함이 시의 깊이를 만든다고 했습니다. 간절함이 없는 시에서 우리가 읽는 것은 언어의 유희일 뿐”(262쪽)이라는 견해는 그의 시관이 분명히 드러나는 대목이다.

그다음 시에서 다시 시조로 오면서 “절제는 시조의 정신력이며 용기라고 합니다.”(35쪽), “운율은 곧 반복이며, 운은 위치의 반복, 율은 거리의 반복입니다.”(23쪽), “시조에서는 불필요한 반복을 경계하고 있습니다만 시조는 반복을 좋아합니다.”(170쪽) 등을 주장하며 결론적으로 이 책의 마지막 페이지에 이르러 “시조의 미학은 형식이 내용을 빛내고 내용이 형식을 빛나게 하는 데에 있습니다.”(319쪽)라고 결론 짓는다.

이 시평집의 주제가 되는 그의 단시조관은 이 책의 핵심이 되는 것이다. “시조에서 너무 많은 것을 얘기하고 보여주려고 하는 것은 시조의 정형에 어울리지 않는 경우가 많”고 “시조의 정형은 함축과 여백을 그 특장으로”(150쪽) 한다고 답한다. 심지어 “시인의 직관을 천둥과 같은 감응으로 받아들일 수 있는 시의 형태 가장 가까이에 단시조가 있다.”고 한 것은 단시조에 대한 그의 확고한 신념을 엿볼 수 있는 부분이다.

그의 단시조에 대한 견해에는 허점이 없어 보인다. 그 어떤 논리로도 단시조 형식을 폄하할 거리를 찾지 못하게 한다. "시조 정형의 가장 중요한 특성은 한 수의 단시조 안에 시상의 매듭이 지어지는 것이니 시조의 특장점이 단시조에 있다는 것은 바로 이것을 말하는 것"(227쪽)이라고 하는 것이나 "시조의 힘을 보여주는 3장의 완결성과 촌철살인의 날카로움은 단시조의 생명"(240쪽)이라고 주장하는 것 등이 그 예다.

좀 더 구체적으로 내려가서 단시조 배행의 문제에 대한 견해를 피력하기도 했다. "3행이나 6행으로 표기하는 것이 시조의 전통적인 표기 방법"(254쪽)이지만, "장과 장 사이를 띄우지 않은 장별 배행 처리가 단시조 안에 '탑'이 갖는 속성을 내용으로도 형태로도 맞춤하게 그려내고 있"(289쪽)음을 보아내기도 한다. 시조의 배행에서 시의 의미를 보태거나 가독성을 높이거나 구체미를 살리는 것은 정형 속에서 개성을 살리는 것이 될 수 있다는 견해다.

시조를 쓰는 일도, 이렇게 발표된 시조 평을 책으로 묶는 것도 결국은 '공감하게 하기 위해서'라고 말할 수 있다. 저자는 "공감은 쏟아내는 감정이 아니라 절제하고 애이불비하는 모습이 만들어낸 빈 공간, 독자가 들어와 함께 거닐 수 있는 행간에서 더 잘 일어"(319쪽)난다고 강조한다. 공감하지 않을 수 없다. 그 공감은 결국 하이데거가

"얼마나 간절히 자신을 던졌느냐에 따라서 시의 위대성이 가늠된다."(253쪽)는 말을 들려줌으로써 독자를 깨우쳐 준다.

김일연 시평집 『시조의 향연』은 시평집이라고 했지만 따뜻한 시조 창작 지침서라고 하는 것이 더 적합하지 않을까 생각되기도 한다. 비평은 가치를 평가하는 것이 목적이지만, 감상과 칭찬에서부터 결점을 찾기도 하고 판단하고, 분석하고, 종류를 나누고, 비교하는 것들이 포함된다. 김일연의 이 시평집에는 나무람이 없다. 작품의 좋은 점만을 이야기하고 있다. 좋은 점만 들추어내는 그래서 따뜻한 창작 지침서가 될 수 있다. 이 책을 평론집이라고 하고 굳이 시평집이라고 한 이유를 찾을 수 있을 것 같기도 하다. 그것이 이 책의 멋이고 맛이다.

1월의 다른 책 한 줄

1. 유진 오닐 지음 백승진 옮김, 『시인의 기질』, 지엔유, 경상대학교출판부, 2016.

"한 여자가 모든 걸 주면서 느낄 수 있는 자부심도 뭔지 몰랐어, 한 여자가 사랑하고 있다는 자부심이지! 난 그냥 아무것도 모르는 어리석은 허풍만 떠는 소녀였지만 이젠 한 여성이야, 엄마, 난 알고 있어." (175쪽, 4막)

2. 『列子』, 김학주 역해, 명문당, 1991.

"백아는 금을 잘 뜯었고, 종자기는 듣기를 좋아했다. 백아가 금을 탈 때, 뜻을 높은 산에 오르는 데 두자 종자기는 말하기를 "훌륭하도다, 높이 솟아오름이 태산과 같구나!"고 하였다. 뜻을 흐르는 물에 두자 종자기가 말하였다. "훌륭하도다! 출렁출렁 장강이다. 황하같구나!" 종자기는 백아가 생각하고 있는 것을 반드시 알았던 것이다. (伯牙善鼓琴 鍾子期善聽 伯牙鼓琴, 志在登高山 鍾子期曰 善哉, **峨峨兮** 若泰山. 志在流水, 鍾子期曰, 善哉, **洋洋兮** 若江河, 伯牙所念 鍾子期必得之)" (169쪽, '아아양양', '知音'의 고사)

3. 김소연, 『마음사전』, 마음산책, 2009.

"뒷모습은 절대 가장할 수 없다." (136쪽, 첫 행)

2025 신년 음악회

일시: 2025. 1. 23. 19:30
장소: 아양아트센터 아양홀

대구동구문화재단 신년음악회에 초대되었다. 2017년 7월부터 1년간 동구문화재단 상임이사를 지냈기 때문일 것이다. 입장료 전석 2만 원의 공연이지만 매진된 것으로 보였다. 지난해에도 이 음악회에 왔지만 좋은 기억이 없다. 그런데 올해는 조금 달랐다. 신년음악회 타이틀이 좋았다. 〈해가 뜬다, 동구가 뜬다〉 프로그램도 좋았고 출연진도 무난했다. 다만 공연장에서 구청이나 구의회 인사들을 소개하는 것은 못마땅했다.

1부와 2부로 꾸민 프로그램에서 1부는 클래식, 2부는 세미클래식이라고 해도 좋을 곡들이었다. 오페라 전문 오케스트라인 대구의 디오 오케스트라를 박준성이 지휘했다. 1부의 레퍼토리는 신년음악회에서 주로 연주되는 곡들이었다. 요한스트라우스 2세 오페레타 〈박쥐 서곡〉,

차이코프스키 〈봄의 왈츠〉, 요한 스트라우스 1세 〈라데츠키 행진곡〉, 엘가 〈위풍당당 행진곡〉, 로시니 오페라 〈윌리엄텔 서곡〉이었다.

모두 신년음악회에서 자주 듣는 곡들이었다. 신년음악회의 단골 레퍼토리 〈라데츠키 행진곡〉 연주는 이 곡을 연주하는 세계 모든 공연장에서 이루어지듯 지휘에 맞추어 박수를 치는 장면이 연출되었다. 모두가 귀에 익은 곡들이라 즐길 수 있었다. 지휘자 박준성, 그의 지휘도 활달했고, 파워풀했다. 신년 음악회의 레퍼토리로 부족함이 없었다. 아무리 힘든 시기라 해도 새해는 꿈을 꿀 수 있어야 하기 때문이다.

2부는 팝페라 가수 소울의 무대. 먼저 〈넬라판타지아〉, 원곡은 전설적인 영화음악가 앤니오 모리코네가 작곡한 〈가브리엘의 오보에〉, 영화 〈미션〉의 오리지널 스코어 중 하나였기에 가사가 없는 음악이다. 여기에 1998년 작사가 키아라 페라우가 작사한 이탈리아어 가사를 붙여 팝페라 가수 사라 브라이트만이 부른 노래다. 두 번째 곡은 〈살짜기 옵서예〉, 〈아름다운 나라〉를 불렀다. 감동이 오지 않았다. 그의 의상은 지나치게 선정적이었다.

두 번째 등장한 가수는 정동하. 그는 뮤지컬 〈노트르담 드 파리〉 중 〈대성당들의 시대〉, 〈추억은 만남보다 이별에 남아〉를 불렀다. "아득한 시간 속에 아직 우리 사랑이 남아있을까 멀어지던 그날의 너를 따라 걸어도 텅 빈 거리엔 미움만, 너의 흔적을 마주칠 때마다 익숙함 속에 떠나보내던 소중했던 모든 날들은 후회로 남아” 이렇게 가사를 찾아볼 정도로 좋았다. 〈비상〉, 앵콜곡 〈생각이 나〉도 훌륭했다. 청중을 끌어안는 힘이 있었다.

오늘 공연의 하이라이트는 아무래도 바리톤 김동규가 아닐 수 없다. 목발을 짚고 무대에 나타나서 청중들이 놀랐다. 다쳐서 그렇다는 얘기만 슬쩍 흘려 안쓰럽게 했지만, 그는 정말 대단한 스타였다. 무대를 휘어잡았다. 함경도 민요 〈신고산 타령〉은 우렁찼다. 그리고 소울과 뮤지컬 〈오페라의 유령〉 중 〈All Ask of You〉를 연기했다. 마지막으로 대중적인 〈10월의 어느 멋진 날에〉는 청중들을 사로잡았다.

바리톤 김동규가 목발을 짚고 나와서 노래했지만 그가 아픈 사람이라는 생각은 전혀 들지 않았고, 각본으로 여겨졌다. 특히 앵콜곡으로 부른 〈My Way〉에서 ‘마이 웨이’ 라는 부분만 청중들과 함께 했는데 청중들의 조용한 합창이 참으로 감미롭게 들렸다. 무대에서 보인 그의 일거수일투족이 눈길을 사로잡았다. 그가 부른 ‘마이 웨이’ 가 나의 길을 돌아보게도 했다. 극장을 나오며 읊조렸다. Yes, It was my way(그래, 내가 걸어왔던 나의 길이었네).

2025년 1월 개통, 동해중부선을 타다

일자: 2025. 1. 31.
여행지: 강릉

　목적지가 중요한 여행이 아니었다. 어디로 가느냐가 목적이 아니라 이동 수단에 관심을 가졌던 여행이다. 2025년 매월 1회 여행하기로 작정한 것의 첫 실천이다. 지금은 여행하면 이동 수단으로 비행기를 먼저 떠올리지만 시니어 세대는 여행하면 대개 기차를 떠올린다. 어디로 가볼까 생각하다가 2025년 1월 1일 개통한 동해중부선을 타보기로 했다. 동해중부선, 이름이 왜 이러나 싶었는데 동해 남부, 동해 북부가 있다.

　부산 포항 구간인 동해남부선은 2021년 개통되었고, 동해중부선은 경북 포항과 강원 삼척 간 166.3km 철도로 2009년에 착공 15년 8개월 만인 금년 1월 1일 개통되었다. 동해북부선은 강릉 고성 구간으로 110.9km가 되는데 3년 후에 개통될 예정이다. 포항과 삼척 구간을 동해중부선이라고 부르는 이유가 여기 있었다. 동해의 남부, 중부, 북부가 다 개통되면 동해선이 되겠다. 3년 후면 부산에서 고성까지 동해선이 온전히 연결된다.

1월의 여행지 선택 1등감이 분명하다. 김형경 시인 내외와 함께 가기로 하고 예매를 부탁했다. 1월 마지막 날 12시 14분 출발, 강릉 도착 16시 59분 누리로가 예약되었다. 오랜만에 기차를 타는 여행이라 신선했다. 열차를 타기 전에 최근 동대구역 광장, 아니 이제 박정희 광장에 박정희 대통령 동상이 섰다는 데 그걸 보려고 일찍 집을 나섰다. 동대구역 주차장에 주차도 걱정되기도 해서 일찍 출발한 것이다.

도착하니 예상과는 달리 역 주차장도 붐비지 않았다. 주차를 하고 광장으로 올라와 동상을 찾았다. 광장에 들어서면 금방 눈에 확 띄었으면 좋으련만 그렇지 않았다. 그러니까 역 앞을 지나오며 힐끔거리기도 했지만 찾지 못했던 것이다. 실망스러웠다. 내 판단으로는 참 초라하다는 생각을 버릴 수 없었다. 그렇게 많은 말썽 속에 건립하는 것이라면 그 말썽을 이길 수 있도록 확 드러나야 할 텐데 그렇지 못했다.

시간이 남아돌아서 커피집에 들어가서 김 시인을 기다리며 커피를 마셨다. 역 구내 커피 숍에서 아내와 마주 앉아보니 그 기분도 그리 나쁘지 않았다. 그러고 보니 오늘 가는 강릉은 1980년 결혼 1주년 기념 여행으로 갔었는데 그 후론 처음이니 아! 무려 45년 만이다. 그때 처남의 카메라를 빌려갔는데 필름도 넣지 않고 사진을 찍는다고 열심히 셔터만 누른 씁쓸한 기억을 아내가 떠올린다. 지금도 그 일이 창피하다.

열차에 올랐다. 출발하고 이내 하양 - 영천 - 서경주 - 안강 - 포항이다. 역 이름이 이웃 동네 이름 같아 정겹게 들렸다. 조금 가다 서고 조금 가다 서고 하니 지겨울 여가가 없었다. 겨울 풍경 속에 열차를 타고 내리는 사람들의 모습을 바라보는 것이 좋았다. 포항에서 이내 월포 - 장사 - 강구 - 영덕 - 영해 - 고래불 - 후포 - 평해 - 울진까지 역 이름들이 전혀 낯설지 않았다. 월포리를 지날 때쯤 시조 한 편 지었다.

작년 말부터 쓰기 시작한 '세종의 처방전' 연작시로 겹홀소리 'ㅝ'가 들어가는 낱말로 써야 할 차례인데 월포리가 보인 것이다. "월포 지나 후포 넘어 강릉 가는 동해중부선/ 골골마다 인사하는 누리로 1853호/ 지겨운 완행의 매력 바다로 다 던진다."라고 썼다. 역을 세다 지겨우면 풍경을 보고, 풍경을 보다 지겨우면 핸드폰에 시를 쓰는데 열차는 죽변 - 북면 지나서 경상북도 도계를 넘어 강원도 원덕으로 들어섰다.

원덕 - 임원 - 매원 지나 삼척까지, 여기까지가 동해중부선이다. 삼척을 지나서는 강원도 동해 거쳐 강릉까지, 오후 4시 59분. 정확히 4시간 45분, 거의 다섯 시간이다. 그러나 지겹지 않았다. 열차 안에서 강릉 맛집을 검색했다. 횟집으로는 유성상회가 돼지숯불갈비로는 고향마을이 검색되었다. 횟집으로 결정하고 택시를 타고 갔다. 가서 보니 가게 앞에 줄을 죽 서있었는데 알고 보니 앉아 먹는 집이 아니라 포장 판매만 했다.

하는 수 없이 바로 건너편 간판도 없는 허름한 횟집에 들어갔다. 아주머니 한 분이 장사를 하고 있어 정겹기는 했지만 조금은 안타까웠다. 방어철이라면서 방어회를 권해서 그걸 먹기로 했다. 방어회를 뜨는 동안 아내와 김 시인 사모님이 강릉에서 유명하다는 닭강정 한 박스를 사왔다. 닭강정을 잘 먹어보지 못해서 그 맛이 참 궁금했는데 기대에 미치지 못했다. 집에서 자주 시켜 먹는 치킨보다 나을 게 없었다.

회가 나왔다. 평소 회를 별로 좋아하지 않는 나는 그래도 맛나게 먹었다. 그러나 아내는 거의 먹지 않았다. 눈치를 보니 위생 상태가 별로 좋지 않다는 인상이다. 그러나 어쩔 수 없었다. 닭강정을 먹기도 해서 그렇겠지만 회가 많았다. 회가 남아 매운탕에 넣어달라고 했더니 그러면 맛없다고 샤부샤부 식으로 먹으라고 권한다. 그렇게 먹어봤더니 색다른 맛이긴 했다. 시장을 거쳐오면서 보니 닭강정집, 수제 고로케집 앞에 젊은이들이 길게 줄을 서있다.

시장에서 다시 택시를 타고 강릉역에 왔다. 택시를 타고 오면서 운전기사에게 한 시간 정도 구경시켜 줄 만한 곳이 없느냐고 물었더니 밤이고 꼭히 권할 만한 곳이 없다고 하여, 하는 수 없이 역에 내렸다. 출발 시간까지는 1시간 이상 남았다. 대기석 TV 앞에 앉았다. 강원도라 평창 송어 축제와 대관령 눈꽃 축제를 홍보하는 영상이 나왔다. 리포터들이 감격해하며 경험하는 축제 콘텐츠를 보면서 출발 시간을 기다렸다.

강릉에서 대구로 오는 열차는 올라갈 때 탔던 누리로가 아니고 'ITX-마음'이다. ITX는 Intercity Train eXpress, 도시 간 준고속철도의 약자로 한국철도공사의 열차 등급 명칭이다. 노후화된 무궁화호를 대체할 목적으로 등장했으며, 2023년 운행을 시작했다. 법적으로 ITX-새마을과 등급이 동일하고 운임도 기존 ITX-새마을과 동일한 요금으로 책정했다. 다원시스가 제작하였으며 간선 전기 동차 [EMU-150]로 운행되는 열차다.

강릉 19시 51분 출발, 23시 52분 동대구 도착이다. 갈 때보다 1시간 정도 빠른 열차다. 그러니까 밤차다. 밤차는 밤차대로 낭만이 없지 않지만 열차 내는 온도가 높았다. 차창을 스치는 풍경은 작은 도시를 지날 때 불빛이 빛났지만 어둠 속을 지나는 시간이 더 많았다. 그것이 더 지치고 지겹게 했다. 이미 5시간 지겨운 줄 모르고 기차를 타고 난 뒤라 돌아오는 길이 1시간 짧다고 해도 참으로 힘들었다. 갈 때 좋은 기분은 어느덧 다 사라졌다.

졸면서, 핸드폰 보면서, 작품 쓰면서 열차 내에서 할 수 있는 일들은 다 해보았지만 지겨운 것을 이길 수는 없었다. 그러나 시간은 멈추지 않으니까 제시간에 동대구에 도착했다. 열차에서 내리니 밤바람이 시원하게 불어왔다. 김 시인 내외와 인사하고 주차장에서 차를 빼 집으로 오는 길에 도롯가에 차를 세우고 편의점에 들어가 사이다 두 캔을 사서 들이켰더니 그제야 정신이 돌아오는 듯했다. 여행은 고생하기 위해서도 가는 것이다.

여행, 루소가 『에밀』에 쓴 말을 되새겨 볼 필요가 있다. "지식을 얻기 위하여 여러 나라를 그저 돌아다니는 것만으로 충분하지 않다. 여행의 방법을 생각하지 않으면 안 된다. 관찰하기 위해서, 우선 준비하지 않으면 안 된다. 자기가 알고 싶은 대상 쪽으로 시선을 두지 않으면 안 된다. 세상에서는 여행에 의하여 배우는 것이 독서에 의한 것보다 못한 사람이 많다. 그 이유는 그들이 생각하는 기술을 알지 못하기 때문이며, 독서를 할 경우에는 저자에 의하여 그 정신이 이끌림을 당하지만, 여행에 있어서는 자기 스스로 볼 힘이 없기 때문이다."

동백과 호랑이

김주혜 장편소설, 박소현 옮김,『작은 땅의 야수들』,
다산책방, 2024(3판15쇄).

　한국계 미국인 김주혜의 장편『BEASTS OF A LITTLE LAND』가 러시아 최고 권위의 문학상인 톨스토이문학상 (야스나야 폴라나상 해외문학부문)을 수상했다. 2021년 출간 즉시 "톨스토이 스타일의 작품"이라는 찬사를 받아 아마존 '이달의 책'에 올랐고,《하퍼스 바자》《리얼 심플》《미스 매거진》《포틀랜드 먼슬리》에서 2021년 최고의 책으로 선정되었다. 또한《더 타임스》《뉴욕타임스》등 영미 40여 개 매체에 추천 도서로 소개되었다.

　김주혜는 1987년 인천 출생으로, 아홉 살 때 미국 포틀랜드로 이주해 프린스턴대학교에서 미술사학을 공부했다. 친환경 생활과 생태문학을 다루는 온라인 잡지《피스풀 덤플링》의 편집장으로 일했다. 2016년 영국 문학잡지《그란타》에 단편소설「Body Language」를 발표하며 작품 활동을 시작했고, 《인디펜던트》를 비롯한 여러 매체에 소설과 수필, 비평 등을 기고했다. 그중 미래 한국을 배경으로 한 단편소설 「Biodome」은 TV 시리즈로 제작될 예정이다.

이렇게 주목받는 작가의 『작은 땅의 야수들』은 한국이라는 작은 땅의 역사를 장대한 스케일로 펼쳐낸 장편소설 데뷔작인데 6년에 걸쳐 집필했다고 한다. 제목은 일본인 장교 이토가 한국에 대해 말하는 "일본에는 그처럼 사나운 맹수가 없거든, 영토로 따지면 우리가 훨씬 더 큰 나라인데도 말이야. 이 작은 땅에서 어떻게 그리도 거대한 야수들이 번성할 수 있었는지 신비로울 따름이야."(513쪽)라는 대목에서 따왔다. 작은 땅에서 거침없이 번성하던 야수들은 한국의 영적인 힘을 상징한다. 작가는 '시간과 사랑'을 생각했으나 에이전트가 이 제목을 정했다고 한다. 일제강점기 때 호랑이는 독립운동의 상징으로 사람들을 북돋아 줬다. 월간지 《개벽》*의 1920년 창간호 표지에는 용맹스럽게 호랑이가 그려져 있다.

작가는 독립운동을 도왔던 외할아버지의 이야기를 어릴 적부터 어머니에게 듣고 자라면서 한국의 역사를 우

---

* 《개벽》: 1920년 6월 창간되어 1926년 8월 폐간되기까지 발매 금지, 정간, 벌금 등 총독부의 온갖 압박을 받으면서도 꾸준히 발간되어 통권 72호를 기록한 잡지이다.

리 삶의 한 부분으로 자연스럽게 인식했다고 한다. 혼란의 시대 서로 다른 욕망을 품은 다양한 인간 군상들이 운명적으로 얽혀 흥망성쇠하는 장대한 대서사시다. 프롤로그「사냥꾼」으로 시작하여, 1부 1918년~1919년이 10장, 2부 1925년~1937년 11장에서 20장까지, 3부 1941년~1948년 21장에서 25장, 4부 1964년 26~27장, 에필로그로「해녀」의 차례를 갖추었다.

이 소설 등장인물들의 말을 발췌하며 줄거리로 연결해 보기로 한다. 읽으며 마음이 동한 곳도 더러 있지만 당연히 정호와 옥희를 중심으로 펼쳐진다. 남정호를 둘러싼 인물인, 정호 아버지, 옥희, 미꾸라지, 영구, 명보, 옥희를 둘러싼 인물 남정호, 한철, 연화, 은실, 단이, 월향, 그 외 일본 장교 아마다, 이토 등이 모두 제가 살기 위해 사람을 가까이하고 열렬히 사랑하다가 헤어지고 또 배신하는 세상을 그렸다.

100쪽에서 기생 수업을 받는 옥희가 자신에 대해 말하는 가운데 "그가 가장 좋아하는 책들은 새로운 것을 가르쳐주는 것이 아니라 이미 마음 깊이 이해하고 있는 것들에 대해 더 아름다운 방식으로 이야기하는 것들이었다."고 한다. 남정호의 아버지는 아들에게 "네가 이제 이 집안의 가장이다. 용기가 필요할 때마다 하늘을 올려다보거라."(104쪽)라고 한다.

단이는 옥희를 동백에 비유했다. 동백은 여자에게 큰 행운을 상징하는 꽃이라며 옥희를 다독였다. "동백의 짝은 사랑스러운 연두색 동박새인데, 다른 꽃을 찾아다니지 않고 오로지 동백꽃의 꿀만 마시는 습성이 있다. 개화의 계절이 끝나도 동백은 다른 꽃들처럼 갈변하거나 꽃잎 한 장씩 떠나보내며 힘없이 저버리지 않는다. 흠 하나 없이 온전한 채로, 심장처럼 붉고 벨벳처럼 부드러운 꽃 한 송이 전체가 툭 떨어지는 것이다. 그렇게 동백은 땅에 떨어지더라도 처음 피어났던 날 그대로의 모습으로 변함없이 아름답다."(132~133쪽)

옥희: "시와 춤이 같은 곳, 어느 불가해한 지점에서 유래한다는 것을 깨달았다."(137쪽), "삶이 꾸준한 전진의 과정이란 믿어 의심치 않는 태도는 젊음 특유의 요건이다."(153쪽), 명보가 체포된 후 "사랑이란 다른 이를 위해 자신이 어느 정도의 고통을 견딜 수 있느냐에 따라 정의된다. 상대를 보호하기 위해 무엇까지 할 수 있는지가 결국 진정한 사랑의 의미를 말하는 셈이다."(220쪽)

정호: "인생이란 무엇이 나를 지켜주느냐가 아니라 내가 무엇을 지켜내느냐의 문제이며 그게 결국 가장 중요한 것임을 알겠다."(250쪽)

명보: "사람을 악하게 만드는 건 배고픔이지, 사람 자체는 절대 악하지 않습니다."(282쪽)

“나이 든 기생들은 남자란 촛불만 끄고 나면 구분할 수 없이 다 똑같다는 농담을 하곤 했다.”(431쪽) “옥희는 생각했다. 누군가를 정말로 사랑한다면, 작별을 고한다 해도 떠나는 것은 아니었다.”(540쪽)

정호: “확률상 나는 오래전에 이미 죽었어야 했을 사람이야. 그래서 앞으로 다가올 그 어떤 일도 두렵지 않아……. 다만 한 가지 아쉬운 게 있다면, 인생을 살아오면서 어떤 일들은 조금 더 다르게 했으면 좋았을 것 싶어. 삶의 끝이 가까워지니 이제야 모든 것들이 선명하게 보인다.” 정호는 자신의 두 손으로 옥희의 작은 손을 잡았다.(574쪽)

해녀가 된 옥희: “삶은 견딜 만한 것이다. 시간이 모든 것을 잊게 해주기 때문에, 그래도 삶은 살아볼 만한 것이다. 사랑이 모든 것을 기억하게 해주기 때문에.”(603쪽) 이런 발췌문을 거친 줄거리로 삼는다.

일제강점기 삶을 다룬 것이지만 그런 시대적 특수성을 제외하더라도 인간의 삶은 이렇게 이루어지는 것이 아닌가 싶다. 모두가 제가 살기 위하여 그야말로 온갖 짓을 다 하는, 살기 위해 죄를 짓고, 살기 위해 배신하며, 심지어 사랑마저도 살기 위해 하는 인간의 속성이 잘 드러난다. 삶이 무엇인지? 친구나 가족 또는 친지가 어떤 사람들인지? 사랑은 또 무엇인가를 생각하게 해주는 소설이다. 거기다 예술의 궁극적인 목적인 재미가 큰 몫을 차지한다. 나는 이 소설을 '동백과 호랑이' 라는 상징으로 정리한다. 남녀 주인공의 삶이 그것을 간절히 바랐기 때문이다.

2월의 다른 책 한 줄

1. 실버 센류 모음집, 이지수 옮김, 『그때 뽑은 흰머리 지금 아쉬워』, 포레스트북스, 2025.

"아픈 데 찾으니 여기 저기 그기 어라 전부네." (31쪽)

2. 이진명, 『훈민정음 해례본 이야기』, 주니어김영사, 2017(1판 3쇄).

"한글은 19개의 자음과 21개의 모음을 사용한다. 이 40가지 문자를 조합하면 11172개의 소리를 정확히 표기할 수 있다." (67~68쪽)

3. 이충렬 지음, 『간송 전형필』, 김영사, 2013(1판 17쇄).

"전형필은 이제 『훈민정음』이 거의 다 들어왔다는 생각에 가슴이 두근거렸다. "소유주가 얼마를 말씀하셨소?" 전형필이 조심스럽게 묻자 김태준이 심호흡을 하더니 말했다.

"값이 좀 셉니다." 김태준이 망설이자 전형필이 얼른 말해 보라는 듯 고개를 끄덕였다. "천 원을 달랍니다." 김태준은 자신이 너무 많이 부른 것은 아닐까 걱정하며 전형필을 바라보았다. 그러자 전형필이 빙그레 미소를 지으며 말했다. "천태산인, 그런 귀한 보물의 가치는 집 한 채가 아니라 열 채라도 부족하오." 김태준은 무슨 소리인가 하는 표정으로 전형필의 표정을 살폈다. 전형필이 눈짓을 하자, 이순황이 보자기 두 개를 전형필에게 건넸다. 전형필은 그중 천 원이 담긴 보자기를 김태준에게 밀었다. "이건(훈민정음) 값이 아니라, 천태산인에게 드리는 사례요. 제가 성의로 천 원을 준비했소." 김태준은 놀란 눈빛으로 전형필을 바라봤다. 사례비가 너무 많다고 말하려는데, 전형필이 말을 이었다. "『훈민정음』 값으로는 만 원을 쳤습니다. 『훈민정음』 같은 보물은 적어도 이런 대접을 받아야 해요. 그러나 제 입장이 있고 또 남의 이목도 있으니 『훈민정음』을 인수하는 건 여기 이순황 선생이 맡아주실 겁니다. 이해해주시겠지요?"(374~375쪽)

그분이 그립다

일자: 2025. 1. 28.(설 전날)
장소: 대구CC (이○태, 박○욱, 배○업)

설 연휴 파미힐스 클럽에 부킹이 되어있었다. 그러나 눈이 많이 내려서 파미힐스 골프장은 크로스되었다. 눈이 조금만 내려도 녹지 않으면 공 치기가 무척 어려운데 많이 내렸다니 어쩔 수 없었다. 아쉬운 마음을 갖고 있는데, 이○태 씨가 대구CC는 눈이 없고 부킹이 가능하다기에 의논 후 팀이 구성되어 가기로 했다. 12시 20분 서코스였다.

대구CC, 나는 회원권이 없는 골프장이지만 수년 전엔 자주 다녔던 곳이다. 그런데 언제 가봤던가 기억하기 어려울 정도로 오랜만에 가는 골프장이었다. 변화가 많았다. 클럽하우스가 새로 지어져서 어리둥절하게 했다. 골프 백을 내리는 방식도 전과는 달랐다. 다시 한번 세월이 그렇게나 흘렀나 싶었다. 내 나름대로 골프 애환이 깃든 곳이기도 하고, 여러 인연이 있던 곳이기도 하다. 창업주 송암 선생의 장례식과 관련된 일을 조금 도와주면서 인연이 생겼다.

한때 경산의 옥산 아파트에 살았을 때 아파트 같은 라인에서 살아 인연을 갖게 된 김○하 씨가 우○정 회장과 깊은 인연을 가지고 있었고, 그런 인연으로 가곡을 배우던 우○정 회장이 매년 가을 골프장에 가곡의 밤을 개최할 때 시 낭송을 하기도 했다. 그래서 장○국 사장과 그 후 사장이 된 전○재 사장, 정년 퇴임한 김○하 씨가 고문이란 직책으로 대구CC에 있었고, 전○재 사장의 경우는 아드님 두 분의 주례를 내가 맡기도 했다.

그런 인연이 있는 골프장이라 송암배 프로암에 초대되기도 했고, 전○재 사장님이 일 년에 한두 차례씩 초청해주기도 했다. 장○국 사장도 전○재 사장도 김○하 씨도 모두 골프장을 떠난 후로는 이 골프장에 갈 기회가 자연스럽게 사라졌다. 세상 인연이란 건 다 시절이 있어서 바뀌고 달라져 수년간 출입을 하지 않았던 곳이다. 그야말로 시절 인연이다. 서-동 코스를 돌게 되었는데 담당 캐디의 이름이 여성일이었다.

그게 보통 일이 아니었다. 이름이 성일. 신성일 선생이 떠올랐기 때문이다. 2018년 11월 4일 81세로 세상을 떠난 톱스타 신성일. 2016년경부터 특히 2017년에는 매월 셋째 주 일요일 대구CC에서 골프를 함께 쳤다. 추억이 많은 데 오랜만에 온 골프장에서 그분을 생각하지 않을 수 없는 일이 생기다니. 그분과의 마지막 골프도 대구CC였다. 2017년 6월 11일이었다. 그날이 생생하게 떠오른다.

동-중 코스를 돌았는데 중코스 7번 홀쯤 와서 내게 "아직 멀었나?"라고 물었다. 힘드신가 보다 생각했다. 이상한 감이 들기도 했는데 어쨌든 골프장에서 여성 골퍼들이 와서 사진을 찍자고 하면 찍어주시던 분이었다. 그런데 나는 정작 골프장에서 사진 한 장 찍지 않았다. 그래서 마지막 홀 기다리는 시간에 사진을 찍었다. 그게 내 휴대폰에 저장되어 있다. 그래서 날짜까지 알게 되고, 그후 투병 생활을 하시면서 몇 번 전화 통화를 했는데 마지막 통화는 2018년 10월 초쯤으로 기억한다. "너하고 골프치고 싶다."고 하시던 말씀이 귀에 쟁쟁하다.

그해 11월 초 그분은 그렇게 가셨다. 11월 7일 영천 성일가에서 추도식이 있었다. 장례위원회에서 선생님과의 관계를 어떻게 알았는지 내게 조시를 부탁해서 써서 추도식에서 낭독했다. 어디엔가 기록으로 남기고 싶었는데 그럴 곳이 없었다. 여기 와서 선생님을 기억하게 되는 계기를 만나 이런 형식으로나마 기록해 두고 싶다. 골프장에 와서 골프를 같이 치던 님을 떠올리는 것은 너무나 당연한 일이다.

故 신성일 추모시
시대를 위로하던 맨발의 청춘이여!

- 영원한 스타 신성일 님의 영전에

문무학

1937년 암울한 시대에도 봄은 있어서 봄은 있어서
그 봄에 오신 이여! 영화 일구신 이여!
봄날에 오신 이 땅을 가을에 떠나시나이까
영원한 청춘으로 화면 속을 당당하게
걷고 걷던 그 걸음을 어이해서 쉬십니까
그 환한 웃음으로 어찌 눈물을 주십니까

영화의 길 들어서는 그날부터 그날부터
뉴 스타 넘버 원의 그 이름을 세우시고
유난히 빛나는 별빛 비추시던 임이시여!
절망만 무성하게 넘쳐나던 거리에서
그 눈물 그 한숨을 맨발로 걷어차며
어깨를 두드려주던 영화 속의 영웅이시여!

임의 임이 일러주신 "뼛속까지 영화인"
"55년 존경의 마음" 임 아니면 못 들을 말
돌아본 삶의 흔적이 영화, 영화 그뿐입니다

49

반백년 반천 편의 영화 그 누가 따르리오
지상의 으뜸임을 하늘 이미 알지니
우리 땅 영화의 주소는 신성일 그 이름입니다

영화로 꿈을 주고 열정으로 희망 주고
낮은 곳에 눈길 던져 손잡아 주시던 이여
그 손길 그리운 이들 멍하니 가을 하늘 봅니다
임이시여! 이제는 화면 속을 걸어 나와
밖으로 향하던 위로 안으로 거두시어
명복을 누리옵소서, 누리옵소서 명복을

그날의 공은 기록이 문제가 아니었다. 서-동 코스를 돌면서 추억을 떠올렸다. 이 코스에서는 이랬는데 저랬는데, 하는 추억만으로 라운드했다. 캐디 이름이 상기시켜준 신성일 선생에 대한 회고는 아직도 아프다. 나에게는 참 다정하신 분이었는데, 올가을에는 성일가 영천 묘소에라도 한번 다녀와야겠다.

08 주
2025.
02. 16.~
22.

백매와 총석정 그리고 청화백자산수문사각병

일자: 2025. 2. 20.
장소: 대구 간송미술관

　입춘이 지나고 우수까지 지났는데 찬 바람이 불고 날씨가 차갑다. 날씨가 춥다고 쓰지 않고 차갑다고 쓴 것은 춥다는 말이 오늘 날씨를 표현하는 데는 적합지 않다는 생각이 들어서다. 대구 간송미술관을 찾기로 했다. 1월 16일부터 개관 특별전에 이어 첫 상설 전시를 하고 있다. 이 전시회에 주요 작품들이 대거 출품되는데 국보 3건 6점을 비롯한 회화(산수화, 풍속화). 서예, 도자 등 대표 소장품 총 39건 52점이 전시된다는 정보를 얻었다.

　이 짧은 정보만으로도 가보지 않으면 안 될 것 같은 느낌이 든다. 더욱이 조선 시대 회화사를 대표하는 삼원三園(단원 김홍도, 혜원 신윤복, 오원 장승업), 삼재三齋(겸재 정선, 현재 심사정, 관아재 조영석)의 작품과 조선 왕실의 글씨, 고려와 조선의 도자 등을 모두 한곳에서 볼 수 있다. 책장에서 『간송 전형필』 책을 꺼내어 옆구리에 끼고 나섰다.

전시장에 도착하니 나이 들었다고 입장료도 받지 않고 입장시켜 준다. 차라리 입장료를 받았으면 좋겠다 싶기도 하다. 제1전시장에는 회화 1(산수화), 회화 2(풍속화), 서예, 도자가 전시되어 있었다. 회화에서 나는 이인문의 〈총석정〉이 좋았다. 총석정은 강원도(북한) 통천에 있는 관동팔경의 하나로 주위에 현무암으로 된 여러 개의 돌기둥이 바다 가운데에 솟아있어 절경을 이룬다. 그래서 이를 그림으로 그린 화가가 적지 않다.

정선은 여러 개를 그렸다고 하고 김홍도, 이재관, 허필, 김하종 등이 즐겨 그렸다고 하는데 여기 전시된 이인문(1745~1821)의 〈총석정〉이 눈에 확 들어왔다. 이인문은 김홍도만큼은 알려지지 않은 동시대의 화가다. 그는 주눅들지 않은 자신만의 색채를 표현해 수채화처럼 〈총석정〉을 그렸다는 평을 받는다. 지금은 멀지 않아도 갈 수 없는 땅, 총석정에 부딪치는 파도 소리를 들어보고 싶다.

전시장 입구에서 산수화, 풍속도 순으로 돌아오는데 풍속화는 본 듯한 그림이 많았고, 서예 작품은 왕실의 글씨였다. 1진시실 가운데 전시된 도자에서 나는 〈청화백자산수문사각병靑畵白磁山水紋四角瓶〉에 붙들렸다. 병의 각 부분을 별도로 제작해서 붙인 것이라는 것쯤은 짐작할 수 있겠다. 몸체 4면에 윤곽선으로 화면을 분할한 뒤 산수를 그렸고, 어깨 부분에는 난초와 국화로 장식하였으며 목에는 延年益壽 萬壽無疆이라고 썼다.

늘 보던 도자기와 형태가 달라서 주목하게 되었는지 모르지만 달리 보였다. 사각 장방형의 몸체에 사각의 구연부[아가리]가 달려있으니 물레에서 성형한 것은 아니다. 안내문을 읽어보니 "문인 취향의 상징성을 가진 소재에 장수를 기원하는 문구까지 곁들였으니, 계층과 신분을 가리지 않고 즐겨 찾았을 듯하다."고 썼다. 장수를 기원하는 문구가 있어서가 아니라 그 형태가 좋아서 사랑받는 것 아닐까 싶다.

제3전시실로 옮겨간다. '훈민정음 해례본: 소리로 지은 집'이다. 제목은 그럴듯해 보이는데 무얼 어떻게 하는 것인지 짐작이 잘 안된다. 대구를 중심으로 한글과 특별한 인연을 맺은 사람들을 만나 훈민정음 해례본을 낭송한 소리와 한글에 얽힌 이야기를 모았다고 한다. 송예슬 작가가 대안적 기술 사용과 관객의 참여를 창작의 매체로 삼아 이들의 목소리를 엮어 총 3점의 커미션 신작을 선보인다고 했는데 나는 잘 이해되지 않았다.

제3전시실은 이번 상설 전시의 백미일 것 같다. 김홍도의 〈백매〉다. 그림에 빨려드는 듯한 느낌이다. 이 작품은 김홍도 특유의 주춤거리듯 출렁이는 필선과 부드러운 선염으로 둥걸과 마들가리를 그리고, 그 위에 수줍게 맺

혀있는 꽃봉오리를 소담하게 베풀어놓아, 강인함을 강조한 기존의 묵매와는 확연하게 차이가 난다. 수백 년이 지난 그림인데 흰 매화꽃이 피어나는 듯이 도드라지게 보인다고 느꼈다.

제4전시실은 전시 기획으로 문이 닫혔고, 제5전시실로 갔다. 〈흐름(the flow)〉이라는 제목이었다. 간송미술관의 다양한 소장품을 디지털 영상으로 재해석한 공간이었다. 전시실에서 보았던 그림들, 그리고 미처 보지 못했던 그림들을 스크린을 통해 보여주고 있었다. 정선, 김홍도, 신윤복, 이인문 등 조선 화단을 대표하는 화가들의 붓놀림으로 흐르듯 지나가는 하루의 시간을 담아냈다. 5전시실의 펼쳐진 구릉을 닮은 특이한 의자는 가구 디자이너 하지훈의 작품 〈자리jari〉라고 하는데 그 자리에 앉아 감상하는 기분이 썩 괜찮았다.

전시실을 나와 간송 아트숍을 돌아보았다. 한글 자모 책갈피가 눈에 뜨였다. 책이 놓인 매대에서 간송미술문화재단 수석 큐레이터 이진명이 쓴 『훈민정음 해례본 이야기』를 사서 끼고 있던 『간송 전형필』에 겹쳐 끼고 전시장을 빠져나왔다. 그래, 차가운 날씨였는데 오길 잘했다 싶었다. 차에 돌아와서 책이 궁금해 읽고 있다가 대학 동창 모임인 '청보리' 모임이 있는 날이라 약속 장소로 갔다. 즐겁다.

버스 타고 추억을 먹다

일자: 2025. 2. 24.
여행지: 내 고향 고령

한 달에 한 번 여행을 가고 기행문을 쓰리라 작정해서 실천하는 두 달째다. 지난달에 기차 여행을 했으니 이번 달엔 버스를 타는 여행을 하는 것이 좋겠다는 생각이 들어 어디로 가보나 생각하다가, 고향엘 가보기로 했다. 내 기억에 1988년에 자동차를 구입했으니 30년이 넘게 버스를 타고 고향 가는 일이 없어져 추억을 소환해 보자는 것이었다. 그런 생각을 하니 괜히 설레는 기분이 들어 좋았다. 아주 낯선 곳이라도 가는 것 같은 기분이 든다.

대구 서부정류장으로 향했다. 유료 주차장에 차를 세우고 오랜만에, 참 오랜만에 매표소엘 들어가니 3분 후에 출발하는 버스가 있고 그다음은 한참 기다려야 해서 부리나케 표를 사서 버스를 탔다. 아뿔싸, 고향 가는 산천을 보며 추억에 젖으려 했는데 그럴 만한 좌석이 없다. 하는 수 없이 제일 뒷편 좌석에 앉았으니 바깥 풍경을 살피기가 어려웠다. 다음 차를 탈걸 하는 후회가 밀려왔다.

그러나 억지로 이 버스가 어디로 해서 가는가 살피려 창밖을 기웃거려 보니 그 옛날 버스가 다니던 길로 가는 것도 아니었다. 내가 자동차로 가던 길을 가고 있었다. 그러리라 짐작은 했지만, 그래서 추억을 소환한다는 것은 불가능한 일이 되었다. 버스 타고 다니던 길에는 이래저래 추억이 얽혀있기도 하다. 낙동강 다리 공사를 하면 배를 타고 건너 버스로 바꿔 타던 일, 화원, 논공, 위천, 성산 지나며 곳곳에 추억 한 자리쯤은 있어 아쉬웠다.

휴대폰을 들고 중학 동창 박명용에게 전화를 했다. 마침 시간이 있다고 해서 고령읍 주차장에서 만나기로 했다. 나는 함께 점심이나 먹고 돌아올 작정이었는데 차를 가지고 나와서 내 진짜 고향 낫질에 가보자고 했다. 굳이 거절할 이유도 없고 잘됐다 싶어 그의 차에 올랐다. 낫질에서 찾아간 곳은 친구가 사놓은 가족 묘지였다. 죽으면 묻힐 곳이라며 보여주는 것이었다. 그 옆에 동창 문두열의 무덤도 있었다.

우리 가족 묘소 옆이었다. 계곡 하나를 사이에 두고 있었다. 여기까지 왔으니 우리 산에 가보자고 하여 우리 어머니, 삼촌, 형의 묘소가 있는 산에 갔다. 명용이가 지관은 아니지만 알 만큼 아는 반풍수라며 우리 산에 묘터 좋은 곳 여러 곳을 가리켜주었다. 나도 머지않아 여기 와야 할 텐데 어디가 좋겠느냐고 물었더니, 내가 평소 산소에 드나들면서 저쯤이면 좋겠다고 생각하던 곳을 짚었다.

내가 죽으면 물론 화장을 할 것이고 무덤을 만들지 않을 것이며 우리 산 곳곳에 널려있는 바윗돌 하나 굴려와 석장石葬을 하겠다고 작정했다. 아내와도 합의가 됐고, 아들딸이 없는 내가 조카들에게도 그렇게 부탁해 놓았다. 버스 타고 고향 한번 가보자고 하던 계획이 참 엉뚱한 방향으로 흘렀다. 그러나 잘됐다 싶었다. 언젠가는 겪어야 할 일이고 해야 할 일이기도 했다. 큰일 하나 한 셈이었다.

읍으로 내려오면서 또 다른 동창 정인구에게 전화를 해서 명용이네 집 앞에서 만나기로 했다. 오다가 마트에 들러 명용이가 좋아하는 화랑 한 박스를 사서 실어주었다. 명용이 집 앞에 도착하니 인구도 금방 왔다. 인구와 찻집에 들러 차를 한 잔 마시는 동안 명용이는 사우나를 해야 한다고 잠시만 기다리라고 해서 한담을 나누었다. 또 다른 동창 이강식이 생각나서 전화를 했는데 통화가 되지 않았다.

명용이가 와서 찻집을 나와 아리랑이라는 상호를 가진 돼지국밥집으로 갔다. 늦은 점심을 먹기 위해서였다. 어떻게 중학 동창과 돼지국밥은 잘 어울리는 것 같다. 술도 한 잔씩 했다. 옛날 이야기가 쏟아졌다. 남자들이 모이면 빠지지 않는다는 군대 이야기가 노인이 되어서도 그렇다. 인구는 월남에 갔던 얘기를 했고, 명용이는 수도경비사령부에서, 나는 육군 본부에서 근무해서 자주 만나 얘깃거리가 적지 않다.

돌아오는 길은 승객이 적어서 바깥 풍경을 살필 수 있는 자리가 있었다. 그러나 올 때와 마찬가지로 옛날에 다니던 길이 전혀 아니었다. 고령에서 대구로 나가려면 금천을 건너는 회천교가 나온다. 그 다리와 오리방천이라 불리는 둑에는 학창 시절과 고령국민학교 교사로 근무하던 짧은 기간의 추억이 있다. 다리를 막 건너면 '대가야 수목원'이 조성되어 있고. 여기에는 내 시 「숲을 읽다」 시비가 서있는데 버스는 그 앞을 지나지도 않았다.

고령-대구 간, 사고도 많던 금산재를 버스로 넘어보고 싶었지만, 버스는 그 길을 가지 않았다. 그 금산재 아래 직동국민학교는 내가 교사가 되어 첫 발령을 받은 학교였는데, 지금은 폐교가 되고 도예 작가 백영규 선생의 전수관이 된 지 오래다. 몇 해 전 신문사의 취재 요청으로 백영규 선생을 인터뷰한 일도 있었다. 금산재를 넘지 않으니 그 학교 건물도 볼 수 없었다. 10년이면 강산도 변한다고 했는데, 10년도 세 번이나 넘었으니 변하는 게 당연하다.

회천교에서 북쪽 운수면 방향으로 길이 났고 다리를 넘어서는 터널이 뚫렸다. 위험했던 금산재가 안전한 터널길로 바뀌었다. 그 터널을 지나면 왼쪽 계곡에 지금의 평화홀딩스 창업주 김건기 회장님과 사모님 신현화 여사의 공적비가 있는데 그 비문을 내가 썼다. 고령-대구 간에는 곳곳에 이렇게 추억이 서려있다. 성산 지나 고속도로에 들어서면 추억을 떠올릴 틈도 없었다. 금방 대구였다. 고령에서 4시 50분 출발 서부정류장에 5시 26분에 도착했다. 차비는 3700원.

내가 사는 팔공산에서 고향까지 가는 길에는 나의 흔적들이 있다. 방짜유기박물관 앞 도로 시인의 길에 「그냥」 시비, 도동시비동산 「비비추에 관한 연상」, 팔공산 터널 앞 충혼탑에 헌시, 화원유원지 고령숲 시판, 다산면 무학정기, 다산 산책길에 「호미로 그은 밑줄」 시판, 화원 남평 문씨 세거지에 문익점 동상 비문, 금산재 지나기 전 김건기, 신현화 여사 비문, 금산재 지나 고령수목원 「숲을 읽다」 시비, 우륵기념관에 「우륵」 시비, 낫질 「경로당 건립기」 등이 내가 쓴 글이다. 읽을 때마다 더 잘 쓸 수는 없었을까 싶지만 지금은 어쩔 수 없다.

주차장에 세워둔 자동차에 앉아서 졸음운전을 하게 될까 봐 알람을 맞추고 졸음을 쫓았다. 주차장을 빠져나와 앞산 순환도로를 거쳐 신천대로를 타고 북대구 거치고, 파군재 거쳐서, 백안 삼거리, 갓바위 삼거리, 예비군 훈련장 거쳐, 능성1길 송하석경재에 도착했다. 이걸 여행이라고 해도 좋을지 모르겠다. 그러나 나는 여행이라고 해야겠다. 그것도 버스를 타고 한 여행이라고……. 고향을 갔다 왔지만 옛날에 가던 길이 아니었다.

의문도 반론도 없다, 오직 수용만 있을 뿐

조동일, 『대등의 길』, 지식산업사, 2024.

이 책을 만나게 된 것은 큰 행운이었다. 이 책을 만나지 못했더라면 '대등' 이란 말을 생각지도 않았을 것이라는 생각에 이르면 끔찍해진다. 신문을 읽다가 아래 기사를 통해 이 책을 알게 되었고, 인터넷 서점에서 바로 구입했다. 그 기사는 〈조선일보〉 교양판 "[나의 현대사 보물] [60] 국문학자 조동일" 이다.

그의 첫 번째 보물은 단기 4290년(1957년) 경북고 시절 낸 『자화상들』, 두 번째 보물은 『서사민요연구』(1988년 완간된 6권 분량의 『한국문학통사』의 밑거름), 세 번째 보물이 『대등의 길』이다.

그가 이 책에서 드러낸 그 자신의 독특한 사상은 '대등생극론對等生克論' 이다. 동서고금의 온갖 문학 작품 속에 담겨있는 것을 연구해 체계화했다고 한다. "대등이란 차

등差等과도 다르고 평등平等과도 다른 것”이라고 그는 말했다.

‘대등’의 사전적 의미는 ‘서로 견주어 높고 낮음이나 낫고 못함이 없이 비슷함’이란 뜻이다. 조 교수는 “이것은 결코 평등처럼 똑같다는 의미가 아니다.”고 했다. 서로 다르면서 어떤 것은 남을 필요로 하고 어떤 것에선 남을 도와줌으로써 화합이 가능한 관계다. “평등만 고수한다면 이기주의를 키우고 다툼만 일으키게 됩니다.” ‘생극’이란 상생相生과 상극相克을 함께 말하는데 사람은 서로 싸우면서 화합한다는 것이다.”(2024년 8월 6일 조선일보 A16면. Culture에서)

이 기사를 읽고 어찌 책을 사지 않을 수 있겠는가? 조동일 교수로부터 직접 배우지는 못했지만 우러러보지 않을 수 없는 국문학자다. 그의 저서를 읽지 않고 국문학을 공부한다는 것은 불가능한 일이다. 대학원 재학 시 조 교수의 『한국문학통사』를 통해 문학사를 공부했다. 그 뿐만 아니라 그의 여러 저서를 읽었다. 그런데 조 교수가 ‘내 학문의 집결’이라고 한 책이니 얼마나 대단한 책이겠는가. 주문한 책을 받아보니 책 제목 『대등의 길』을 수식하는 ‘인류역사의 새 지표’라는 말이 있다. 아, 이 책은 문학 연구만이 아니구나 하고 생각하게 되었다.

아니나 다를까 보통 책이 아니었다. “이 책은 연구 서

적이면서 문학창작이다. 구분을 넘어서서 둘이 하나가
되게 한다. 대등을 말해주는 수많은 사례를 근거로 삼고
대등론을 더욱 분명하게 정리하는 연구작업을 문학 창작
과 함께 한다. 특히 긴요한 연구 성과는 시를 지어 나타낸
다."(16쪽)고 밝히고 있다. 차례를 보면「개막 시」가 있고
하나에서부터 열일곱까지 나눠져 있고 마지막에「폐막
시」가 있다. 두 편 모두 시조다.

「개막 시」
　동서고금/ 별별 꽃들/ 두루 찾아 모아오고,/ 별을 헤며
빛을 보태/ 깊게 깊게 농축한 꿀,/ 막 올라/ 대등의 길로/
찾아가는 길 양식.

「폐막 시」
　막 내리고/ 불 꺼져,/ 어둡다고 한탄 말라./ 마음이 밝
아오니/ 넓은 길 활짝 열려,/ 환상은/ 걷어버리고/ 내가
가리 내 발로.

　이 시 두 편을 읽으면 이 책에 어떤 내용이 담겼는지
어느 정도 짐작할 수 있다. 이런 장르의 책은 내가 알기로
는 없었다. 문학 연구와 문예 창작을 한 책에서 이룩한 것
이다. 그 발상의 신성함에 놀라기도 했지만 그 과정에서

깨우침을 주는 글이 많았다. 특히 내가 최근 관심을 가지고 창작 활동을 하는 한글 소재 시조 창작과 한글 사랑, 지식과 지혜의 구분, 예술의 임무, 에이지즘을 펼칠 이론적 배경, 이른바 보수 진보 관계 등이 맞춤같이 나를 일깨워 주었다.

"웨일스는 영국의 중심지 잉글랜드 서쪽에 따로 인접해 있는 곳이다. 2만 제곱미터쯤 되는 면적에 지금 300만 정도의 사람들이 살고 있다. 영국은 웨일스를 통치하면서 웨일스어를 없애려고 끈덕지게 노력했으나 실패했다. 웨일스어는 탄압이 격심해도, 없어지지 않고 살아남았다. 영어가 세계를 휩쓸어 다른 언어는 없어지리라는 비관론을 잠재우는 방파제 노릇을 웨일스어가 하고 있다." (288쪽) "영어가 세계를 휩쓸게 되리라는 전망이 잘못되었다고, 7백 년 이상 영어 사용을 강요당하고도 자기 언어를 지킨 웨일스인이 입증한다. 그 투지와 기여를 높이 평가해야 한다."(292쪽)

"크고 작은 것을 가리지 않고 두루 탐구해야, 지식에서 지혜로 나아간다. 지식은 잠시, 지혜는 항시 추구한다. 지식은 부분, 지혜는 전체를 말한다. 지식은 차등론의 파편이고, 지혜는 대등론의 몸체이다. 마침내 일체의 지식에 통달하는 지혜, 이것을 궁극의 목표로 삼고, 천리

길도 한걸음에 내딛자.”(24쪽)

“인과의 논리를 깨고 넘어서야 예술이다. 과학이 미치지 못하고, 철학은 말이 막혀 물러나는 무지를 각성으로 삼아야 예술이 해야 할 일을 한다.”(402쪽)

“「회심곡」은 일반 대중이 일상생활에서 불교 수행을 어떻게 할 것인지 말한 내용이다. 알기 쉬운 말로 이어지는 노래가 116행에 지나지 않아 전부 욀 수 있다. 늙고 병들어도 당황하지 말라고 하는 더욱 절실한 충고를 준다. 죽어 저승에 가면 어떤 일이 벌어지는지 미리 알고 미리 대비하라고 해서 마음을 사로잡는다. 저승에 가서 심판을 받을 때 다음과 같이 묻는 말에 자신 있게 대답할 수 있게 평소에 준비해야 한다고 했다.

배고픈 이 밥을 주어 기사구제 하였느냐?
헐벗은 이 옷을 주어 구난선심 하였느냐?
좋은 터에 원을 지어 행인구제 하였느냐?
깊은 물에 다리 놓아 급수공덕 하였느냐?
병든 사람 약을 주어 활인공덕 하였느냐?”(396~397쪽)

“가능만 생각하지 말고 불가능도 포함해야, 원기 왕성한 젊은이와 장단점이 반대가 되어 서로 대등하게 된다. 노인이 되지 않은 노인이 영원한 노래를 지어 부르려고 하는 것은 망상이다. 生者必滅이 너무 심한 말이라면 諸行無常을 알고 노래하자. 이것은 젊은이는 넘볼 수 없는 노인의 특권이다. 떳떳한 노인이 당찬 젊은이와 대등할 수 있게 하는 필수 요건이다."(502~503쪽)

"만물도 만생도 만인도 네 가지 사는 방식 대등하게 갖추었는데 사람만 똑똑하다 착각하고 말을 낭비해 이름, 구호, 주의 따위를 마구 지어낸다.

혼자 살자는 고립론은 순수, 자폐증, 자화자찬, 국수주의……

차등관계에서 함께 살자는 차등론은 보수, 침략, 패권주의, 제국주의……

평등관계에서 함께 살자는 평등론은 진보, 선진, 사회정의, 사회주의……

대등관계에서 함께 살자는 대등론은 중도, 생극, 상호존중, 협동주의……

고립론은 내심에 칼을 품고 있어 차등론 못지않게 위태롭다. 평등론은 가능하지 않은 평등을 강압적으로 실현하려고 하다가, 더 심한 차등론이 되고 만다. 차등론, 고립론, 평등론이 한통속이 되어 저지르는 엄청난 과오를 모두 시정하고, 누구나 잘살도록 하려고, 대등론은 분투한다."(505~506쪽)

발췌한 이 부분만 읽어도 생각이 달라진다. 의문이 없다. 반론도 없다. 오직 수용이 있을 뿐이다. 한글에 대한 신뢰가 깊어지고, 예술인으로서의 긍지가 새겨지며, 노인이 되어 사는 삶을 어떻게 가꾸어야 할 것인지를 생각하게 해준다. 특히 보수 진보로 양극화된 우리 사회가 무엇을 지향해야 하는가에 대한 대답을 설득력 있게 제시하고 있어 내가 취할 태도를 형성하게 해준다. 덮어둘 책이 아니라 수시로 꺼내 읽어야 할 책으로 나의 반려도서 목록에 추가한다.

3월의 다른 책 한 줄

1. 유홍준 잡문집, 『나의 인생만사 답사기』, 창비, 2025(초판 4쇄).

"산수화는 5세기 종병宗炳이라는 분이 늙어서 산에 갈 수 없게 되자 방에다 산수화를 그려 놓고 누워서 감상한 데서 유래했습니다. 이를 와유臥遊라고 합니다."(72쪽)

"한마디로 타고난 자질을 바탕으로 고전으로 들어가 새 것으로 나오는 입고출신入古出新의 경지를 보여준 것이다." (218쪽)

"시가 산문이 아닌 한 시행의 전환에 그만큼 필연적인

의미 - 음악성의 요구나 필요가 있는 것이다. 이 점에 의식
이 없었으므로 해서 언어의 강화와 약화, 의미의 양각과 음
각, 즉 내용의 미묘하고 찌르는 듯한 날카로운 제시 및 호소
력과 그에 결부된 리듬 및 행 변화의 묘한 율동의 힘이 전무
하다. 따라서 감동이 느리고 둔하며 한마디로 촌스럽다."
(357쪽, 김지하 형이 옥중에서 지도한 글쓰기 중에서)

　2. 시라토리 하루히코 지음, 김해용 옮김, 『지성만이 무
기다』, 비즈니스북스, 2017.

　"읽고 이해하기 위한 여섯 가지 지침

　1. 밑줄을 긋는다. 2. 여백에 기록한다. 3. 필요한 자료를
준비한다. 4. 전체상을 파악해둔다. 5. 질문한다. 6. 다시 읽
는다." (37~45쪽)

　3. 황명자 포토에세이, 『남천일기』, 백조, 2025.

　"적당한 관계란, 삶에 꼭 필요한 수칙이다. 지나치게, 아
주 가까이 다가가지 말 것! 인류의 오점은 결합에서 생겨난
것, 너는 너, 나는 나일 때 세상은 경이롭다." (29쪽)

세 곳, 세 사람, 세 가지 볼거리[三處, 三人, 三文]

일자: 2025. 3. 11.~15.
장소: 중국 시안 - 낙양

2025년 대구문인협회 '해외 문학기행'에 참여했다. 중국 서안(시안)과 낙양(뤄양), 일행은 30명. 2025년 3월 11일부터 3월 15일까지 꽉 채운 4박 5일이었다. 11일 새벽 1시 집에서 출발, 15일 자정 넘어 돌아왔다. 문협의 해외 문학기행은 내가 문협 회장을 맡았을 당시(06~08년) 처음 기획했다. 따라서 그간 이 행사에 참여하지 못했어도 관심을 갖지 않을 수 없었다. 첫 기획 후 16년이나 지난 지금까지 이어지고 있다는 사실이 내심 뿌듯하게 한다. 그때는 세계화니 국제화니 하는 말이 한창 유행처럼 번졌던 시기였고 그것을 반영한 기획이었다.

대구문협의 첫 해외 문학기행은 2006년 8월 22일부터 3박 4일, 회원과 가족들 33명이 참가했다. 일본 북큐슈를 중심으로 한 일본 문화 탐방이었다. 일본 여객선 뉴카멜리아호 선상에서 "바다에게 문학을 묻다"라는 주제로 세미나를 가지며 시작되었다. 일제의 침략 통로였던 현해탄에서, 식민의 설움을 안고 오가던 검은 바다에서, 오늘의 일본을 어떻게 인식할 것인가를 토론했다. 당시 미묘한 한일 관계에서 문인들의 정체성과 역할을 모색하는 시간을 가졌다.

2006년 가을 미국 켈리포니아, 세클라멘토시 '미국 이민 NEXT 100년, 제4회 한인의 날 행사'에 세크라멘토 한인문인회(회장 박관순)의 초청을 받았다. 나와 당시 남영숙 부회장, 아동문학가 하청호, 사무국장 권순진 시인 등 소수의 인원이 자비로 참가했다. 세크라멘토시의 본행사에 참여하였다. 한인문인회와의 간담회, 시 낭송회, 세크라멘토 시 몇 곳에 순회 문학 강연을 가졌으며, 1962년 노벨문학상을 받은 미국 소설가 존 스타인백 기념관을 방문한 기억이 있다. 『분노의 포도』, 『에덴의 동쪽』, 등이 널리 알려진 작품이다.

2007년 7월 15일부터 17일까지 2박 3일 금강산 문학기행이 "예술 속의 금강산-오르고 펼치고 듣다"라는 주제로 기획되었다. 꿈에 그리던 금강산을 답사하고 둘째 날 밤 해금강호텔에서 세미나를 가졌다. 세미나는 '시로 오르는 금강산'(문무학), '그림으로 펼치는 금강산'(이동민),

'노래로 듣는 금강산' (이기도), '금강산의 문화재' (건축가 최상대) 등의 발표가 있었다. 휴전선을 넘나드는 복잡한 절차가 있었지만 수려한 금강산에 발을 디뎠다는 생각이 지금도 뿌듯하게 한다. 참으로 귀한 기회였다.

2008년 8월 14일부터 16일까지 2박 3일, 광복 63주년 기념 "대마도에서 독도를 노래하다"라는 주제로 해외 문학기행을 가졌다. 대마도에 태극기를 휘날리며 '獨島 韓國領'이라는 플래카드를 걸고 회원들의 독도시 낭송회를 가졌다. 독도에서 광복절 기념식을 갖고, 최규목 시인의 사회로 구석본, 김성윤, 고희림, 신후식, 이정아 시인 등이 시를 낭송했고, 김주곤 시인이 선창한 대한민국 만세 삼창으로 끝냈다. 돌아오는 뱃길은 생지옥을 경험하게 했다.

대구 문협의 해외 문학기행은 참 많은 생각을 하게 한다. 지금은 해외여행이 일상화되었지만 처음 기획할 당시는 지금처럼 해외여행이 그리 만만하지 않은 시기였다. 문인들은 새로움을 접하면 그것이 당장이 될 수도 있고, 또 오랜 시간이 지나서도 창작하는 작품에 영향을 미칠 수 있다는 점에서 장려할 만한 일이다. 그때를 추억하면서 인솔자 혹은 책임자가 아닌 홀가분한 마음으로 여행할 수 있어서 좋았다.

2025년 문학기행 코스는 '1일 차' 실크로드 시작점 -

서원문 거리 - 화족 거리 - 종루 - 고루, '2일 차' 홍경궁 공원 - 화청지 - 진시황 병마용갱 - 진시황릉 - 실크로드 쇼(〈낙타의 방울소리〉), '3일 차' 화산(북봉), '4일 차' 숭산嵩山 - 소림사 - 용문석굴 - 백거이 묘소 참배, '5일 차' 서안 - 인천 - 대구였다. 이 코스의 장소와 인물, 그리고 문화에서 세 가지씩 선정 돌아보고자 한다.

먼저, 주목한 세 곳 중 첫째, 시안이라는 도시를 언급하지 않을 수 없다. 산시성의 성도, 중국에서 가장 오래된 도시로 유구한 역사를 지닌 중국의 중심도시로 과거 장안長安으로 불렸으며, 실크로드의 문명을 느낄 수 있다. 실크로드 시발점을 기념하기 위해 조성된 개척자 장건의 조각상이 있었지만 실크로드 시발점이라는 거창한 이름에 비하면 초라했다. 서안 성벽, 실크로드를 따라 동양으로 온 이슬람의 독특한 문화와 다양한 먹거리가 가득찬 회족거리, 그 외 종루, 고루, 양귀비 자취, 진시황의 유적이 있다.

다음으로 낙양이다. 낙양에 대해서 내가 알고 있던 것은 '낙양의 지가' 라는 말뿐이다. 제나라의 좌사左思는 인물이 변변치 못했으나 뛰어난 문재를 지녀 일단 붓을 들면 구구절절 명문이었다. 「제도부帝都賦」를 1년 만에 완성한 그는 「삼도부三都賦」를 쓰고 다듬기를 거듭해 10년 만에 끝마쳤다. 그러나 아무도 알아주는 이가 없었는데, 어느 날 장화張華라는 시인이 읽어보고 이는 "반고班固와 장형張衡 유流"라고 칭찬했다.

이런 대문장가에게 비유되었으니 「삼도부」는 하루아침에 유명해져, 당대의 고관대작들은 물론 낙양 사람들이 다투어 베껴가는 바람에 낙양의 종이값이 뛰어오르게 되었다는 이야기가 그것이다. 반고는 후한의 역사가(32~92)로 장화 3기의 중국 문인, 지괴소설地塊小說(괴이한 것을 기록해 놓은 소설)로 중국 소설이 발전해 가는 과정에서 상당한 역할을 했다고 한다. 그러니까 모든 문인들의 꿈꾸는 '베스트셀러'의 고향 아니면 그야말로 시발점이다.

시안과 낙양 다음으로 시간을 많이 투자한 곳은 화산이었다. 화산은 원래 서봉에 오르기로 계획되어 있었으나 그날 일기에 따라 북봉을 오르게 되었다. 산 밑에서 스틱을 사고 방한모자 장갑 등을 사는 재미가 컸다. 모두 동심으로 돌아간 듯한 회원들의 모습이 참 보기 좋았다. 스틱과 장갑 모자 등이 그리 비싸지 않으니 서로 사주려고 애쓰는 모습들이 참 보기 좋았다. 북봉을 오르는 케이블카 속에서 바위산의 정취를 만끽했다. 낙양에서도 케이블카를 타고 숭산에 오르기도 했지만 시간이 짧았다. 이 코스를 다녀오느라 소림사 무술공연을 놓쳤다.

세 인물은 진시황과 양귀비, 백거이다. 아무래도 진시황을 먼저 떠올리지 않을 수 없다. 진시황, 중국 진나라의 제1대 황제(B.C. 259~B.C. 210)로 이름은 정政. 221년에 중국을 통일하고 스스로 시황제라 칭했다. 중앙집권제를 확립하고, 도량형, 화폐의 통일, 만리장성의 증축, 아방궁 축조, 분서갱유 따위로 위세를 떨쳤다. 재위 기간은 기원전 247~210년이다. 중국을 통일한 대업을 이룬 인물이라는 점에서 굵직한 역사적 의의를 갖는 인물이다.

그러나 통일 이후 급진적이고 억압적인 통일 정책을 펼쳐 폭군 또는 철권 통치의 대명사로 여겨지기도 하는 등 복합적인 면모를 보인 인물이다. 만리장성 증축과 분서갱유가 그를 상징적으로 드러낼 수 있을 것으로 보인다. 만리장성은 흉노의 침입을 막기 위한 긴 장성이고, 분서갱유焚書坑儒는 '책을 불태우고 유학자들을 파묻음'이라는 뜻으로 기원전 213년과 기원전 212년에 연달아 일어난 두 개의 사건을 하나로 합쳐서 일컫는 말이다.

진시황에 대한 자료는 무궁무진하지만 다 더듬을 수도 없고, 그의 황릉과 지하 궁전에서 그가 어떤 인물이었던가를 유추해 볼 수 있다. 황릉은 37년이나 걸려 완공되었는데, 무덤의 둘레가 6km, 높이 40m에 달한다. 무덤이라기보다는 야산이다. 도굴 방지를 위해 수은 등을 이용한 여러 가지 함정을 설치해 두었다고 한다. 아직까지 그 비밀을 풀 수 없어 내부를 볼 수는 없었다. 입구에서 바라보기만 했다.

진시황 병마용갱兵馬俑坑, 세계 8대 불가사의로 손꼽히는 병마용은 진시황이 자신의 무덤을 건설하며 호위무사 수천 명을 흙으로 빚어 넣어둔 도용이다. 1974년 중국의 한 농부가 우물을 파기 위해 땅을 파헤치다가 발견하였다. 현재까지 3개의 갱이 발굴되었으며 아직도 발굴은 진행되고 있다. 중국의 스케일이 진시황에서 유래되었는지 진시황과 관련된 것은 모두 상상을 초월하는 크기를 가진다.

다음으로 중국 서안에서 양귀비를 지나칠 수 없다. 당나라 현종의 비(719~756)로 이름은 옥환玉環, 도교에서는 태진太眞이라 부른다. 춤과 음악에 뛰어나고 총명하여 현종의 총애를 받았으나 안녹산의 난 때 죽었다. 현종이 양귀비를 처음 봤을 때 그녀는 이미 현종의 열세 번째 아들인 수왕 이모의 비였다. 하지만 현종은 당대 최고의 권력가였던 환관 고력사를 시켜 양귀비를 자신에게 데려오게 했고 결국에는 아들에게서 빼앗아 자신의 귀비로 책봉했다.

양귀비와 관련된 유적지, 흥경궁 공원은 현종이 양귀비와 함께 살면서 집무를 보던 곳이다. 화청지와 화청궁은 수려한 풍경과 뛰어난 온천수로 역대 제왕들의 관심을 받아왔던 현존하는 최대 규모의 당나라 왕실 정원이다. 당 현종과 양귀비가 아름다운 사랑을 나누었던 로맨

틱한 장소로 양귀비가 온천욕을 즐겼던 옛 탕들이 보존
되어 있다. 호숫가에 양귀비 조각상을 감상하며 그가 사
용한 여러 목적과 여러 종의 탕을 둘러볼 수 있었다.

다음으로 백거이白居易(772~846년)는 당나라의 위대한 시
인으로 자는 낙천樂天이고, 호는 醉吟先生, 香山居士이다.
약 3,000편에 달하는 방대한 양의 시를 남겼으며, 평이한
문체로 사회 비평적 시각과 서정적인 아름다움을 동시에
담아내 쉽게 이해할 수 있는 작품을 남겼다. 그는 시를
지을 때마다 글을 모르는 노인에게 자신이 지은 시를 읽
어주면서, 노인이 이해하지 못하는 부분이 있으면 평이
한 표현으로 바꿨다고 한다. 이런 시작법으로 그의 시는
사대부 계층뿐 아니라 기녀, 목동 등 신분이 낮은 사람들
에게까지 애송되는 시가 되었다. 그는 차에 대한 관심도
높아 "차 감별에 능한 시인"으로 알려져 있기도 하다.

그는 뛰어난 재주로 일찍이 두각을 나타내어 벼슬이
간관직 좌습유 및 정 5품 좌찬성대부에까지 오르며 당현
종의 중용을 받았으나, 그의 과감한 간언과 비판적 성향
의 시풍이 조정 권신들을 자극하면서 결국 합당한 죄목
도 없이 장안에서 멀리 떨어진 강주, 즉 지금의 강서성
구강의 한직으로 좌천되었다. 강주로 내려갔을 때 우연
히 비파봉 아래 강가에서 비파 타는 소리를 따라갔다가
장안 출신 기생을 만나게 된다. 늙어 시들어진 퇴기의 몸

으로 시골 장사꾼에게 시집온 자신의 초라한 신세를 하소연하는 그녀에게 자신 또한 억울한 사연이 있음을 털어놓으며 위로차 지은 작품이 「비파행」이다.

　대표작 「장한가」는 현종과 그의 비 양귀비와의 사랑을 읊은 장편 서사시다. 첫 부분은 양귀비가 총애를 받고 있었는데 안록산의 난이 일어나 양귀비가 죽는 장면, 둘째 부분은 양귀비를 잃고 난 후의 현종의 쓸쓸한 생활, 셋째 부분은 죽어서 선녀가 된 양귀비와 만나보는 장면으로 구성되었다. 특히 회자 되는 마지막 구절 在天願作比翼鳥(하늘에선 날개를 짝지어 날아가는 비익조가 되게 해주소서)/ 在地願爲連理枝(땅에선 두 뿌리 한 나무로 엉긴 연리지가 되자고 언약했지요)는 상상력을 최대한 드러내 애절함을 고조시킨다. 낙양의 향산 기슭에 있는 묘소 백원白園, 백거이 묘소를 참배한 것은 이번 문학기행의 백미였다.

　백거이의 묘소를 참배하고 그 주위를 둘러보았다. 백거이는 詩仙 李白(701~762), 詩聖 杜甫(712~770년)와 함께 당대 3대 시인으로 꼽히는 현실주의 시인이다. 많은 작품을 남겨 詩王이라는 별칭을 얻었다. 그는 무릇 '시' 란 쉬운 표현과 일관된 문맥으로 사회의 모습을 가감 없이 반영하고 풍자해야 한다는 취지로 '신악부운동' 을 선도하며 특히 서민들의 사랑을 받았다. 그런 만큼 그의 시는 중당시기 이후의 혼란한 사회와 부패한 관료, 고통받는 민중의 모습, 그리고 이를 겨냥한 날카로운 비판의식이 근간을 이루고 있다.

대표작으로 현종과 양귀비의 생사를 초월한 비극적 사랑을 그린 「장한가」, 사회 저변의 민초를 동정하고 탐관오리를 질타한 「매탄옹賣炭翁」, 그리고 비파 타는 퇴기의 한을 위로하는 「琵琶行」(816년 44세쯤 지은 서사시)을 들 수 있다. 한국의 수원 백씨 종친회가 세운 참배탑을 비롯하여 묘 주변에 시비들이 서 있다. 진시황릉과 백거이의 묘가 대비되는 건 무슨 까닭인지 모르지만, 초라한 백거이의 묘소에서 더 뜨거운 정신을 만난다. 그가 10대에 지은 것으로 추정되는 시 한 편을 찾아 읽는다.

賦得古原草 送別(옛 언덕의 풀, 이별 노래)

離離原上草 一歲一古榮(언덕 우에 우거진 풀들 해마다 한 번씩 시들었다 무성해진다네)

野火燒不盡 春風吹又生(들불을 놓아도 다 타지 않고 봄바람 불면 다시 돋아난다네)

遠芳侵古道 晴翠接荒城(방초는 멀리 뻗어 옛길을 덮고 하늘 푸른 빛은 황폐한 성까지 닿네)

又送王孫去 萋萋滿別情(또 그대를 떠나보내니 이별의 슬픔 가득하다네)

이 노래는 백거이가 15세 혹은 18세 때였다고 한다. 시험을 보러 수도 장안에 처음 갔다가 당시 이름난 시인인 고황(顧況)을 찾아갔다. 고황은 소년의 이름이 '居易'인 것을 보고 이에 빗대어 "장안에 쌀값이 비싸니 살기가 어려울 텐데(長安米價 居住不易)"라며 조롱하자 이 시를 보여주자 "이런 재주가 있다면 살아가기가 쉬울 것(有在如此 居亦容易)"이라며 감탄했다는 일화가 전한다.

세 가지 볼거리의 첫째는 실크로드 쇼 〈낙타의 방울소리(駝鈴傳奇)〉, 대형 가무극이다. 대형원형극장이 볼만했다. 3,000명이 동시에 관람할 수 있는 140m 길이 50m 높이의 극장, 관중석이 360도로 회전한다고 선전은 했지만, 실제는 5~60도 회전했다. 화려한 색상과 신나는 음악 그리고 역동적인 무대로 공연 내용은 실크로드의 출발점인 시안을 배경으로 당나라 시대 서역을 오간 무역상들의 이야기였다.

관광객에게 볼거리를 제공하기 위해 거대한 건물을 짓고, 자극적인 색상과 오로지 흥미를 유발하게 하는 소품을 끼워 넣어 눈길을 끌려 했다. 셰퍼드를 훈련시켜 늑대의 역할을 하게 하고, 낙타를 무대에 올리고 관중석으로 물방울을 튕겨 눈속임을 하는 기법들이 놀랍긴 했지만, 감동으로 연결되지는 않았다. 중국의 건물도, 이야기도, 공연 기술도 오로지 거대한 과장이었다. 중국의 문화는 모두 과장법으로 일관되겠다는 생각이 들기도 한다.

둘째는 용문석굴이다. 용문석굴은 막고굴莫古窟, 운강석굴雲崗石窟과 함께 중국 3대 석굴 중 하나로 유네스코 세계문화유산으로 지정되었다. 5세기 말부터 9세기까지 2,300여 개의 석굴과 벽면을 우묵하게 해서 만든 공간인 벽감壁龕(alcove)이 조성되었는데 내부에 총 10만 점이 넘는 불상, 2 800여 개의 명문, 40여 개의 탑이 조각되어 있다고 한다. 모르긴 해도 그 정교함이 예술성을 담보할 수 있을 것 같고 대형 돌조각 박물관이라 할 만하다.

셋째는 중국 100대 절 중의 하나인 소림사를 들지 않을 수 없다. 소림사는 중국에서 오악 중 중악(화산, 숭산, 태산, 형산, 향산)으로 불리는 숭산에 위치한 세계적으로 유명한 사찰이다. 무술로 유명하며 이 때문에 무협소설이나 액션 영화에서 빠지지 않는다. 소림사 무술은 불교의 선 사상과 결합된 외가권[신체의 외부적인 움직임과 힘을 강조하는 의미를 담고 있으며, 가(家)는 유파 또는 문파를 의미하고, 권은 주먹을 사용하는 무술]의 대표적인 무술로 강력하고 다양한 기술, 실전적인 호신 능력, 그리고 정신 수양을 강조하는 특징을 갖고 있다. 중국인으로 무술을 사용하는 대머리 캐릭터는 다 소림사 출신이거나 소림사 스님이라고 할 만큼 무술의 아이콘이다.

소림사는 중국 100대 이름난 절 중 하나이다. 495년

북위 효문제 때 인도에서 온 발타跋陀를 위해 건립된 사찰로 달마대사가 면벽구년面壁九年의 깨달을을 얻어 중국 선종의 초조가 되었다는 곳이다. 사찰 자체와 무술 외에도 248개의 탑이 모인 탑림도 볼거리 중 하나다. 현재에도 활발한 불교 활동과 무술 수련이 이루어지고 있다. 전통 무술을 계승하고 발전시키는 중요한 역할을 담당하고 있다. 유네스코 세계문화유산으로 등재되어 있기도 하다. 시간을 맞추지 못해 무술을 직접 보지 못한 게 아쉬움으로 남는다.

대구문협의 2025 해외 문학기행, 한마디로 좋았다. 세 곳과, 세 사람, 세 가지 볼거리는 잊히지 않을 것이다. 회원들이 서로를 배려하는 마음들이 있어서 흐뭇했다. 그리고 백거이의 문학 활동에 관해서, 참 많은 세월이 흘렀지만 그의 정신에 깊은 경의를 표하지 않을 수 없다. 약자의 편에 서는 정신, 소통하는 시 쓰기, 그리고 엄청난 양의 작품 창작, 문인으로 살면서 이 이상 더 배워야 하고 부러워해야 할 것이 있겠는가?

12 주
2025.
03. 16.
~22.

열정인가, 무모함인가?

일시: 2025. 3. 16. 09:00
장소: 파미힐스 남 OUT 코스

11일부터 15일까지 4박 5일로 중국 시안과 낙양에 여행을 갔다 와서 자정 넘어 집에 돌아왔다. 그런데 아침 9시 파미힐스에 골프 부킹이 되어있었다. 아무리 생각해도 무리한 일이 아닐 수 없었다. 왜 이런 걸 예상하지도 않고 나 참, 투덜거렸다. 오늘 팀은 청파회의 부분 집합으로 여덟 명 중 네 명이 매주 토요일에 치는 모임인데, 내가 중국 여행으로 토요일에 치지 못한다고 일요일에 부킹한 것이니 내가 불만을 가져서도 안 될 일이었다.

그냥 골프라고 하면 앞뒤 재보지도 않고 좋다고 하는 나쁜 버릇이 있어 적잖이 고생한 적도 있는데 그걸 생각하지 못한 것이다. 그냥 푹 자고 싶었다. 그러나 알람을 맞추고 제시간에 일어나 골프장으로 향했다. 생각보단 몸이 무겁지는 않았다. 컨디션이 그리 나쁘지도 않은 것 같았다. 괜히 '아직 젊어, 괜찮아.' 속으로 외면서도 무사히 라운드할 수 있을까 은근히 걱정되기도 했다. 힘 빼고 치면 더 잘된다니까 그런 말에 위안을 받았다.

"골프는 인간의 죄를 벌하기 위해 스코틀랜드의 칼빈 교도들이 창조해 낸 전염병"이라고 아이젠하워 장군이 말했다. "이 괴팍한 오락을 마스터하기보다는 차라리 냉전을 끝내게 한다거나 빈곤한 백성을 구제하는 편이 훨씬 낫다.(1964. 4. 26.《뉴욕타임즈》)"고 했다는데, 골프의 어려움을 말한 것이기도 하고, 골프에 빠지는 이유를 말해주는 것이 되기도 한다. 유독 오늘은 '죄를 벌하기 위해' 라는 말이 덜컥 걸린다. 오늘은 골프를 친다는 것 자체가 벌받는 것쯤 된다.

모든 골퍼들은 골프를 잘 치기를 원한다. 그래서 골프 모임의 회명엔 그런 바람이 들어있다. '청파회' 라는 우리 골프 모임은 '푸른 파도' 로 연상할지 모르지만 그것이 아니고 골프 스코어의 'Par' 를 부른다, 청한다는 뜻이다. 이 청파회의 부분 집합인 토요일 조는 정식 명칭도 없다. 농담으로 '작은 청파회' 라고 말할 수 있지만 늘 게임이 재미있게 이루어지는 팀이다. 이ㅇ태, 남ㅇ수, 배ㅇ업 그리고 나인데 이름을 쓴 순서가 골프 실력의 순서가 되기도 한다.

우리들의 내기는 말이 필요 없다. 오랫동안 팀을 꾸려

왔기 때문에 룰에 대한 이야기는 더 이상 할 필요가 없다. 변하지 않는 룰은 아무리 돈을 많이 딴다고 해도 구두를 닦는 5,000원 말고는 잃은 사람에게 모두 돌려줘야 한다. 그래서 최악의 경우엔 15,000원을 잃을 수 있고, 2,000원이나 3000원 아니면 5,000원 정도 잃는 것이 보통이다. 돈의 액수와 관계없이 스코어와 자존심에 관계되는 일이라 민감하고 더러는 말다툼도 벌어진다. 그게 참 재미있다.

이날 내 스코어는 그야말로 엉망이었다. 잘되길 바랐다면 그것부터 잘못된 일이기도 하지만, 나는 속으로 끝까지 치기만 하면 오늘 라운드는 성공하는 것이라는 생각으로 게임을 해나갔다. 그렇게 마음먹고 해도 공이 잘 못 맞으면 짜증이 났다. 비단 오늘 같은 날뿐이 아니지만 오늘은 그런 경우가 더 많았다. 골프 명언집에 보면 "훌륭한 플레이어는 먼저 생각하고, 미숙한 플레이어는 뒤에 생각한다."고 T. 모리스가 말했다는데 이 기준에 따르면 나는 미숙한 플레이어가 틀림없다.

그래도 피곤한 것 잊고 라운드를 잘 마쳤다. 결과는 구두 한 켤레 닦아주는 돈을 잃은 것 같다. 따먹기도 했으니 억울할 일은 없다. 오늘 게임은 아무리 잘 봐준다고 해도 골프에 대한 열정은 아니고 무모함이다. 나는 또 읽는다. B. 존슨이 "사람은 패한 게임에서 교훈을 얻는 것이다. 나는 이긴 게임에서 아직 배움을 얻은 일이 없다."
고 한 것을…… 나는 오늘 패했다. 돌아본다. 무엇이 잘못
됐는가? 원인은 간단하다. 서두른 것이다. 스윙이 빨랐던
것이다. 그 빠른 스윙을 붙잡는 것, 그것이 내 최근 골프
의 과제다. 특히 드라이버를 칠 때.

AI에게 드라이브 잘 치는 방법을 알려달라고 했더니
다음과 같이 일러주었다.

드라이버는 골프에서 가장 긴 클럽인 만큼, 비거리를
확보하는 데 매우 중요한 역할을 합니다. 하지만 그만큼
다루기 어렵게 느껴질 수도 있습니다.

1. 정확한 어드레스(셋업)
· 발의 위치: 어깨너비보다 약간 넓게 벌리고, 공의 위
  치는 왼발 뒤꿈치 선상이나 그보다 약간 앞쪽에 둡
  니다.
· 체중 배분: 양발에 균등하게 체중을 배분하거나, 약
  간 오른쪽에 더 실어둡니다.
· 척추 각도: 허리를 약간 숙이고, 척추 각도를 유지하
  는 것이 중요합니다. 너무 많이 숙이거나 펴지면 안
  됩니다.
· 그립: 너무 강하게 쥐지 말고, 편안하게 잡습니다.
  악수하는 정도의 악력이 적절합니다.

· 어깨 정렬: 목표 방향과 평행하게 어깨 라인을 맞춥니다.

2. 올바른 백스윙

· 데이크백: 부드럽게 시작하여 클럽 헤드가 낮고 넓게 빠져나가는 것이 좋습니다. 손목을 너무 빨리 사용하지 않도록 주의합니다.

· 회전: 하체와 상체의 충분한 꼬임(몸통회전)을 만들어야 합니다. 어깨가 턱밑까지 회전하는 느낌을 가지세요.

· 체중 이동: 백 스윙 탑에서 오른발에 체중이 충분히 실려야 합니다.

3. 효과적인 다운 스윙 및 임팩트

· 체중 이동: 다운스윙은 하체(왼쪽 다리)를 리드하며 시작합니다. 백스윙에서 오른발에 실렸던 체중을 왼쪽으로 옮겨줍니다.

· 스윙 궤도: 인사이드 - 아웃 스윙 궤도를 만드는 것이 비거리와 방향성 확보에 유리합니다.

· 임팩트: 공을 올려 치는 느낌으로 스윙합니다. 손목을 풀 때 클럽 헤드가 먼저 나가지 않도록 주의하고, 몸통 회전과 함께 임팩트 하는 것이 중요합니다.

· 힙턴: 다운스윙 시 힙이 먼저 회전하면서 파워를 만들어냅니다.

4. 부드러운 팔로스루 및 피니시

· 팔로스루: 임팩트 이후에도 스윙을 멈추지 않고 자연스럽게 이어갑니다.

· 피니시: 균형 잡힌 자세로 마무리합니다. 벨트 버클이 목표 방향을 향하고, 체중은 왼발에 완전히 실려 있어야 합니다.

그 외 추가적인 팁으로 헤드 스피드, 릴리스, 꾸준한 연습, 전문가의 도움, 연습 방법을 설명해 준다. 이런 내용은 몰랐던 게 아니었다. 그러나 다시 정리해 본 것은 유익할 것이라고 생각한다. 지금까지 내가 제일 안된 것이 팔로스루와 피니시인 것 같다. 다음 라운드부터는 이 문제에 신경을 바짝 써보기로 한다.

이웃의 예술가들

전시명: 팔공산 예술인회 및 올해의 선정 작가 초대전
일자: 2025. 3. 26.~4. 6.
장소: 아양아트센터 아양갤러리

대구시민이 비빌 수 있는 언덕, 팔공산 기슭에는 많은 예술가들이 살고 있다. 작업을 위하여 작업실만 두는 것이 아니라 아예 주거를 함께 하는 작업 공간으로 마련한 예술인들이다. 이들이 모임을 결성한 건 2009년이다. 팔공산의 아름다운 자연 환경과 역사, 문화적 가치에서 영감을 얻고, 서로 교류하며 창작 활동을 활발히 펼치고자 하는 뜻이 있었다. 창립 이후 매년 정기 전시회를 개최하고 있다.

현재 10개 분야에 40여 명이 참석하고 있고 공예 부문에 가장 인원이 많다. 2025년 전시회도 회원들이 자기 분야의 작품을 1점씩 출품하고, 선정 작가는 전시장 한 관을 자기만의 작품으로 채우는 전시다. 서양화, 한국화, 문학의 시화, 공예, 조소, 서예 분야에서 31점이 출품되었다. 여러 분야의 작품이 전시되니까 다소 산만한 느낌이 없는 건 아니지만, 회원들이 자기의 명예를 걸고 출품해 눈길을 끄는 작품이 많다.

이 전시에 나는 「한글자모 시로 읽기 · 24. 홀소리 ㅣ」를 출품했다. 구미에 사는 서예가 심원 김현숙 선생이 썼다. 시집 제목인 『가나다라마바사』를 각자로 뜯어 색깔을 달리하여 찍고, "서있는사람이다그사람을본떴다소리론오직중성없는듯도하지만 'ㅣ' 소리없는글자는키가작아보인다"라고 쓴 시이다. 나는 시집에서 한 자씩 세로로 쭉 늘여 시조 한 수를 3쪽에 걸쳐 실었다. 그런데 서예 작가는 일부러 띄어쓰기를 무시하고 작가의 뜻대로 행을 배열했다. 그것이 나는 좋게 보였다. 실험에 실험이 얹힌 작품이라 정이 가는 것이다.

서각 작품으로 '문자'를 창작의 소재로 삼은 작품이 또 하나 있었다. 공예가 임길선의 서각 작품 「어무이」, (1100×450, 뉴질랜드 소나무)였다. '어무이'라는 낱말 자체가 주는 정감과 글자를 표현한 조형감이 잘 살아났다. 공이 많이 든 작품으로 눈길을 끌었다. 작가는 노트에서 "문자의 기원은 인류문명이 시작되면서 (중략) 육천 년이라는 장구한 세월이 일궈낸 인류문명의 주춧돌이며 서사시이다. (중략) 현대서각 문자조형 예술로 발전해 나갈 것"이라는 견해를 밝혔다.

그 외 서양화에서 곽현석, 김쾅배, 김기환, 김상용, 김윤종, 노태웅, 문상직, 백미혜, 양성훈, 한국화 김봉천, 김희열, 조소에 방준호, 변유복, 신동호, 정세용, 정은기, 권수경, 공예 김대진, 김지희, 민경영, 박경현, 박덕망, 엄태조, 연봉상, 이종윤, 문학 권대자, 장하빈, 서예에 도기현 님의 작품이 전시되었는데 그 우뚝한 이름들처럼 작품들이 빛났다. 내 눈에 올해 서양화가 참 볼만했다는 생각이 든다.

올해의 선정 작가 도예가 김영창. 우선 그의 열정에 놀라지 않을 수 없었다. 그의 나이 여든하나, 오늘 복장도 청바지에 청자켓을 입었다. 여든하나의 나이로 보기는 어려웠다. 그가 도록에 쓴 인사말에서 "81살의 몸은 마음대로 움직이지 않고, 힘도 부치고, 그래도 즐겁게 하나님께 감사하며 밀린 숙제 하듯 하나씩 해결했다."고 썼다. 아직 그 나이는 아니지만 그 마음만은 충분히 이해할 수 있다.

김영창은 처음부터 도예가가 아니었다. 그는 교육자였다. 교육대학을 졸업했고 영어교육학을 전공했으며 늦게 미대 공예과를 졸업했다. 그의 이력에서 가장 중요한 사실은 '세계스카우트 총회 한국 정대표'라는 사실이다. 이 분야에선 매우 의미 있는 직책이라 한다. 그가 공예를 해보겠다는 작정을 하게 된 것도 스카우트 지도자 우드

뱃지 자격 취득 연수를 받던 베트남에서 결심했다고 한
다.

그래서인지 모르지만 그의 전시장에는 의욕이 솟구친
작품들이 전시되었다. 그 의욕이 다소 가라앉지 않은 느
낌을 주기도 했지만, 그의 열정을 표현하기 위해서는 피
할 수 없는 일이겠다 싶었다. 그는 착실한 크리스천으로
이해된다. 그러나 그의 작품은 종교의 울타리에 갇히지
않고 열려있었다. 신목인 솟대가 있고, 나옹선사의 시로
알려져 있는 「청산은 나를 보고」라는 작품도 있기 때문
이다.

눈길을 끄는 것은 인물상을 토기처럼 구운 것이었다.
「우리 가족」(조형토, 산화철)은 "우리 집의 모든 여자들 아내
와 달, 소라와 보라, 그리고 손주 준아를 모델로 하여 사
랑이 충만한 가정이 되길 빌면서 제작하였습니다." 란 설
명이 붙어있어 고개를 끄덕이게 했다. 그 외 '핀칭' 기법,
그러니까 도구를 사용하지 않고 손으로 빚어 만든 작품
들, 악기 모양, 자화상 등은 공예전에서 잘 보지 못했던
것들이었다. 김영창의 열정에 박수를 보낸다.

팔공산 예술인회의 회원전과 선정 작가전, 해마다 열
릴 수 있어 다행이다. 나는 이 모임의 운영 방법이 예술
단체의 모델이 되었으면 좋겠다고 생각한다. 회장은 서
로 미루고, 행정적으로 아주 느슨한 것 같지만 해야 할

일들은 다 이루어지고 있고, 이웃 예술가들이 서로 다독거리는 것이 좋다. 예술 단체의 존재 목적이 무엇인가? 예술 세계의 확장은 예술가 자신이 하는 것이고, 단체는 그 과정에서 겪게 되는 어려움을 위로하기도 하고 격려하기도 하는 것이 이상적인 것 아닌가. 팔공산예술인회, 그럴 수 있어서 좋다.

'어렵게 씌어진 시', 읽을 수 없으니,

이숭원, 『동주 시, 백 편』, 태학사, 2025.

『동주 시, 백 편』이란 책이 나왔다. 오른쪽에 책 제목이 세로 글씨로 내려꽂히고, 왼쪽 상단에 "불의한 시대의 순결한 영혼/ 윤동주 깊이 읽기"라고 가로쓰기로 쓰여 있으며, 책 허리에는 가로선이 하나 그어지고 그 아래 시 「길」이 세로의 초록 글씨로 앉았다. 이런 표지를 담백하다고 하는 것일까? 책 표지에 대한 인상이다. 책의 제목이 '윤동주 시, 백 편'이 아니라, '동주 시, 백 편'이다. 성을 떼고 시를 붙이니 느낌이 확 달라진다.

이 책을 엮은 문학평론가 이숭원의 서문 제목은 「윤동주 시의 올바른 이해를 위하여」다. 그러니까 이 책은 윤동주 시를 올바르게 이해시키기 위해 엮은 책이 된다. 표사表辭에서 "그의 시는 일제강점기의 상황 속에서 정당하지 못한 현실의 억압에 괴로워하며 불의한 시대에 순결한 영혼을 지키는 길이 무엇인가를 모색한 내성적 지식인의 고뇌를 보여준다. 정신을 행동으로 표출하지 못하는 자신의 나약함을 부끄러워하며 그 부끄러움의 심정을 정직하게 시로 표현했다. 그런 의미에서 그는 행동으로 저항한 것이 아니라 자신의 고뇌하는 순결한 영혼으로 불의한 시대에 저항한 것"이라는 넓은 의미의 윤동주 시 세계를 설명해 준다.

이숭원이 윤동주 시를 올바르게 이해시키기 위해 선택한 방법은 세 가지로 요약할 수 있겠다. 첫째, 윤동주 시를 창작 시점에 따라 순서대로 읽는다는 것이다. 3부로 나누어 성장기(1934~1937), 연희전문학교 입학기(1938~1939), 번민과 갈등의 시기(1940~1942)로 나누었다. 따라서 이 책은 1934년 12월 24일에 쓴 「초 한 대」로 시작하며, 1942년 6월 2일에 쓴 「쉽게 씌어진 시」로 끝나는 차례를 갖고 있다.

둘째, 이 책은 윤동주 시의 현대어 정본을 제시한 것이다. 서문에 따르면 윤동주 사후 1948년에 간행된 시집 『하늘과 바람과 별과 시』에는 31편이 수록되었다. 1955년에 나온 증판본 『하늘과 바람과 별과 시』에는 시 89편과 산문 4편이, 1976년에 나온 전집본 『하늘과 바람과 별과 시』에는 증판본을 낼 때 제외한 23편을 추가해 112편이 수록되었다. 그리고 최종 편집인 『(사진판) 윤동주 자필 시고 전집』에 다시 7편이 추가되어 119편이 수록되었다. 이것은 윤동주 스스로 삭제 표시를 하거나 퇴고의 자취가 많은 작품까지 전부 수록한 결과다. 이 책은 그중에서 백 편을 골라 정본 표기로 옮겨 적었다.

셋째, 이 책은 윤동주 시 백 편에 전문 해설을 붙인 최초의 시집이라는 특징을 갖는다. 시집에서 발문이나 작품 해설을 한다고 해도 전편을 모두 해석하는 경우는 없다. 이 책은 윤동주 시 백 편에 편마다 해설을 단 것이다. 이런 해설 방법이 몇 편의 작품을 해설한 것을 읽고 윤동주 시에 대해 갖게 되는 편견을 불식시키는 방법이 될 것 같다. 따라서 이러한 방법들이 윤동주 시를 올바르게 이해시키는 데 매우 중요한 단서를 제공하고 있다.

이 같은 의도로 씌어진 이 책을 통해 나는 내 나름대로 지금까지 갖고 있던 윤동주의 대표작과 내가 가장 좋아하는 윤동주의 작품을 바꾸게 되었다. 나는 2009년 시집 『낱말』을 발간하여 한국문인협회에서 주는 제25회 윤동주문학상을 받았다. 그래서 윤동주에 대한 공부를 나름대로 해왔다. 윤동주를 알기 위하여 윤동주 생가(2015. 9. 4.)를 방문하기도 했고, 그곳에서 나온 윤동주 관련 서적을 사서 읽기도 했다. 그러나 윤동주를 바르게 이해하는 데는 한계가 있었다.

그런데 이 책을 읽고 나니까 윤동주에 대한 이해가 깊

어졌다. 무엇보다도 창작한 시점에 따라 순서대로 읽으니 전기를 읽는 것같이 이해가 빠르고 깊어졌다. 예를 들어 연희전문학교 입학기인 1938년 5월 10일의 「새로운 길」은 "스물한 살의 나이로 연희전문학교 문과에 입학하여 처음으로 맞이한 새봄에 쓴 이 시는 시인 윤동주의 순정한 마음의 결을 너무나도 잘 드러낸다."(202쪽)는 해설을 읽으니 이 시의 의미가 확연하게 새겨지는 것이다.

그리고 또 하나는 해설자 이숭원이 윤동주라는 시인의 이름 앞에서 흔들리지 않고 그야말로 전문적으로 해설하고 있다는 것이다. 작품 「닭」의 해설에서 "당시 윤동주의 한국어 어휘 구사가 만족할 만한 수준이 아니라는 것을 짐작할 수 있다."(75쪽)라고 평한 것이나, 작품 「비행기」 해설에서 "이 시는 실제의 비행기를 관찰하고 쓴 것이라기보다는 비행기에 대한 지식을 가지고 쓴 작품이라고 할 수 있다."(111쪽), 작품 「달밤」 해설에서 "시는 대상의 감각적 표현이라는 시 창작의 기초 작법은 터득한 것 같지만, 추상성에서 벗어나 대상의 구체성을 실현하는 단계로 나아가기에는 아직 수련이 부족한 것을 감지할 수 있다."(158쪽) 등은 독자들에게 해설에 대한 신뢰를 갖게 한다.

이 책을 읽고 난 뒤에 나는 윤동주의 대표작은 지금까지 생각하던 「서시」가 아니라, 1941. 11. 5.에 쓴 「별 헤는 밤」이며, 내가 가장 좋아하던 작품도 「길」에서 윤동주 생애의 마지막 작품 「쉽게 씌어진 시」로 바꾼다. "가슴 속에 하나 둘 새겨지는 별을/ 이제 다 못 헤는 것은/ 쉬이 아침이 오는 까닭이요./ 내일 밤이 남은 까닭이요./ 아직 나의 청춘이 다하지 않은 까닭입니다." 그리고, "시인이란 슬픈 천명인 줄 알면서도/ 한 줄 시를 적어볼까."가 가슴을 치기 때문이다.

윤동주의 마지막 작품 「쉽게 씌어진 시」를 읽으니 안타까워진다. 이 작품이 분명 마지막 작품이 아닐 것이기 때문이다. 윤동주는 「쉽게 씌어진 시」를 쓴 때부터 2년 8개월 후인 1945년 2월 16일 일본 후쿠오카 형무소에서 세상을 떠났다. 그 2년 8개월, 윤동주는 '어렵게 씌어진 시'를 썼을 것이다. 어쩌면 그의 가슴에 들끓다가 묻혀버린 시가 세상에 알려진 시보다 더 많을지도 모른다. 이 책도 '어렵게 씌어진 시의 시기'라는 부가 하나 더 늘어날 수 있었다면⋯⋯. 그가 해방을 맞고 6개월만 더 살았다면⋯⋯, 더 많은 윤동주의 시를 읽을 수 있었을 텐데, 참으로 무심한 역사여!

1. 유재영 시조집, 『달항아리 어머니』, 동학사, 2025.

"현대 시조에서 종장을 두고 '역설의 언어'라고 말하는 것은 바로 이러한 논리의 단절을 통한 새로운 직관의 확보를 의미한다.(「순간의 포착과 시의 형성과정에 대한 aphorism」)

"바람소리 껴안고 울어본 적 있던가/ 그리움을 구겨놓고 울어본 적 있던가/ 남몰래 찾아온 가을, 빗금 치는 저 물소리"(「무심히 흘려보낸 가을 강」 세 수 중 둘째 수)

2. 이진흥 시집 『꽃은 말하지 않는다』, 동학사, 2025.

"시를 쓰는 것은 횔덜린의 말처럼 인간의 영위 중 가장 무죄한 일입니다. 그것은 세속의 이해타산을 넘어선 그 자체로서의 의미를 가지는 것이기 때문이지요. 시는 학문이나 도덕 또는 정치나 경제가 아닙니다. 시는 시일 뿐이어서 설득하거나 주장하지 않습니다. 속마음을 감추고 스칠 듯 말 듯 향기를 내지만 소리를 내어 말하지 않습니다."(130쪽, 「시인의 말」 결론 부분에서)

3. 일본어 번역시집, 손중호, 이광, 변현상, 정희경 시조 안수현 평론, (편, 역, 해설, 안수현), 『韓國現代時調四歌仙集』, 水聲社, 2025.

"스무하루 달빛은 고즈넉한 의자다/ 맑고도 고운 선율/ 차르르 펼쳐놓고/ 여리고 고단한 것은 쉬어 가라 몸 낮추는"(64~65쪽, 「달빛의자」 손중호)

"어두움 지워내고/ 이제 시가 나를 쓴다// 영혼의 다락방에/ 초 한 자루 타는 밤// 찻잔에 나를 따른다// 우러나라/ 우러나라"(72~73쪽, 「시」 이광)

"쪽빛 하늘 바라보다 괜스레 웃음 난다/ 저게 만약 툭 터져서 쏟아져 내린다면/ 싸울 일 진짜 없겠네! 온 누리가 청군이니"(「쪽빛 하늘 바라보다」 변현상)

"가시 같은/ 말들이/ 마디마디/걸려있다//거침없이/ 내지르던/ "임금님 귀는/ 당나귀 귀"// 연필심/ 뾰족하게 올려/ 받아 적는/ 표제 하나"(170~171쪽, 「죽순」 정희경)

고인쇄박물관, 운보의 집, 초정 행궁

일자: 2025. 3. 19.
여행지: 청주

청주, 운곡 김동연 선생의 초청을 받아 청주에 갔다. 운곡은 서예가다. 국전 입선 5회, 대한민국미술대전 입·특선을 비롯하여 국립현대미술관 초대작가, 대한민국서예대전초대작가 및 심사위원 운영위원장을 역임하셨다. 충북지역 대학의 서예 강사, 청주 예총회장, 운보문화재단 이사장, 해동연서회 창립회장 등을 역임했는데 세계문자서예협회라는 특이한 협회의 이사장을 맡고 있다.

이분께서 저를 만나자고 하는 것은 금년에 계획한 전시회 때문이다. 운곡 선생은 금년에 나의 『흩』 시집에 있는 짧은 시 50편을 운곡이 서예 작품으로 쓰고, 서각을 해서 전시한다는 것이다. 5월에 세종문화원에서, 5, 6월 세종문화회관 한글 갤러리에서 전시 계획이 잡혔다. 전시회에 출품하는 작품들은 지난해에 전화를 통해 사용을 허락했고, 구미에서 한 번 만난 적이 있다. 전시회 진행 상황과 전시회명을 짓는 것을 의논하자는 것이다.

전시할 작품들이 어떤 형태를 갖게 되는지 궁금하기도 해서 가보기로 했는데, 이 분야에 대해서 지식이 많은 문강 류재학 선생에게 함께 가달라고 부탁했다. 자동차로 갈까 생각하고 있었는데 운곡 선생이 오송까지 기차를 타고 오면 오송역에 사람을 보낼 테니 함께 오라고 해서 그렇게 하기로 했다. 문강 서실 앞에서 문강을 태우고 동대구역 주차장에 주차하고 열차를 탔다. 한 시간 남짓. 오송역에 마중 나온 사람을 만나 운곡 사무실로 갔다.

사무실로 가는 도중 청주에 사는 시조시인 김선호 씨에게 전화를 했다. 청주에 왔다고, 마침 운곡 선생과도 아는 사이라 점심 시간에 합류하기로 했다. 운곡 선생 사무실에는 문하생 여러 명이 나와있었다. 전시회에 전시할 작품들을 보았는데, 크기는 A4 용지 크기의 나무판에 시, 서각을 한 사람의 이름, 작품이 새겨져 있었다. 같은 크기의 작품 100편이 전시된다고 하니 가관일 것 같다는 생각이 들었다.

차 한잔 마시고 점심 식사를 하러 갔다. 식사는 청주 명물이라는 민물새우찌개, 맛있었다. 식사 도중 전시회 명과 관련한 논의는 한글갤러리 사용 신청을 할 때 쓴 '색동 입은 훈민정음'으로 하는 것이 좋겠다는 의견을 피력했다. 전시회명을 바꾸면 행정적으로 번거로운 일이 많이 생길 것이기 때문에 그렇게 하기로 했다. 쉽게 합의하고, 세종시의 세종문화원에서 5월 12일부터 15일까지, 세종문화회관 세종갤러리에서 5월 20일부터 6월 16일까지 전시회를 한다고 알려주었다.

식사 후 청주 관광에 나섰다. 점심 식사 자리에 왔던 시조시인 김선호 씨는 돌아가고 운곡 선생의 문하생 네 분과 운곡, 문강, 나 이렇게 두 대의 자동차에 분승했다. 제일 먼저 찾아간 곳은 '청주고인쇄 박물관', 3개의 전시관과 직지 디지털 실감 영상관 그리고 홍보 영상관이 있었다. 1전시관에는 세계에서 가장 오래된 금속활자본 '직지'를 중심으로 고려의 금속활자 인쇄기술과 홍덕사 관련 자료가 전시되어 있다.

2전시관은 고려와 조선의 인쇄문화를 소개하고 있었다. 우리나라 인쇄문화기원에서 목판인쇄까지 역사, 고문서와 유물을 감상할 수 있었다. 3전시관은 우리나라뿐만 아니라 동양의 인쇄문화를 만나볼 수 있는 공간이었다. 구텐베르크가 제작한 42행 성서로 유럽의 인쇄문화까지 접할 수 있었다. 박물관 옆 마당 금속활자본 직지심체요절이 인쇄되었다는 고려시대의 사찰터 홍적사지를 보았다. 책에서만 보던 곳을 직접 둘러보는 감회가 컸다.

뭐 그리 바쁠 일도 없지만 바쁘게 '운보의 집'으로 향했다. 운보 김기창이 우향 박래현과 사별한 후 어머니의 고향인 이곳에 정착하여 자연을 벗 삼아 작품 활동에 전념했다고 한다. 운보, 1만 원권 지폐에 세종대왕을 그린 화가다. 어렸을 적 장티푸스에 걸려 청각장애인이 되었다. 일본 도쿄예술대학 교수에게 일본화식 채색 화법을 익혔다고 하고 유명 작품으로 〈예수의 생애〉, 〈점과 선〉 시리즈가 있다.

운보의 집 지하 공간에 예수의 출생에서부터 부활까지의 장면을 조선조의 것으로 바꿔서 그린 작품이 전시되어 있었다. 운보미술관은 부인인 박래현 화백과 월북 작가 동생 김기만 화백의 작품도 있다. 입구 쪽에 김기창 화백의 동상도 있다. 지하 1층 대부분 작은 그림으로 미인과 전쟁 그림들, 1층은 큰 그림 위주로 전시되어 있었다. 미술관 밖 조각과 수석 공원이 넉넉했다. 작품들이 놀라웠다. 우측에 부부 묘가 있다고 하나 올라가진 않았다.

마지막으로 간 곳은 초정 행궁이다. 세종대왕이 눈병 등 질병을 치료하기 위해 짓고 머물렀던 행궁이다. 1443년(세종 26년) 1월에 건립했으며 이후 세종이 머물며 이곳에서 한글창제를 마무리했다고 한다. 총 121일을 이곳에 행차했으며 행궁이 건립될 때 탄산수가 솟아났다고 한다.

행궁은 크게 4구역으로 나뉘는데 왕이 탕에서 치료를

하는 탕실 구역, 왕이 머무는 침전 구역, 관청이 들어선 내전 구역, 수라간을 포함한 기타 관청이 들어선 외전 구역이다. 여러 건물이 들어서 있긴 했지만 감동을 주지는 못했다.

기대하지 않았는데 청주에 와서 의미 있는 세 곳을 둘러보게 되었다. 와보지 않은 곳이라 새롭기도 했지만, 고인쇄박물관과 세종대왕이 연결되고 있고, 운보는 1만 원권에 세종대왕을 그린 화가라 모두 묘하게 연결되었다. 그리고 오늘 이곳을 찾은 사람들도 세계의 문자를 서예로 쓰는 운곡, 한글을 소재로 한 시조를 쓰는 나, 그림과 글자 사이를 연구하는 문강 등이 모두 관련 없는 곳이 아닌 것 같다. 마지막 길상이네 닭요리집에서 저녁 식사를 하고 청주를 떠나왔다.

긍정적으로 생각하고, 결과에 연연하지 않는 것

일시: 2015. 4. 17. 07:15
장소: 대가야CC

　여명회 골프 월례회 날이다. 여명黎明은 희미하게 날이 밝아 오는 빛, 또는 그런 무렵이나 희망의 빛을 가리킨다. 회명을 내가 제안했다. 그런 빛을 가꾸며 살자고 골프를 치기 훨씬 전부터 내 고향인 경상북도 고령군에서 초등학교 교사로 만났던 사람들의 모임이다. 그중 신ㅇ 교장은 1969년에 초임학교에서 만난 사람이니 금년이 55년째다. 그리고 내가 군 생활 포함해서 20년 정도 초등교직에 있었는데 세 번이나 같은 학교에서 근무한 인연이 있는 사람이다.

　고령국민학교에서 만난 조ㅇ수 교수는 초등교사로 있으면서, 특수 교육을 전공하여 전주 우석대학 교수로 있다가 대구대학으로 와서 정년을 했다. 그 분야에선 권위자로 인정받는 학자다. 또 한 사람 곽ㅇ수 교장은 고령군에서 교장으로 정년 퇴임을 했는데, 나와는 고등학교 동창이다. 한 해 후배다. 같이 군대에 갔고 제대를 같은 날 했다. 복직할 때, 그는 고향 가까운 곳에 발령을 받았고, 나는 낙동강 가 벽지 학교로 발령을 받았다.

여명회는 사실상 해체된 것과 마찬가지였는데 골프로 해서 부활한 모임이다. 나는 이들에 비해 비교적 일찍 골프를 시작했다. 이 친구들이 퇴직하고 골프를 시작하게 되어서 골프로 어울리게 된 것이다. 그야말로 참 좋은 사람들이어서 골프 스코어하고는 아무런 상관 없이, 만나면 반갑기 그지없는 사람들이라 즐겁게 지내고 있다. 한 달에 한 번 만나는 모임인데 돌아서면 다음 달 모임이 기다려진다.

여명회 골프는 그런 인연들로 고령에 있는 골프장에서 모임을 한다. 처음엔 고령 '유니밸리'라는 골프장에 자주 갔다. 그런데 내가 사고를 쳤다. 2019년 11월 20일, 비탈의 잔디에 미끄러지면서 계곡으로 떨어졌다. 나는 정신을 잃었고, 이 친구들이 고생을 하며 대구 굿모닝 병원에 입원시켰다. 응급실에서 병실로 와서야 나는 정신을 찾았다. 허리와 다리와 손에 큰 상처를 입었다. 그 상처는 아무것도 아니고, 경막하출혈 진단을 받았다. 심각한 지경에 이르렀다. 그러나 다행히 이십여 일 후에 퇴원을 할 수 있었다.

이 정도 사고를 냈으면 골프를 그만해야겠다고 작정해야 할 정도인데, 전혀 그럴 생각이 없었다. 한 수 더 떠서 퇴원하고 첫 나들이가 골프숍에 체를 바꾸러 갔을 정도다. 이쯤 되면 속된 말로 미친 것인데 이 정도로 미쳤으면 잘 치기라도 해야 하는데. 그것도 아니고 내가 생각해도 참 한심한 일이었다. 금년이 골프 시작한 지 꼭 30년, 그런데 세월만 잡아먹고 골프는 왜 거기서 거기의 실력인가. 내가 정말 왜 이런지 모르겠다.

유니밸리 골프장에서 이 일이 있은 뒤 이곳엔 가지 않고 고령의 가야대학교 부지에 생긴 대가야CC에 가기 시작했다. 나인 홀을 두 번 도는 퍼블릭골프장으로 열악하다. 그러나 골프를 잘 치기 위해서가 아니라 골프를 매개로 해서 만나는 모임이라 골프장에 대한 불만은 없다. 나로서는 골프장이 되기 전 이 대학에 문예창작과가 있을 때 수년간 강의를 나와서 건물마다 강의실에 드나든 추억도 있고 그때 만난 사람들을 추억하는 재미도 있다.

골프를 잘 치는 모임은 아니지만, 이 모임이 시작되고 나서 골프 투어를 가기도 하는데 몇 년 전 제주도에 갔을 때는 내가 무슨 사정이 있었던지 참여하지 못했고, 지난해엔 일본 구마모토로 골프 투어를 가기도 했다. 조인수 교수의 제자 한 분이 구마모토 대학에 있어 그분의 주선으로 구마모토에 있는 골프장에서 이틀을 즐기고 왔다.

제자분의 친절한 안내와 봉사에 인간적으로 크게 감명받았다.

이달에도 대가야CC다. 그린피 싸게 친다고 새벽 7시 15분 부킹이다. 두 시간 전에 일어나야 한다. 그것이 보통 부담스런 일이 아니지만 기꺼이 즐긴다. 내 드라이버 체가 깨져서 AS 받으러 보냈다가 어제 받았다. 골프가 워낙 민감한 운동이라 잘되지 않을 것이란 예감이 있었다. 거기다 날씨까지 바람이 세게 불었다. 그러니 골프는 잘될 수도 없고, 잘되지도 않았다. 평소보다 더 못하다.

스코어는 기록해 두기도 민망할 정도라서 차라리 피하고 좋았던 것만 생각해 본다. 가장 좋았던 것은 8번 홀에서 그린 바깥 1m 정도에서 퍼터로 친 것이 홀 컵으로 빨려들어서 버디를 한 것이다. 그야말로 운에 가까운 것이지만 기분이 나쁘지 않았다. 그리고 수리한 드라이버가 제대로 맞으니 거리가 좀 더 늘어난 것 같다. 핸디캡 1번 홀인 9번 홀에서 확인할 수 있었다. 투온이 어려운 거리가 가능한 홀이 되었다. 퍼트를 잘하는 방법을 다시 한 번 정리해 본다. 퍼팅 실력을 향상시키는 효과적인 방법을 AI한테 물어본다. 대답은 매우 체계적이다.

1. 정확한 어드레스: 눈의 위치, 몸의 정렬, 체중 배분, 그립

2. 일관된 스트로크: 진자 운동, 백스윙과 팔로스루,

임팩트, 가속

3. 거리 및 방향 감각 향상: 다양한 거리 연습, 그린 읽기(경사 잔디결, 속도) 이미지트레이닝

4. 멘탈 관리: 긍정적 태도, 루틴 만들기, 결과에 연연하지 않기

처음 읽고 처음 듣는 말은 없다. 전혀 모르지는 않았다는 뜻인데 왜 그리 안되는 것인지, 마지막 효과적인 연습 방법을 추천하는 가운데 "짧은 시간이라도 매일 꾸준히 연습하는 것이 중요합니다."라는 말을 듣고는 내 연습 시간을 돌아보게 되었다. 잘할 수 있을 만큼 연습하지 않았다는 사실을 인정하지 않을 수 없다.

그래, 이 말을 잘 들어야겠다. 기술도 기술이지만 멘탈이 더 중요하다. 불교 화엄경의 핵심사상인 '一切唯心造' 라고 하는 말이 여기에서도 그대로 적용된다. 긍정적으로 생각하고, 결과에 연연하지 않는 것, 이것이 어찌 골프에만 해당되는 말이겠는가. 우리 인생사가 다 그런 것 아닌가. 이런 생각을 다시 해보는 것만으로도 골프는 나쁘지 않은 운동 같다. 골프를 잘 치는 테크닉을 연마하기보다 마음을 잘 다스리는 쪽으로 가야 결국 스코어도 향상시키게 될 것이다. 그래도 잘 안될 것이지만 그런 생각만이라도 해보는 게 어딘가!

10년 전 영화, 세월이 흘렀어도

영화명: 〈내부자들〉
개봉: 2015. 11. 19., 등급: 청소년 관람 불가, 장르: 범죄, 드라마,
러닝타임: 130분, 감독: 우민호, 주연: 이병헌, 조승우, 백윤식, 이경영 외,
OCN MOVIES, 관람일시: 2025. 5. 26. 23:00

영화 〈내부자들〉은 2015년에 개봉된 영화다. 윤태호의 웹툰 〈내부자들〉이 그 원작이다. 정치인과 언론, 재벌들과 정치계를 움직이는 사람들의 배신과 음모를 다루는 누아르Noir(프랑스어) 영화다. 누아르 영화란, 범죄나 사회적 윤리에 반하는 소재를 사용해 어두운 분위기를 부각시키는 작품군을 칭하는 장르다. 이 영화가 개봉됐던 해 극장에서 보기도 하고 영화에 나오는 대사를 칼럼에 인용하기도 한 기억이 있다.

이 영화를 집에서 TV로 보게 된 것은 참 우연한 일이다. 토요일 오후 작업실에서 대한민국 21대 대통령 선거에 출마한 국민의 힘 당내 경선 토론회 중계를 보게 되었다. 보기가 힘들었지만, 끝까지 참고 보았다. 정치가 정말 무엇인가? 요즈음 읽고 있는 조정래의 『태백산맥』 2권

에 나오는 "무릇 정치라는 것은 명분이나 합법으로 가장 된 인간의 탐욕과 이기의 절정의 표현이지요. 하므로, 그 탐욕이나 이기를 채우는 데 반하는 모든 요소는 수단이 나 방법을 가리지 않고 제거시키는 것이 정치 생리지요." (238쪽)라는 말이 떠올랐다.

늦은 밤에 TV 채널을 이리저리 돌리다가 OCN MOVIES 에서 〈내부자들〉을 방영하고 있었다. 잘됐다 싶었다. 낮 에 본 후보자 토론회와 연계시켜 보는 것이 썩 괜찮을 것 같다는 판단을 한 것이다. 아니나 다를까 10년 전 영화와 오늘의 정치판이 크게 다르지 않았다. 속고 속이고, 이용 하고 이용당하는 스토리가 기대 이상으로 흥미로웠다. 의자를 바짝 당겨 앉아 집중했다.

〈내부자들〉은 대한민국 사회 깊숙한 곳의 부패와 권력 암투를 날카롭게 파헤치고 있다. 유력한 대권 후보와 재 벌 회장, 언론인, 그리고 그들을 돕는 정치깡패 안상구, 성공을 꿈꾸는 야심찬 검사 우장훈을 중심으로 펼쳐졌 다. 안상구는 복수를 꿈꾸며 은밀히 판을 짜고 우장훈은 정의를 실현하려 하지만 거대한 권력 앞에서 번번히 좌 절한다. 이들은 각자의 목표를 가지고 서로 얽히고설키 면서 예측 불가능한 상황 속으로 빠져든다. 이들의 욕망 과 배신 그리고 숨겨진 진실을 쫓아가는 과정이 긴장감 넘치게 그려진다.

이 영화에 나오는 대사 하나, "정의? 대한민국에 그런 달달한 것이 남아있긴 한가?"라는 말, 이 대사는 지금 우리 정치 현실에서 변하지 않은 말이다. 정말 우리 사회에 정의가 존재하는가? 정치인들은 정말 정의를 위해 일하고 있는가? 하는 의문들을 가지지 않을 수 없다. 대사 중 검사 우장훈이 "재벌하고 대권 후보, 언론이라, 정의롭다, 정의로와."라고 비꼬는 역설이 인상적이다. 지금의 우리 정치판을 보면 이런 대사가 사라질 날은 정말 있을까 싶다.

내부자들의 폭로로 대권 후보자가 꿈을 이루지 못하게 되었을 때 "졸라, 고독하구만."이라는 독백이 권력의 허무함을 드러낸다. 이 영화 속에 나오는 대사 "모히또에 가서 몰디브나 마실까요."라는 말이 재미있다. '모히또'는 스페인어로 럼주에 레몬이나 라임 주스를 첨가한 칵테일이고, 몰디브는 스리랑카 서남쪽 인도양 위에 있는 공화국으로 약 1,200개의 산호섬으로 이루어진 나라 이름이다. 바른말이 되려면 "몰디브 가서 모히또 한잔 하자."가 되어야 하는데, 깡패 사회에서 이걸 모르고 겉멋부리며 하는 말이다. 이 말은 정치판이 이렇게 엉터리라는 것을 상징한다.

따라서 이 말이 이 영화의 핵심적인 줄거리가 될 수도 있다. 말도 안 되는 말이 판치듯이, 정치가 말도 안 되게 돌아간다는 사실을 드러내는 것이다. 그 외 언론인 "이런 여우 같은 곰을 봤나.", "어차피 대중들은 개, 돼집니다." 라는 대사들은 영화의 대사가 아니라 지금 우리 정치판에서도 심심찮게 들을 수 있는 말이다. 재벌, 정치인, 언론이 이런 생각을 버리지 않는 한 몰디브 마시러 모히또에 가게 되는 것이다.

세상의 많은 영웅 이야기에서 영웅은 쉽게 되는 것이 아니라 온갖 역경을 딛고 죽을 고비를 몇 번이나 넘기고 목적을 달성한다. 결국은 인간이 가져야 할 양심, 이를테면 인간의 양심, 사회적으로는 정의가 승리한다는 것을 들려준다. 이 영화도 불의에 항거하는 내부자들의 승리가 그것을 보여주고 있다. 사람을 신뢰하게 하는 것은 말이 아니라 행동이고, 진실한 행동은 말을 하지 않아도 신뢰를 불러온다.

긴장하지 않는 삶, 긴장이 없는 삶 속에서 범죄 영화를 보면서 잠시라도 느껴보는 긴장의 맛이 톡톡하다. 굳이 영화관을 찾아가지 않아도 집에서 편안히 영화를 볼 수 있는 세상이 된 것도 좋다.

영화는 극장에서 대형 스크린을 통해서 보는 것이 제맛일 테지만 집에서 보는 영화도 보지 않는 것보다는 낫다. 지겹지 않은 삶을 가꾸는 지혜는 그리 어렵지도 않고 그리 멀리 있지도 않다. 변하는 세상 억지로라도 따라가

면서 보고 즐기는 것, 그것이 문화로 노는 시니어의 멋이
될 것이라 믿으니 흐뭇해진다.

토론과 변론

플라톤 지음, 천병희 옮김, 『소크라테스의 변론』,
도서출판 숲, 2017(2판 1쇄).

참 좋은 계절이다. 계절의 여왕이라고 하는 이 5월에 대한민국은 대통령 선거로 시끄럽다. 윤석열 대통령의 탄핵으로 조기 대선을 치러야 한다. 이런 일이 민주주의가 잘 가동되는 것인가? 아니면 그 반대인가? 종잡을 수 없다. 그런 가운데 여야 정당에서 각 당의 대통령 후보를 결정하는 토론이 이어졌다. 크게 관심 갖고 싶지 않지만 그렇다고 아주 외면할 수도 없어 토론을 자주 보게 되었다. 토론 같지도 않고 실망만 쌓인다.

그런 가운데 떠오르는 책이 있다. 플라톤이 쓴 『소크라테스의 변명』이다. 전에도 읽은 적이 있지만 '죽음을 두려워하지 않는 당당함' 이란 기억 밖에 구체적으로 떠오르지 않는 책을 펼쳐 단숨에 읽었다. 그러면서 토론과 변명은 어떻게 다른가가 궁금해졌다. '토론' 은 "어떤 문제에 대하여 여러 사람이 각각 의견을 말하며 논의함"이라는 뜻을 가지고, '변론'은 "사리를 밝혀 옳고 그름을 따짐"이라고 사전은 풀이하고 있다.

대선 경선 예비 후보들의 토론은 토론이 아니라 질문이 지적질들로 이루어지니까 그에 대한 변론을 하는 것이 많아 토론이 아닌 변론장 같은 기분이 들었다. 대선 후보들의 토론장이라면 그들의 꿈이 국민의 미래가 되어야 하기 때문에 설레고 희망차야 하는데, 과거에 치우쳐 있고 미래는 보이지 않았다. 희망을 주는 것은 시쳇말로 일도 없었다. 헛된 기대였다. 『소크라테스의 변론』을 다시 읽고 싶었던 이유가 여기에 있다.

『소크라테스의 변론』은 소크라테스가 기원전 399년 자신에게 제기된 고발사건에 대해 법정에서 스스로 변호하는 과정을 묘사한다. 소크라테스는 먼저 자연 현상에 관한 문제를 탐구하고 '사론邪論'을 '정론正論'으로 만든다는 자신에 대한 초기의 고발과, 나라에서 섬기는 신들이 아닌 다른 신을 섬기며 청년들을 타락시킨다는 후기의 고발을 구분한다. 초기 고발에 대해 자신의 유일한 지식은 자기가 아무것도 모른다는 사실을 아는 것뿐이라고 주장한다.

그는 자기가 세상에서 가장 지혜로운 사람이라는 델포이의 신탁이 믿기지 않아 자기보다 더 지혜로운 사람을 찾아다녔으나 그런 사람을 발견하지 못했고, 그 과정에서 지혜롭다는 사람들도 사실은 무지하다는 것을 입증함으로써 이들의 미움을 산 것이 화근이 되어 고발당했다는 것이다. 정치가, 비극 시인들, 시인들을 찾아다니며 그들보다 내가 더 무지한 것으로 드러나리라 믿었기 때문이라고 한다.

그중 시인을 만난 이야기를 옮기고 싶다. "시인들은 지혜가 아니라 일종의 소질이나 영감으로 시를 짓는다는 것을, 그리고 시인들의 영감 역시 그럴듯한 말을 많이 하지만 자신들이 무슨 말을 하는지 알지 못하는 예언가나 신탁을 들려주는 사람들의 영감과 같다는 것을, 시인들의 처지도 정치가의 처지와 마찬가지인 것 같았습니다. 동시에 나는 시인들이 자신들은 시인인 만큼 사실은 전혀 모르는 다른 일들에 관해서도 가장 잘 안다고 자부한다는 것을 알았습니다." (32쪽)라고 했다.

다음, 소크라테스는 자기를 불경죄로 고발한 멜라토스를 불러내어 그의 고발이 악의적인 허구임을 밝힌다. 그런 다음 배심원들에게 자기는 죄가 없으며 앞으로도 종전과 같은 활동을 계속하겠다며, 만약 그들이 아테네인들을 각성시키기 위해 신이 보낸 등에인 자기를 죽인다면 아테네에 큰 손실이 될 것이라고 말한다. 그리고 "아무튼 나는 몇 번이고 죽는 한이 있어도 내 태도를 바꾸지 않을 것."(50쪽)이라고 강변한다.

사형이 구형되자 자기가 추방형을 자청하면 사형을 면할 수 있다는 것을 알면서도, 자기는 아테네의 은인인 만큼 상을 받아 마땅하거늘 유죄를 인정하는 어떤 형도 스스로 제의하지는 않겠다고 우긴다. 친구들의 권유에 따라 30므나의 벌금형을 제의하지만 배심원들이 사형을 선고하자 최후 진술에서 자기가 죽은 뒤 배심원들은 살려달라고 애걸복걸하지 않았다는 이유로 살 날이 얼마 남지 않은 70세 노인을 사형에 처했다는 비난에 시달리게 될 것이라고 예언한다.

소크라테스는 죽음이란 꿈꾸지 않는 잠이거나 진정한 정의가 지배하는 곳으로 떠나는 여행인 만큼, 그곳에 가면 호메로스나 헤시오시스 같은 선현들과 영웅들을 만나 환담할 수 있으니 얼마나 좋은 일이냐며 오히려 친구들을 위로한다. "나는 죽으러 가고, 여러분은 살러 갈 것입니다. 그러나 우리 중에서 어느 쪽이 더 나은 운명을 향해 가고 있는지는 신 말고는 아무도 모릅니다."라고 말한다.

지혜와 정의와 진리가 무엇인지 다시 생각하게 한다. "인간들이여, 너희 가운데 가장 지혜로운 자는 소크라테스처럼 지혜에 관한 한 자신이 진실로 보잘것없다는 것을 깨달은 자이니라."(33쪽) "진실로 정의를 위해 싸우는 사람은, 잠시라도 살아남으려면 반드시 공인公人이 아니라 사인私人으로 살아가야 합니다."(53쪽) "죽음을 피하는 것이 어려운 게 아니라, 비열함을 피하는 것이 훨씬 더 어렵습니다."(69~70쪽)라는 말들에 밑줄을 그었다.

이 책에 나오지 않았지만, 소크라테스의 재판에서 배심원 500명이 찬반 비율은 처음 280:220이었지만 "내가 문제가 있는 것이 아니라 당신들이 문제요."라는 투의 일관된 변론은 배심원들을 돌아서게 하여 2차 투표에서는 360:140로 가결되었다고 한다. 대한민국 제21대 대통령 후보 경선은 여당은 김문수 56.53% 한동훈 43.47%. 야당에서는 이재명이 89.77% 김동연 7% 김경수 3%을 받았다.

재판의 유죄, 무죄, 찬반 비율 등의 용어가 이 책을 읽는 데 더욱 생생하게 했다. 그리고 더욱 깊이 이해되었다. 고전도 시사 문제와 관련시켜 읽으면 이해가 더 깊어지고, 시사 문제에 대해 무엇이 옳고, 그른지, 누가 바르고 그른지 판단할 수 있게 한다. "신이든 인간이든 자기보다 더 훌륭한 이에게 복종하지 않는 것은, 나쁜 짓이고 수치스러운 짓이라는 점을 나는 압니다."라는 소크라테스의 말, 우리 정치판에 좀 울려 퍼졌으면 좋겠다.

4월의 다른 책 한 줄

1. 이숭은, 『꽃으로는 못 올 우리』, 가회, 가회기획시인선 010. 2025.

"풀밭에 가만 누워 하늘에 눈을 주면/ 반걸음에 반걸음 씩 구름이 내려와서/ 비워 둔 내 이마 위로 꿈 한 채를 낳는다.(57쪽, 「낮달」)

2. 박희정, 『말랑말랑한 그늘』, 현대시학 기획시인선 45. 2025.

"내게서 지는 것은 태양만이 아니리라/ 넣어둔 옷가지처럼 묻어둔 이름처럼/ 또 다른 미쁜 테마로 너는 자꾸 부푼다."(95쪽, 「일몰」 세 수 중 둘째 수)

3. 정희진 지음, 『정희진처럼 읽기』, 교양인, 2015.

"즐거움〔樂〕에 풀잎을 얹으면, 약藥이 된다. 책은 즐거움이자 풀잎이자 약물이다. 나의 일상은 외롭고 지루한 노동의 연속이다. 지극이라 해봤자, 우리 사회 대부분의 서민들처럼 분노와 스트레스가 고작이다. 내가 꼼짝달싹 못하고 '을' 이라는 현실에서 비참함을 느낄 때, 푸코를 읽으면 내 상황이 상대화된다. 미련으로 괴로울 때는 『그 남자에게 전화하지 마라』 같은 책도 도움이 된다. 어머니가 돌아가시고 이후 몇 년간 상실감에 빠져 종일 누워지낼 때 엘리자베스 퀴블러 로스의 『사랑을 위해 사랑할 권리를 내려놓아라』라는 말은 나를 욕창 직전에 구해주었다."(12쪽)

이후 몇 년간 상실감에 빠져 종일 누워지낼 때 엘리자베스 퀴블러 로스의 『사랑을 위해 사랑할 권리를 내려놓아라』라는 말은 나를 욕창 직전에 구해주었다."(12쪽)

클림트 레플리카 작품전

일자: 2025. 4. 23.~5. 16.
장소: 아양아트센터

　오스트리아 화가 구스타브 클림트Gustav Klimt(1862~1918) 레플리카 작품전이 아양아트센터에서 열렸다. 개관 첫날 김형경 시인 내외와 우리 내외가 전시장을 찾았다. 레플리카Reprica 전시회, 내게는 생소한 전시다. 레플리카는 "그림 조각 등에서 원작자가 손수 만든 1점 또는 여러 점의 정확한 사본"이라고 하는데 원작을 두고 무엇 때문에 이런 작업을 하고, 이런 전시를 하는 것일까 하는 의문이 들었다. 목적이 없는 것은 아닐 텐데 싶어 궁금해졌다.

　하는 수 없이 AI에게 물어보았다. 크게 네 가지의 목적이 있다고 알려준다. 첫째로 문화 향유 기회 확대에서 접근성을 향상시켜 진품 전시를 보기 어려운 지역이나 계층의 사람들에게 감상할 기회를 제공하고, 원작 훼손 우려 없이 자유롭게 관람할 수 있도록 돕는다. 둘째, 교육적 가치를 증진시킨다. 미술 입문자들에게 작품 이해와 감상법을 배우는 교육적인 장을 마련해 주고 학습 효과를 증대시킨다.

셋째, 문화적 의의 고취로 예술적 영감을 제공하고, 문화적 교류를 증진시키며, 지역 문화를 활성화시키기도 한다. 넷째로는 원작 보존 및 연구를 위한 것으로 원작 훼손을 방지하고, 연구 자료로 활용한다. 원작의 형태, 재료, 기법 등을 정확하게 재현하여 미술사 연구나 복원 기술에 활용할 수 있다는 것들이다. 내가 몰랐던 사실들이다. 아양아트센터는 이 레플리카 전시회를 열면서 특이하게 작품에 향기를 더했다.

레플리카 전시회를 갖는 이유는 있다. 그것도 그럴듯하다. 클림트에 관해서 잘 알지도 못하지만 그의 작품 〈키스〉는 안다. 그 작품의 진품을 꼭 한번 보고 싶지만 이 작품은 "Never leave VIENNA without a Kiss"로 단 한 번도 외국으로 대여된 적이 없는 작품이라고 하고, 꼭 보려고 하면 오스트리아 빈 벨베데레 궁전에 가야 볼 수 있다고 하니, 내가 이 작품의 진품을 보는 것은 기대하지 말아야 할 일이다.

클림트는 19세기 말~20세기 초 오스트리아 빈에서 활동한 화가이자 상징주의자 아르누보스타일의 대표적인 화가다. 주로 초상화와 누드 그림, 장식적 패턴과 금색을 사용한 화가로 유명하다. 아르누보는 순수예술(특히 회화와 조각)과 응용예술 사이의 전통적인 구분을 무너뜨리는 것을 목표로 시작된 운동이다. 클림트를 두고 그 이전 전통과도 다르면서 훗날 미술과도 다른, 고립된 섬과 같은 위치에 있는 작가로 알려지고 있다.

레플리카 전시에서도 〈키스〉는 빛났다. 작품 〈키스〉를 스티븐 파딩 책임 편집, 하지은 한성경이 옮긴 『죽기 전에 꼭 봐야 할 명화 1001』에서 찾아본다. 〈키스〉는 실러의 〈환희의 송가〉 중 한 대목인 '전 세계에 보내는 키스'라는 구절에서 영감을 얻어 제작되었고, 여기서 실러가 사용한 넓은 의미의 정치적 수사를 좀 더 개인적 의미로 대체했다. 그는 또 의미를 여성의 자궁 같은 공간에서의 포옹으로 뒤바꿨는데 이는 〈키스〉에 고스란히 남아 있다.

여자 드레스에 두드러지는 원형의 생물 형태와 남자의 옷에 보이는 힘찬 직사각형 장식은 강한 대조를 이룬다. 〈키스〉에서 흉측하게 굽은 여자의 발가락과 일그러진 손, 부패 중임을 암시하는 오싹한 피부색 등은 클림트의 원시 표현주의를 보여주는 대표적 요소들이다. 관람자를 끊임없이 자극하는 장식적 관능적 과도함 역시 클림트 예술을 대표하는 특징이다. 이러한 표현주의 양식은 당대인의 반감을 사는 원인이 되었다고 한다.

그런데 나는 이 레플리카 전시장에서 〈키스〉보다 더 끌리는 작품 하나를 발견했다. 〈아델레 블로흐 - 바우어의 초상〉이라는 제목을 가졌다. 사진을 찍어 휴대폰에 저장, 거듭 보기도 한다. 이 작품은 클림트가 자신의 후원자이기도 한 아델레에게 초상화를 그려서 선물한 것이다. 아델레 사망 후 남편이 소장하고 있다가 나치에게 몰수당했고, 남편은 사망할 때 조카에게 그림을 상속한다는 유언을 남겼다.

조카 마리아 알트만은 전후 이 그림을 소장한 오스트리아 정부에게서 반환받기 위해 길고 고통스러운 소송을 걸었고, 결국 미국 메트로폴리탄 박물관 옆의 노이에 갤러리에 소장되게 되었다. 이 이야기를 배경으로 2015년 영화 〈우먼 인 골드〉가 제작되어 개봉되었고, 이 작품은 한때 세상에서 가장 비싼 미술 작품이었다고 한다. 이런 스토리가 있는 것도 모르고 그렇게 유명한 작품인지도 몰랐지만 작품이 예사롭게 보이지 않았다.

처음엔 레플리카 전시라 대수롭지 않게 생각했지만, 클림트의 〈키스〉라는 작품에 대한 이해가 더 깊어졌고, 특히 〈아델레 블로흐 - 바우어의 초상〉에 관한 스토리와 에피소드는 적잖은 재미를 주었다. 미술에서도, 좋은 시가 특별한 설명 없어도 그냥 가슴에 와닿듯이, 훌륭한 그림도 한마디 설명을 듣지 않아도 보는 즉시 끌리는 작품

이라는 생각이 든다. 큰 기대는 하지 않았지만 재미와 소
득은 제법 짭짤한 전시회 관람이 되었다.

청파회 투어 경기

일자: 2025. 5. 12.~13.
장소: 힐마루 컨트리 클럽

2025년 청파회 투어 경기는 경남 창녕의 힐마루 컨트리 클럽에서 갖기로 했다. 청파회는 해마다 5월에 원정 경기를 간다. 작년에 순천으로 갔고, 제일 많이 갔던 곳은 제주도인데 올해는 아주 가까운 곳으로 잡았다. 회원들 중에서 내가 나이가 제일 많기는 하지만 모두 그렇게 젊다고 볼 수는 없는 나이가 되니 멀리 가는 것도 부담스럽게 느끼게 되었다. 그 부담은 신체적 부담도 있지만 경제적 부담도 있다.

올해는 회무를 맡은 사람이 회장 남○수, 내가 총무인데, 경기를 끝내고 점수를 계산하고 하는 일이 약간은 복잡하다. 그래서 경험 많은 회장이 총무 일까지 다 하고 있다. 마음속으로 늘 미안하다는 생각을 버리지 못하고 있다. 아주 복잡하거나 아주 힘든 일이면 내가 배워서라도 해야겠지만, 내가 하면 어려워도 회장이 하면 그런 것이 아니라 뻔뻔하게 회장에게 짐을 넘겨버렸다. 내색하지 않고 잘해주어서 고맙기 그지없다.

힐마루CC, 경남 창녕에 위치한 36홀 규모의 골프장으로 천혜의 자연환경과 온천을 함께 즐길 수 있는 곳이다. 총 36홀로 구성되어 회원제 18홀과 대중제 18홀로 운영되고 있다. 회원제 코스는 푸른 소나무 숲, 암석, 호수가 조화된 자연 친화적인 코스로 다양한 스킬과 전력이 요구되어 흥미진진한 라운딩을 즐길 수 있고, 전장이 길어 비교적 어려운 편이다.

대중제는 숲속 개울, 호수 잔디가 파노라마를 이루는 코스로 전략적인 플레이가 요구되는 편이다. 페어웨이가 좁고 어려운 홀도 있지만 전반적으로 초보 골퍼부터 고수 골퍼까지 즐길 수 있도록 적절한 어려운 곳과 쉬운 곳이 있으며 언듈레이션이 있다. 잔디는 상태가 좋고 관리가 잘 되어있다는 평가가 많다. 그린 스피드는 빠르고, 티잉 그라운드 주변에 분수가 있는 등 조경이 아름답다.

대구에서 출발할 때 두 대의 자동차로 가게 되었는데 배○업 회원의 차에 이○태, 남○수, 성○식 회원이 타고, 나는 박○관 회원의 차로 갔는데 박 회원의 아파트에서 백○환, 류○복 회원과 함께 갔다. 1차적으로 현풍 휴게소에서 만나 아이스크림 하나씩을 사 먹으며 담소를 나누다가 골프장으로 이동했다. 골프장 인근 음식점에서 시래기 돌솥밥으로 점심을 먹고 골프장으로 갔다.

첫날 경기는 대중제 홀이었다. 나에게는 만만한 홀이 없었다. 티잉 그라운드 앞에는 계곡이 많아 그 계곡을 넘길 수 있을까 하는 걱정이 앞섰고, 실제 계곡을 넘지 못하는 경우가 있었다. 거리가 먼 편이니 나도 모르게 힘이 들어가 미스샷이 많이 나왔다. 주변이 좋다는 자연 환경도 감상할 여유도 없었다. 골프장 나올 때마다 하는 생각이지만 어떻게 연습장에서 연습할 때처럼 스윙이 안 나오는지 모르겠다. 첫날은 내 평균 실력보다 못한 골프를 쳤다.

경기를 끝내고 골프텔에 짐들을 옮겨놓고 저녁 식사를 하러 갔다. 골프장에서 제법 떨어진 고깃집이었다. 등심과 양지머리로 했다. 나는 경기 중 전반을 끝내고 그늘집에서 투어 팀들에게 서비스하는 치킨이 맛있어 많이 먹었더니, 저녁은 맛이 덜했다. 소화가 잘 안되는 것 같아서 음료수를 한 병이나 마시고, 디저트로 나오는 수박을 아주 맛있게 먹었다. 아쉬움이 남아서 점잖지 않게 수박 한 접시를 더 요구하기도 했다.

저녁 식사를 마치고 골프텔 한방에 모였는데 TV를 트니 때가 때인지라 대선 관련 뉴스가 나왔다. 모두 자기 나름대로 한마디씩 했지만, 정치 얘기는 하지 말자고 하며 채널을 돌렸다. 내가 이 시간에 먹자고 발렌타인 17년산 한 병을 가지고 갔는데 술 먹는 사람이 적어서 반병도 마시지 않았다. 전에는 저녁에 카드놀이도 하고 했지만 그야말로 모두 지쳤는지 아무도 그런 놀이를 하고 싶어 하지 않아서 일찍 각자 방으로 돌아가 잠을 잤다. 그 몹쓸 나이 탓이다.

나는 피곤해서 쉽게 잠들 줄 알았는데 잠이 오지 않았다. 내일 아침 일찍 골프를 치려면 잠을 잘 자야 하는데 안 오는 잠을 어떻게 할 수 없었다. 뒤척거리다가 잠이 들긴 했지만 잘 잔 잠은 아니었다. 골프장에서 제공하는 아침 식사로 소고기 국밥을 먹고 필드로 나갔다. 어제는 대중제, 오늘은 회원제 코스인데, 워낙 코스가 길다고 하니 시니어 티에서 치자고 합의가 되어 시니어 티에서 시작했다.

그런데도 나는 스윙이 제대로 되지 않았다. 첫 홀 둘째 홀 모두 더블 보기를 하고 나니 기가 찼다. 정신을 가다듬어 잘 쳐야겠다고 다짐하고 세 번째 홀부터는 그런대로 칠 수 있었다. 시니어 티에서 치니까 거리가 멀지 않아서 괜찮은 점수가 나오기도 했다. 내 성적은 전날보다는 나아서 내 평균 실력을 발휘하는 정도로 쳤다. 우리 회원 중에서 잘 치는 사람 네 명으로 구성된 다른 팀은 네 사람 모두 75타부터 79타까지 싱글을 했다.

경기를 끝내고 집으로 돌아오는 길, 현풍에서 점심을 먹었다. 동래 밀면이 유명한 곳이라고 배○업 회원이 추천해서 갔는데 맛이 있었다. 이틀간 성적은 최근 입회한 백○환 회원이 양일 모두 잘 쳤다. 첫날은 정기 월례회처럼 시상했는데 나는 참가상을 받았을 뿐이다. 이튿날은 회장이 스폰서하는 경기를 하는데, 투어 전에 회장이 내가 총무라고 점수 관계없이 골프공 한 타씩 주는 것이 어떻겠느냐고 물어 적극 동의했다.

식사를 마치고 나오는 길에 회장이 공 한 타씩을 안겨주었다. 모두가 멀리 갈 것 없다. 가까운 데 와서 재미있게 놀았다는 여론이었다. 내년에도 멀리 갈 필요 없이 가까운 곳으로 투어해도 되겠다고들 했다. 돌아오는 차 속에서 생각했다. 이렇게 투어 경기를 할 수 있는 모임이 있어 좋고, 모임에 참가하여 골프를 즐길 수 있으니 참으로 괜찮다고 생각했다. 내년에도 별 탈 없이 이런 경기를 가질 수 있기를 빌었다.

세종특별자치시, 서울특별시를 가다

일자: 2025. 5. 14./5. 20.
여행지: 세종/서울

올 5월은 여행 기회가 많아졌다. 골프 모임 청파회의 원정 경기를 가는 달이고 세종시와 서울에서 〈색동 입은 훈민정음〉이라는 전시가 있기 때문이다. 이 전시회는 내 시집 『흘』에 실린 작품 50편을 서예가 운곡 김동연 선생이 글씨를 쓰고, 서각을 하시는 분들이 서각을 해서 전시하는 것이다. 세종특별자치시 세종문화원에서 5월 12일부터 15일까지 4일간, 서울 세종문화회관 한글갤러리에서 5월 20일부터 6월 15일까지 열었다.

이 전시회에 가지 않을 수 없고, 가보고 싶었다. 세종문화원에서 열린 전시회는 대구에서 시조단의 후배 세 명과 함께 갔다. 청주에 계시는 시조시인 세 분이 나와서 반겨주었다. 처음 가본 세종특별자치시 세종문화원은 1962년 조치원문화원으로 설립되어, 2009년 연기문화원, 2012년 세종문화원이 되었다. 문화원 마당에 성기조 시인이 쓴 「조치원에서」라는 시가 송암 민복기 글씨로 새겨져 있었다.

세종특별자치시는 2012년 7월 1일에 충남 연기군을 폐지하고 인근의 충북 청원군과 충남 공주시 일부를 병합하여 출범한 국내 17번째 광역자치단체다. 노무현 전 대통령의 신행정수도 건설 공약에 따라 국가균형발전을 목표로 탄생했다. 행정중심 복합도시로 정부 세종청사가 있다. 여기에 기획재정부, 교육부, 문화체육관광부, 산업통상자원부, 보건복지부, 환경부, 국토교통부, 해양수산부, 국가보훈부 등 9부 2처 2청 1실 2 위원회와 소속기관들이 이전해 있다.

세종문화원 전시는 서울 한글갤러리 전시를 앞둔 전시다. 12일부터 15일까지 짧게 한다. 특별히 개막식 같은 것을 가지지 않기 때문에 나는 14일에 갔다. 세종문화원은 조치원읍 문화로 17에 있다. 문화원 주차장에서 전시장 2층으로 올라가니 전시장 앞에 김천시 예총 최복겸 회장, 백수문학제 운영위원회에서 보낸 화환이 서 있다. 거기다 대구시조시인협회에서 보내준 꽃바구니와 함께 간 후배 시인들이 마련한 꽃바구니로 전시장이 환해졌다.

전시장에 들어서니 서각 작품 101개가 전시가 먼저 눈에 들어왔다. 하나씩 봐도 괜찮은데 101개나 되는 작품이

쫙 전시되니 볼만했다. 시와 글씨, 전각술 뜯어볼 것이 많겠지만 글씨에도 전각에도 모르는 것이 많아 그냥 직관적으로 좋게 보이는 작품에 눈길이 갔다. 나로서는 내 작품이 서각된 것이라 이쁘지 않은 것이 없었다. 저 자그만 나무판 하나에 시인의 시가 있고, 그 시를 서예 작품으로 쓰고 그것을 전각한 것이니 세 사람의 정성이 모인 것이다.

그 외에 서예가들이 훈민정음 서문만 42명이 써서 함께 전시하였다. 한글에 대한 외경심의 표현이기도 하지만 한 편의 글을 소재로 이렇게 여러 사람이 쓴 전시를 보는 것은 흔치 않은 일이다. 똑같은 내용이지만 글씨체에 따라서, 글자 크기나 배열에 따라서 다른 느낌을 주었다. 어느 분야의 예술이든 예술에는 고정 관념이 있을 수 없다. 시가 이런 것이며 서예가 이런 것이며 전각이 이런 것이라고 한마디로 말할 수 없는 것이다.

특히 관심을 끈 것은 이 전시회의 도록이다. 이 도록은 내 시집『흘』을 본따서 똑같은 크기로 만들었다.『흘』시집의 동생이 생겼다. 시서각 작품 101편과 훈민정음 서문 서예 작품 42 편, 그리고 한글 초성, 중성, 종성으로 만들 수 있는 글자 11,172자를 쓴 운곡 선생 필생의 사업인 서예 작품이 실리고, 그것을 석각한 작품도 실렸다. 석각 작품은 여기서는 전시되지 않지만, 서울 본 전시에는 전시된다고 한다.

전시장은 의미 있는 이벤트를 하기도 했다. 이벤트 응모권을 2,000원에 사서 거기에 시서각 작품 중에 마음에 드는 작품명을 쓰고 연락처를 기록해서 응모함에 넣으면 전시가 끝났을 때 추첨하여 마음에 든다고 한 작품을 경품으로 준다는 것이다. 적지 않은 사람이 전시회에 오기 때문에 당첨 확률이 높지는 않겠지만 이벤트로서는 괜찮은 아이디어다. 당첨도 당첨이지만 그것을 기대하며 작품을 꼼꼼히 보게 하는 효과가 있겠다.

전시장에서 식당으로 자리를 옮겼다. 나와 함께 한 일행, 운곡 선생, 그리고 시를 쓰신 홍강리 선생, 청주의 시조시인, 운곡 선생의 제자들 등 10여 명이 식당엘 갔는데 식대를 대구에서 간 후배들이 냈다. 식후 커피는 청주의 김ㅇ호 시인이 사주셨다. 이 자리에서 여러 이야기를 하다 AI와 관련해서 시의 미래에 관한 얘기를 잠깐 했는데, 홍강리 시인이 걱정할 것 없다며 "손때와 기름때는 다르다."는 말씀을 하셨다. 인상적이었다. 다시 전시장에 들어와 작품을 감상하며 담소를 나누다가 대구로 출발했다.

5월 20일엔 세종문화회관 한글갤러리에서 열리는 〈색동 입은 훈민정음〉전을 보기 위해 서울 나들이를 했다.

서울 가는 길은 언제나 만만치 않아서 누나에게 전화를 했고 생질인 욱재가 차를 갖고 와서 나를 목적지까지 데려다주었다. 가는 길에 점심을 먹고 2시쯤 전시장에 도착했다. 세종시 전시와 다른 점은 한글 11,172자 석각 작품이 더 전시되었다. 석각은 그 무게 때문에 전시장에 옮기는 데 수고가 참 많았을 것 같다.

그러나 세종 이야기가 펼쳐지는 전시장 한편의 〈색동 입은 훈민정음〉전은 더욱 웅장해 보였다. 큰 전시장에 잘 배치되니 또 작품이 훨씬 달라 보였다. 한글갤러리가 있는 곳은 종로구 세종대로 175로 세종대왕 동상 아래 지하였다. 동상 지하에 세종이야기가 펼쳐지고 한글갤러리가 있었다. 세종대로의 세종대왕상과 세종문화회관, 한글갤러리 등이 일체감을 주었다. 갤러리 소품인 의자를한글 자음을 본떠 만든 것도 인상적이었다.

서울에서 시조시인협회 정용국 이사장과 이ㅇ은 시인과 김ㅇ희 시인이 내가 있는 시간에 오셨다. 전시장을 둘러보고 도록을 사고 이벤트에 참여하기도 하며 즐기다가, 전시장을 빠져나왔다. 지난번 들풀시조문학관 행사에 왔을 때 내가 대구에서 저녁을 대접한 바 있는데 김 시인이 기어이 그 빚을 갚는다고 해서 세종문화회관 옆 동성각에서 전가복과 간짜장을 먹었다. 맥주도 한잔 곁들였다.

　찻집으로 자리를 옮겨 이 시인이 차를 사고, 그 자리에서 택시를 불렀더니 또 택시비까지 챙겨준다. 고마운 분들이다. 전시장에 작품이 전시되는 것보다 사람을 만나고 사람들이 이렇게 정을 나누는 것이 더 아름다운 일이라는 생각까지 한다. 택시가 와서 차 마시는 시인들을 두고 나만 빠져나왔다. 홀로 오는 길이 외롭다는 생각 들지 않았다. 전시보다 좋은 사람을 만나는 일이 더 즐거운 일이라는 생각을 다시 챙긴다.

22주
2025.
05. 25.
~31.

독서토론 100회 기념 강연

학이사독서아카데미,《책 노린 책》2호, 도서출판 학이사, 2025.
일자: 2025. 5. 19.
장소: 대구출판산업지원센터 강당

2025년 5월 19일, 이날은 특별한 날이다. 2016년 학이사와 함께 독서아카데미를 설립하고, 서평 강좌를 개설, 그 강좌를 들은 사람들이 모여, '책으로 노는 사람들' 이란 독서클럽을 만들어 매월 1회씩 독서토론을 가졌다. 그 100회째가 되는 날이기 때문이다. 오늘의 독서토론 대상 책은 '책으로 노는 사람들' 이 발행하는 서평 전문지《책 노린 책》이다. 김용주 외 26명 27편의 서평을 묶은 책이다.

이 책에 관해서는 표사로 쓴 글을 옮기는 것으로 대신한다. 「표사」 "서평은 나만을 위한 글이 아니다. 우리를 위하고 세상을 위하는 글이다. 좋은 책 읽으며 살자고 권하는 글이며 어떻게 사는 것이 나를 사는 길인가를 생각하게 하는 글이다.《책 노린 책》은 그런 꿈을 담은 그릇,

아름답고 품격 있는 삶의 꿈이 소복하게 담겨있다. 책 안 읽어 캄캄해지는 세상 한구석 비출 빛이 새어 나온다.”

독서토론 100회 기념 특강 원고를 정리해 두는 것으로 이 주일의 독서토론을 대체한다.
강연 주제: 독서토론 왜 해야 하는가?
　　　 - 독서는 영양제, 토론은 강장제, 서평은 치료제

1. 서론

모든 인간의 꿈은 건강하게 사는 것이다. 건강을 한자로 쓰면 튼튼할 健, 편안할 康을 쓴다. 이는 몸이 튼튼하고 마음이 편안해야 건강하다는 뜻이다. 특히 튼튼할 健 자를 파자하면 사람 人 변에 세울 建을 쓴다. 따라서 튼튼하다는 것은 사람을 바로 세우는 일이 된다.

그런데 몸만 튼튼한 것을 건강하다고 생각하는 것은 잘못이다. 마음이 함께 편안해야 진정으로 건강한 것이다. 사람은 건강하게 살기 위하여 방어기제(defence machanism)를 발동한다. 디펜스 메커니즘에는 운동과 약이 있다. 많은 사람들이 건강을 위해 영양제를 먹기도 하고 운동을 열심히 한다. 운동도 음식을 골고루 먹어야 하듯이 온몸 운동을 해야 한다.

그런데 지독하게 하기 싫어하는 운동이 있다. 무엇일

까? 뇌 운동이다. 지금 인류 사회에서 가장 무서운 병은 암이 아니라 치매다. 의학에서 암은 이제 어느 정도 다스릴 수 있다는 것이 지배적인 견해다. 그런데 치매는 아니다. 이 무서운 병을 예방하기 위해서 우리는 뇌 운동을 하지 않으면 안 된다. 하고 싶은 일만 하고 살면 행복할 것 같지만 아니다. 하고 싶은 일과 하기 싫은 일을 균형적으로 해야 행복해진다.(워라벨)

뇌 운동을 하지 않는 것, 이것이 그렇게 사소한 일이 아니다. 인류와 지구촌에 매우 심각한 상황을 불러오고 있다. 대표적인 일로 IQ지수가 있다. IQ는 130 이상 아주 우수, 120-129 우수, 110-119 평균보다 높음, 평균 90~109, 80-89는 평균보다 낮고, 70~79는 경계선, 69는 아주 낮음으로 분류된다.

2024년 핀란드 지능 테스트 기관 윅트콤(WIQTCOM)이 세계 109개국 IQ 테스트 결과를 토대로 발표한 것을 보면 세계 평균은 99.64다. 가장 지적인 나라는 일본으로 112.30 한국은 5위로 110.80이다. 한국은 평균보다 10.16이 높다. 가장 지적인 나라 1위 일본과는 1.5 정도의 차이가 있다.

IQ 테스트가 개발된 것은 1905년이다. 그 후 검사 결과를 분석한 것을 보면 "1940년부터 1990년까지 세계의 모든 지역에서 지능이 높아가는 경향을 보였다. 1990년 최고치에 도달한 지능지수 곡선은 계속 그 상태를 유지하다가 작년(2011)부터 급격한 하강세로 돌아섰다."* 그 까닭은 첫째, 뇌 관리의 효율성이 한계에 이르렀다. 둘째, 인터넷 영향으로 집중력, 사고력이 저하되었다. 셋째, 연구에서 장기간 연구하는 것을 기피한다. 넷째, 세상의 총체적 이해를 거부한다.(이기주의 팽배) 다섯째, 환경 오염, 여섯째, 수면 부족 등이다.

나는 지능 저하의 원인이 독서에 있지 않을까 생각한다. 집중력과 사고력이 부족하면 지능지수는 낮아질 수밖에 없는 것이다. 그 원인을 독서에서 찾으면 독서량이 절대적으로 부족하며, 책을 읽는다고 해도 제대로 이해하는 과정을 거치지 않는 것이다. 제대로 이해하는 과정은 읽은 책에 대해 토론하고, 독후 활동을 하는 것이다. 독후 활동은 독후감이나 서평을 쓰는 것이다.

그래서 나는 독서를 제대로 하면 뇌가 건강해진다고 생각한다. 독서 활동은 뇌를 건강하게 하여 치매를 예방하고, 마음을 편안하게 하는 약이다. 약은 일반적으로 영양제, 강장제, 치료제, 세 가지로 분류된다. 독서 행위는 "영양을 보충하는" 영양제이고 독서토론은 "영양을 도와 힘 나게 하는" 강장제, 독후 활동은 "병이나 상처를 낫게

---

* 베르나르 베르베르 장편소설 『제3인류』 1권, 열린책들, 2014, 170~171쪽

하는" 치료제가 된다.

2. 강장제와 독서토론의 효과

1) 강장제의 효과

① 면역력이 향상된다. ② 원기가 증진된다. ③ 기억력과 집중력이 향상된다. ④ 만성 피로를 개선하고 스트레스를 완화시킨다.

2) 독서토론의 효과

① 책을 깊이 이해하고 다양한 관점을 갖게 한다. ② 사고력, 비판력, 논리력을 향상시킨다.(자기의 생각을 명확하게 표현, 다른 사람의 의견 경청, 비판적 사고 능력 배양, 상대방의 논리에 대해 질문하고 반박하는 훈련을 통해 논리적인 사고력 향상) ③ 소통 능력과 표현력이 증진된다. ④ 공동체 의식과 공감 능력이 향상된다.

3. 독서토론이라는 강장제의 복용 방법

① 복용 시간: 약은 보통 식후 30분에 복용하는데 독서토론은 독후 3일 이내가 좋다.

② 복용량: 100분 이내가 좋다. 한 사람이 3분간 토론하면 30명 정도가 함께 할 수 있다.

③ 복용법: 강장제를 먹을 때 물을 많이 마셔야 하듯 독서토론은 귀를 활짝 열어야 한다. 독서토론은 듣는 독

서라고 생각한다.[한자 聖 = 耳+口+王/이야기의 어원은 [耳藥], 귀 둘,
입 하나의 의미(듣는 시간의 반만 이야기하기)]

④ 유의점

· 토론 전: 책 내용 숙지, 자신의 생각 정리, 토론 준비

· 토론 진행 시: 경청하는 태도, 존중하는 언어 사
용, 논리적인 근거 제시(독후감과 서평, 독후감은 그야말로 내가 느낀
점을 쓰는 것이고, 서평은 좋으면 좋은 이유를, 싫으면 싫은 이유를 밝히는 것
이다.), 다양한 관점 수용, 주제에서 벗어나지 않기, 결론에
대한 집착 버리기(독서 토론의 목적은 결론을 도출하는 것이 아닐 수 있
다. 서로의 생각을 공유하고 이해하는 과정 자체에 의미가 있다.)

· 토론 후: 자신의 생각 되돌아보기, 새롭게 알게
된 점, 내 생각이 바뀌거나 확장된 부분이 있는가? 다른
사람의 의견 곱씹어 보기(인상 깊었던 다른 사람의 의견, 새로운 관
점을 다시 한번 생각해 본다.)

그리고, 강장제는 지속적으로 복용해야 효과가 있듯
이 독서토론도 꾸준히 해야 한다. '책으로 노는 사람들'
100회 독서토론, 그래서 기념할 만하다.

4. 결론

독서토론은 강장제를 먹는 것이다. 책의 내용이 뇌에
들어와서 뇌를 건강하게 청소해 준다. 독서토론 강장제
는 독서에 대한 자기 부족을 발견하게 한다. 독서에서 내

가 무엇을 잘못하고 있는가를 깨닫게 한다. 그렇게 깨달은 점을 독후감이나 서평으로 쓰면 독후 활동이 된다. 그래서 독후 활동은 책 읽기에서 잘못된 습관을 고쳐주는 치료제가 되는 것이다. 따라서 독서는 영양제, 토론은 강장제, 서평, 독후감을 쓰는 것은 치료제가 될 수 있는 것이다.

학이사 독서아카데미는 책과 놀면서 나를 찾고, 내 삶에 나를 세우겠다는 "遊册尋我, 有我之生"이라는 원훈을 갖고 있으며, 책으로 노는 사람들은 독서토론이 즐거움과 성장의 기회를 동시에 제공하는 매력적인 활동이라는 것을 믿고 있다. 앞으로도 우리의 토론은 계속될 것이다.

1. 손중호 시조집 『다시, 봄』, 작가 2025.

"漢字로 쓰면 夫婦지만/ 한 자로 쓰면 '뽜'가 되는// 부부는 일심동체다/ 설명할 필요없이// 한눈에 딱 보여주는/ 그 글자 참, 묘하네."(「뽜」)

2. 서평 전문지 《책 노린 책》, 학이사, 2025.

"꿈꾸기를 멈추지 않을 때 길은 아주 조금씩 열린다."(16쪽, 이근화, 『고독할 권리』를 읽고 쓴 김남이의 서평 중에서)

3. 이규리 시집 『우리는 왜 그토록 많은 연인이 필요했을까』, 문학동네, 2025.

"灰色은 오해되기도 했으나/ 悔色으로 참회하고/ 懷色을 품어주기를"(「함께 운 적 없지만 울고 있었지」에서)

악극과 음악회, 전시회 그리고 시 낭송

① 5.17. 17:00, 봉산문화회관 라온홀, 무지개 악극단 창단 공연,
〈홍도야 우지마라〉
② 5. 24. Gallery WIZARTS 류종필 개인전, 〈DNA of love〉, 5.19.~31.
③ 5. 30. 19:30, 아양아트센터 아양홀, 유키 구라모토,
〈PEACEFULLY〉(작지만 소중한 것들을 위한 찬사)
④ 5. 31. 16:00 한영아트센터, 김인주 시 낭송 콘서트

계절의 여왕이라 불리는 5월, 참으로 찬란했다. 아침에 일어나 송하석경재 마당을 몇 바퀴 돌면서 정말 좋은 계절임을 느낀다. 마당가의 불두화, 빈도리가 피어나고 솔잎도 청청 빛난다. 키 낮은 낮달맞이가 피어나고 미나리아재비도 노란 꽃을 피워 물었다. 이 좋은 계절은 내가 가봐야 할 예술판도 넓었다. 주말마다 초청이 있었다. 예술판에서의 초청에는 특별한 사정이 없는 한 응한다는 내 나름의 원칙을 갖고 있다.

① 무지개극단 창단공연. 악극 〈홍도야 우지마라〉라는 공연이다. 시놉시스를 옮겨보면 "본 공연은 총 3부분으로 구성되어 있습니다. 공연 대기의 지루함을 달래기 위한 식전 공연 관악연주가 끝나면 대금정악 독주와 함

께 극이 시작됩니다. 공연을 위해 모여든 단원들 사이에서 불쑥 말해버린 시끄러워 죽겠다, 답답해 죽겠다, 졸아 죽겠다는 소리에 뜬금없이 저승사자가 나타나면서 겪는 애피소드들이 신명나게 펼쳐지고 본 연극 악극 〈홍도야 우지마라〉가 재미있게 엮어집니다."라고 소개한다.

그러니까 1부 2부는 시니어들이 이른바 안티 에이징의 에피소드를 연출한 것이다. 〈홍도야 우지마라〉는 1930년대 일제강점기를 배경으로 한 신파극이자 대중가요 그리고 이를 원작으로 한 영화로 큰 인기를 얻었다. 원작 신파극은 〈사랑에 울고 돈에 울고〉로 줄거리는 가난한 남매인 홍도와 오빠가 일찍 어머니를 여의고 어렵게 살아간다. 오빠의 학비를 벌기 위해 홍도는 기생이 되는데, 우연히 오빠의 동창생인 영호를 만나 사랑에 빠진다.

영호의 완고한 부모님은 홍도가 기생이라는 이유로 결혼을 반대하지만 결국 두 사람의 사랑에 굴복하여 홍도를 며느리로 받아들인다. 그러나 남편 영호가 유학을 떠나자 시어머니와 시누이는 홍도를 모함하고 박대하며 집에서 쫓아낸다. 유학을 마치고 돌아온 영호는 새롭게 부잣집 딸인 해정과 약혼식을 올리려 한다. 이에 분노한 홍도는 약혼식장에 찾아가 해정을 살해하게 되고 살인 현장에서 경찰관이 된 오빠에게 체포되는 비극적인 결말을 맞는다. 김영춘이 부른 〈홍도야 우지마라〉의 가사가 이 극의 줄거리다.

이 내용에 맞는 노래를 부르는 것으로 악극을 꾸몄다. 방종현 단장의 해설과 시니어 출연진들의 노래로 이어지며 1930년대의 신파극 분위기가 흠씬 풍겨났다. 관객들도 아는 노래를 따라 부르기도 하며 즐길 수 있었다. 두 가지 의미를 읽었다. 첫째로는 시니어들의 열정이다. 아직도 무엇인가 하고 싶고, 해보는 용기 있는 시니어들이었다. 악극의 예술성 여부를 떠나 박수를 보내고 싶다. 그리고 시니어가 아닌 분들은 에이지즘에 대해 생각해야 한다는 의미를 뿌렸다.

② 류종필 개인전 〈DNA of love〉, 전시회 주제의 의미가 깊다. '사랑의 DNA'는 무엇인가? 어디서 오는가? 를 그림으로 탐구한 전시로 주제 의식이 뚜렷하다. 작가가 쓴 '14번째 개인전을 열며' 글을 보면 이해할 수 있다. "농경사회에서 가족을 위해 종일 밭을 일구시던 어머니의 모습을 호미로 의인화하여 가족을 위해 희생한 어머니의 사랑을 화폭에 담고자 노력한다. 이는 우리 시대 다양한 직업군에서 가족을 위해 열심히 일하는 부모님들의 노동과 그 의미와 가치가 크게 다르지 않다는 것이다. 폐종이를 죽으로 만들어 다시 문양을 넣어 종이 화면으로 사용한 작업과 흙, 시멘트 등을 아크릴 물감과 혼합하여

스크래치 기법으로 표현한 작업을 병행하여 작업을 이어오고 있다. 소재의 의미는 호미는 어머니, 삽은 아버지, 숫자는 영원불멸, 꽃과 비는 희망을 상징한다. 나의 작품을 보며 인생의 무게를 잠시 내려놓고 부모님의 사랑과 고향의 포근함을 생각하며 마음의 위안을 받았으면 좋겠다. 2025. 5."

더 이상의 설명이 필요 없다. 여러 작품에 필자의 시조 「호미로 그은 밑줄」의 시구가 옮겨져 있다. 작가의 말에 의하면 이 시에서 작품의 영감을 받았고 수년간 이 작업을 이어오고 있다고 한다. 내 시조가 화가에게 영감을 주어 작품을 창작하게 된 계기가 되었다니 무척 반가운 일이 아닐 수 없다. 그러나 작가에게 미안하다. 그 고마움을 생각해서라도 작품 하나 구입해 주었으면 좋으련만, 그게 여의치 않기 때문이다. 작품은 작가의 의도처럼 부모님 생각과 고향을 떠올리며 위안을 받을 수 있었다. 큰 욕심 부리지 않고 자기 세계를 구축해가고 있는 작가에게 박수를 보낸다. 어머니의 땅에 꽃이 피고, 어머니의 사랑은 영원불멸이다.

③ 유키 구라모토 콘서트, 1990년 이후 우리나라에서 큰 관심을 불러일으키는 콘서트라 나도 관심을 갖고 있었지만 공연에 간 것은 이번이 처음이다. 1951년 일본생,

시니어다. 그 나이에 왕성한 투어 연주를 하고 있는 것이 우선 놀랍다. 그의 〈메디테이션〉 연주를 듣고 싶었지만 프로그램에 포함되지 않았다. 이번 콘서트에서 내게 가장 인상 깊었던 곡은 〈Everlasting Gentle Thought〉였다. 유키 구라모토와 콰르텟(바이올린, 김지윤, 첼로 이윤하, 플룻 한지은, 클라리넷 강신일) 연주였다.

1부는 유키 구라모토의 독주였다. 담담히 곡을 소개하고 연주하는 모습에서 대가의 아우라가 비쳤다. 관객을 위해 연주와 곡 소개 시에 보여주는 제스처는 잠시 웃음을 자아내게 했지만, 나는 안 했으면 더 좋겠다 싶은 생각이 들었다. 그런 것들이 시니어의 한계를 극복하려는 것으로 보여 안타까웠기 때문이다. 연주만으로 그를 드러냈으면 좋겠다 싶기도 했고, 유키 구라모토도 어쩔 수 없이 나이를 먹었다는 생각이 떠나지 않았다.

④ 김인주 시 낭송 콘서트, 피부과 의사 김인주 원장이 달성피부과 개원 40주년을 기념하여 개최한 콘서트다. 문학 토크 쇼에서 두어 번 함께 출연한 적이 있고, 내 시를 낭송하기도 했다. 의사로서 시 낭송에 열정을 쏟는 그는 매우 멋있었다. 콘서트 팸플릿에 실릴 축사와 콘서트 참석 부탁을 받았다. 두 가지 부탁에 기꺼이 다 응했다.

　히포크라테스의 선서를 한 지 46년, 그 기억을 뚜렷이 되새기고 있는 의사 김인주, "인생은 짧고 예술은 길다" 라는 명언의 '예술' 을 굳이 '의술' 이나 '기술' 로 바로잡지 않고 오늘에 이르렀다. 의술이나 기술은 몸을 치료하지만, 몸보다 더 약한 마음을 치료하는 데도 의술이나 기술보다는 예술이었고, 예술 중에서도 '시' 였음을 체험한 의사다. 꿈꾸는 사람에게 시를 들려주며, 외로워하는 사람에게 시를 읽어주며 시의 힘을 믿고 시를 낭송해 왔다. 그리하여 시가 환자만 치유하는 것이 아니라 의사까지 치유한다는 생각을 굳혔다. 그 아름다운 경험을 엮어서 시 낭송 콘서트를 가진다. 그곳에 가면 누구라도 행복해지겠다. 이 따뜻한 자리에서 시로 위로받고 싶어진다.(시조시인 문무학)

　콘서트장에 들어섰다. 시 낭송만 잘하는 줄 알았는데 한국 무용에도 상당한 실력을 갖추고 있었다. 의술을 펼치고 예술을 사랑하며 사는 의사 김인주의 인생을 잔잔하게 펼쳐나갔다. '만남, 위로, 새로운 길, 감사' 라는 주제로 시를 낭송하고 춤을 추고 노래도 하며 그가 가진 모든 재주를 보여주었다. 김인주 그도 시니어, 그런 삶을 보여주고 싶었을 것이다. 그것이 뒤따라오는 세대에 삶은 이렇게 사는 거야, 라는 권유인 것 같아 아름다웠다. 작은 것에까지 신경을 쓴 흔적이 드러났다. 수화 낭송을 프로그램에 넣어 품격을 더했다. 아름다운 시니어 콘서트였다.

한글과 책 그리고 시인

일자: 2025. 6. 6.
장소: 서울

학이사 독서아카데미 '책으로 노는 사람들' 의 2025년 문학 기행은 행선지가 서울이다. 간 곳을 차례로 적으면 세종문화회관 한글갤러리 〈색동 입은 훈민정음〉전 관람과 '교보문고 광화문점', '윤동주 문학관' 탐방이었다. 책노사의 기행은 어디를 가든 서점에 들르고, 문학과 관련 있는 곳을 찾는데 올해는 가고자 한 날에 세종문화회관에서 내 시를 서예와 서각으로 제작한 전시가 추가된 셈이다.

일행은 36명, 책노사 회원 23명과 대구시조시인협회 회원과 참가 희망자들이었다. 상경길에 안성 휴게소에서 야외 뷔페로 이른 점심 식사를 했다. 색다른 경험이었다. 많은 인원이 들어가 식사할 자리를 찾는 것도 쉽지 않기 때문에 집행부에서 낸 아이디어였다. 버스를 타고 가면서 이 여행의 목적과 특색을 내가 이야기하였고, 참가자 전원의 자기소개가 있었다. 함께해 준 모두가 나로선 매우 고맙지 않을 수 없었다.

〈색동 입은 훈민정음〉전은 세종문화회관 공모 전시에 선택되어 한글갤러리에서 5월 20일부터 6월 15일까지 전시하는 것이다. 나의 홑시 50편, 홍강리 시인의 작품 50편을 서예가 운곡 김동연이 쓰고 전국의 서각가들이 서각한 작품과, 서예가 운곡 김동연 선생이 한글 초성, 중성, 종성으로 제자되는 한글 11,172자를 서예, 그것을 석각한 작품과 훈민정음 서문을 한글과 한자 등 각기 다른 체로 쓴 서예가 작품 46편이었다.

전시를 관람하고 있는 중, 한국시조시인협회 정용국 이사장과 시조튜브 김일연 대표, 시조시인 신필영, 구애영, 김계정, 정지윤 시인들이 음료수를 들고 와서 우리를 반겨주었다. 참 반갑기도 했지만 미안하기도 했다. 쉽지 않은 걸음에 볼 것이 있었는지 궁금하기도 했다. 주최 측이 마련한 이벤트에 참여하며 담소하다가 차라도 한잔 나누고 싶었지만 시간과 장소가 마땅치 않아 곧장 헤어지고 말았다. 이미 우은숙, 강현덕 시인, 그 후로 김태경 시인 등이 다녀갔다는 소식을 들었다. 모두 고맙기 그지없다.

전시장을 둘러보고 교보문고 광화문점으로 갔다. 국

내 최대의 서점이라 책 안 읽는 시대라고 해도 사람들은 붐볐다. 내 책이 매대에 얹힌 게 있나 둘러보다 찾지 못하고 나왔다. 서가 앞에 선 사람보다 팬시점 앞에 사람들이 더 많았고 구내 찻집에 앉아서 차나 한잔 마시며 쉬려 했으나 앉을 자리가 없었다. 다양한 분야 아니 세상의 모든 분야 책들이 전시되어 있지만 그것을 살펴볼 엄두도 나지 않아 쉬 돌아 나왔다.

서울 종로구 창의문로 119의 주소를 가진 윤동주문학관으로 발걸음을 옮겼다. 청운 수도가압장과 물탱크를 개조해 만든 건물로 규모는 크지 않았지만 가슴이 뭉클했다. 제1전시실은 전시장 가운데 윤동주 생가 우물의 낡은 위 테두리가 놓여있고, 시인의 일생을 시간순으로 배열한 사진과 친필 원고와 영인본들이 전시되었다. 명동소학교 졸업 사진, 숭실학교 시절, 윤동주와 정병욱 사진, 시인의 마지막 고향 방문 사진, 후쿠오카 형무소 정문 사진, 묘비 사진이 작고 낡아서 보기가 힘들었지만 흐른 세월을 실감시켜 주었다.

제2전시실은 '열린 우물'로 윤동주의 시 「자화상」에 등장하는 우물에서 모티프를 얻어 물탱크 상단을 개방, 하늘과 바람과 별이 함께하도록 했다. 아무것도 전시되지 않은 전시장이지만 윤동주의 「자화상」 모두가 자연스럽게 전시된 듯한 느낌을 주는 공간이다. 하늘과 바람과 별이 스치는 곳이었다. 제3전시실은 '닫힌 우물' 두꺼운 철문이 형무소의 차가운 감방을 연상시키기에 충분했다. 시인의 일생과 시 세계를 담은 15분짜리 영상물을 감상할 수 있는 공간이었다.

문학관 뒤편으로 '별뜨락'이란 공간이 있는데 숲속 작은 오두막집 같다. 계단을 올라가면 '시인의 언덕', 「서시」를 새긴 빗돌이 있다. 시간만 있으면 시인의 언덕을 다 걸어보고 싶었지만 그럴 수 없어 아쉬웠다. 국내의 여러 문학관을 비롯하여, 미국의 존 스타인벡 문학관, 영국의 셰익스피어 문학관, 독일의 괴테하우스, 중국의 루쉰 문학관 등 많은 문학관을 둘러보았는데, 윤동주문학관이 규모는 제일 작았지만, 감동은 그 어느 곳보다 크게 몰려왔다. 건물 자체가 그런 느낌을 주었다.

이런 느낌은 나만 느끼는 것이 아니었다. 그 소박한 건물이 2012년 대한민국 공공건축상, 2014년 서울시 건축상, 2015년 현충 시설로 지정되며 공간의 가치와 더불어 그 의미도 주목받는 곳이라고 한다. 전시 내용도 부풀린 것이 없고 자료를 엄선하여 윤동주의 삶과 시를 보여주는 의미 있는 것으로 소박하게 전시하고 있었다. 그리고 해설사의 해설이 아주 좋았다. 건물과 어울리게 소박하면서도 진지하게 해설을 이끌어 나갔다. 인상적이었다.

문학관에 대해서 많이 생각하게 했다. 의미 없는 자료

를 마구 전시하고 규모만 크고 내용은 없는 곳이 있는데 이곳은 확실히 달랐다. 폐가압장을 리모델링한 곳이 이렇게 의미를 창출하는 공간이 되다니 리모델링에 대한 개념을 새로 잡아야겠다. 앞으로 문학관 얘기가 나올 때마다 아마 이곳을 거론하게 될 것 같다. 거창한 것에 의미가 있는 것이 아니라 문인의 삶과 문학을 녹여 담는 문학관이 어떤 것인가를 잘 보여주었다.

돌아오는 길, 피곤보다 왠지 흐뭇한 기분이 들었다. 위대한 시인의 생애가 주는 깊은 감동이 내내 떠나지 않았기 때문이다. 돌아오는 길 금강 휴게소에서 금강을 바라보며 통감자를 먹었다. 다른 회원들도 문학관이 주는 감동이 참으로 컸다는 얘기를 많이 했다. 한글이 주는 위대함을, 책이 주는 놀라움을, 위대한 시인의 시가 주는 감동을 하나로 묶을 수 있는 기행이었다. 한글과 책, 그리고 시 그것은 서로 다른 것들이 아니라 모두 하나였다. 한글이 있어 책이 있고 서점이 있고 문학이 있기 때문이다.

수안회 2025년 연배 대회

일시: 2025. 6. 8. 12:07
장소: 파미힐스 남 OUT 코스

골프 모임 '수안회'의 연배 대회 날이다. 1년에 한 번 월례회보다 조금 많은 상금을 걸고 하는 대회다. 지난달 윤○규 회원이 지병으로 운명을 달리하여 8명이 참석하게 되는데 이○호 회원까지 불참해 7명이 경기를 치뤘다. 회원들의 나이가 결코 적다고 말할 수 없는 모임이라 이런 상황이 되니 그리 좋은 기분만은 아니었다. 담소를 통해 운명을 달리한 회원의 명복을 다시 빌었다.

채○구, 최○근, 금○춘 회원과 한 조가 도어 경기를 했다. 큰 실수 없이 내 스코어를 유지해 85타를 쳤다. 연배라고 전 회원이 수상하는데, 우승, 준우승, 3위, 메달리스트, 롱게스트, 니어리스트, 베스트드레스상, 행운상이 시상되었다. 총무 회원이 재미있게 한다고 상에 다양한 이름을 붙였는데 나는 골프 경기와 별 관계가 없는 베스트드레스상을 받았다. 붉은색 티셔츠와 조끼가 눈에 띄었나 보다.

이 경기를 위해 유튜브를 통해서 드라이버, 아이언, 퍼트 잘하는 법을 살펴보았다. 먼저 '70대 치는 사람들은 다 하고 있는 드라이버 똑바로 치는 법'은 ① 스윙 내내 그립 악력 유지 ② 백스윙 어깨 회전으로 만들기, ③ 우측 손, 어깨, 골반 타깃을 향해, 라고 설명하고 있다. 처음 듣는 말이 아니지만, 실전에서 이대로 하기가 결코 쉽지 않다. 그러나 이것을 읽어보고 치는 것과 그냥 치는 것은 분명 차이가 있을 것이다.

'필드에서 아이언 잘 치는 진짜 꿀팁'은 ① 어드레스 후 공 치기 전 최소 타깃 2번 이상 봐 주기 ② 백스윙 때 체중 오른발로 보내기 ③ 다운스윙 오른팔 팔꿈치 옆구리에 붙지 않고 넓게가 꿀팁이다. 이 또한 말로는 이해가 되도 몸은 따라주지 않는 것들이다. 마지막으로 박세리 퍼터 유튜브에서 핸드 퍼스트를 보고 이것을 기억하려 했다. 실제 필드에서 핸드 퍼스트는 확실히 안정감을 주었다. 꿀팁을 얻은 셈이다.

평소 우드 3번을 잘 친다고 생각하고 있었는데 오늘은 두어 번 실수가 나왔다. 백스윙을 끝까지 하지 않고 내려 치는 것이 원인이었다. 실수를 하지 않으려고 마음 먹으면 먹을수록 그야말로 이상하게 힘이 들어가 똑같은 실수를 범하고 만다. '바보 같다' 고 자책하지만 정말 잘 안되는 것이 이것이다. 이렇게 많이 실수를 하면 고쳐질 법도 하건만 왜 그리 잘 안되는지! 골프장에 오면 만족하는 경우보다는 자책하는 일이 더 많다.

경기를 끝내고 1년 동안 회를 맡아 운영해 오던 채○구 원장님이 회장을 김○성 회원에게 넘기고, 금○춘 총무도 여러 해 총무를 맡아왔는데 2년간은 바쁜 일이 많다고 하며 이○희 회원에게 넘겼다. 금○춘 회원은 우리 회원 중에서 가장 나이가 적어 귀찮은 총무 일을 연이어 맡아주었다. 참으로 고마운 분이다. 회장직을 물러나면서 채 회장이 만찬을 준비했다. 평소는 클럽하우스에서 하고 마는데 골프장 밖 풍천 장어집에서 장어구이로 저녁을 먹었다.

골프는 경기도 경기지만 경기를 마치고 목욕탕에서 목욕하는 즐거움, 그다음 식사 자리에서 소주나 맥주, 아니면 음료수 한 잔씩 하면서 그날의 경기에 대해서 주고받는 이야기가 참 재미가 있다. 이 재미가 없으면 참 싱겁게 된다. 경기의 스코어도 이때쯤은 잘되지 않았어도 별 관계가 없다. 모두 다음 경기에는 그렇게 하지 말아야지 하고 다짐들 한다. 다음 경기도 또 잘못 칠 확률이 높지만 그것이 골프의 매력이다. 잘되면 그렇게 매달리지 않을 것이다. 그것이 골프의 매력이라고 달래며 다음 경기를 기다리게 된다.

골프와 인생을 AI에게 물어봤더니 참으로 여러 면에서 비유되고 있는데, 내 눈길을 끄는 것은 골프도 인생도 나 자신과의 싸움이라는 것이다. 골프는 다른 사람과의 경쟁이 아닌 나 자신과의 싸움이다. 완벽한 샷을 만들기 위해 끊임없이 연습하고, 자신의 단점을 보완해가며 발전하는 과정이며, 인생도 결국은 나 자신과의 싸움, 어제의 나보다 더 나은 나를 만들기 위해 노력하고 스스로의 한계를 극복해 나가고 성장하는 과정이란 것이다. 그렇다치면 내가 골프를 못 치는 건 너무나 당연하다. 나 자신과의 싸움을 멀리했으니까!

잡히지 않는 모든 것

버지니아 울프 장편소설, 최애리 옮김, 『등대로』,
열린책들, 2013.

버지니아 울프의 『등대로』라는 소설이 있다는 것을
안 것은 박인환(1926~1956)의 시 「목마와 숙녀」를 통해서였
다. "한 잔의 술을 마시고/ 우리는 버지니아 울프의 생애
와/ 목마를 타고 떠난 숙녀의 옷자락을 이야기한다. (중략)
이제 우리는 작별하여야 한다./ 술병이 바람에 쓰러지는
소리를 들으며/ 늙은 여류작가의 눈을 바라다보아야 한
다./……등대…… / 불이 보이지 않아도/ 그저 간직한 페
시미즘의 미래를 위하여/ 우리는 처량한 목마 소리를 기
억하여야 한다."는 구절을 통해서…….

1950년대 전후의 혼란기, 명동의 어느 술집에서 문인
들이 모여 술을 마시던 중, 박인환 시인이 주머니에서 종
이를 꺼내 즉석에서 쓴 시로 알려진다. 버지니아 울프는
영국의 여류작가, 박인환 시인은 그녀의 삶과 작품에 깊

이 공감하며 시에 그녀의 이름을 담아 허무주의적이고 퇴폐적인 당시 지식인들의 분위기를 그렸다. 아마도 이 무렵 박인환 시인이 이 소설을 읽지 않았을까 추측할 수도 있겠다.

버지니아 울프는 제임스 조이스와 함께 '의식의 흐름'이라는 새로운 서술 기법을 발전시킨 20세기 초의 실험적인 작가로 손꼽히며 페미니즘 비평의 선구자로 평가받는다. 두 번이나 자살을 시도했고, 세 번째 자살 시도로 세상을 떠났다. 대표작으로『댈러웨이 부인』,『등대로』, 역사 환상소설『올랜도』, 비범한 시적 비전을 지닌『파도』, 가족 소설『세월』이 있으며, 훗날 페미니즘의 지침서가 되다시피한 에세이『자기만의 방』, 평론집『3기니』등과 생을 마감한 해에 탈고한 마지막 소설『막간』등의 작품이 있다.

『등대로』는 작가 자신의 부모와 어린 시절에 대한 추억을 소재로 한 자전적 소설이다. 이 소설이 그녀의 다른 자전적 기록인『회상』이나『과거의 스케치』와 구별되는 점은 개인적인 회고를 넘어 '삶, 죽음, 기타 등등' 좀 더 전체적이고 보편적인 차원에 도달한 데 있다고 역자의 해설「추억을 그리는 세월의 원근법」에 쓰고 있다. 사실주의적인 세부들로 이루어진 것이 아니라 '무수한 인상들의 소나기' 라고 보며 의식의 흐름을 통해 그런 삶의 실체를 그려냈다.

줄거리는 등대에 가고 싶어 하는 어린 아들 제임스에게 램지 부인은 날씨만 좋다면 가자고 약속한다. 램지 씨는 날씨가 좋지 않으리라고 단언하며 등대행은 취소된다. 이들 부부는 아이들을 데리고 스코틀랜드의 한 섬에서 휴가를 보내는 중이며, 몇몇 친지를 초대하여 함께 지내고 있다. 저녁 시간이 되고 모두 식탁 앞으로 모여들어 만찬을 즐긴다.(제1부 창문) 10년 세월이 흐르고 램지 부인을 비롯하여 몇 사람이 세상을 떠난 후(제2부 세월이 가다) 남은 가족과 친지 몇이 다시 섬을 찾으며 마침내 램지 씨는 제임스와 캠을 데리고 등대로 간다.(제3부 등대) 여기에 손님 중 한 사람인 릴리 브리스크가 램지 부인의 초상화를 그리려다 1부에서 완성하지 못한 것을 10년 후에 완성한다는 이야기가 더해진다.

이런 줄거리를 잡아내기가 쉽지 않은 편인데 이것이 '의식의 흐름'이라는 기법으로 쓴 글이기 때문이다. '의식의 흐름' 기법이란, 인물의 내면에서 일어나는 생각, 감각, 기억, 자유 연상 등을 여과 없이 서술하는 기법이다. 마치 사람의 생각이 끊임없이 이어지고, 논리적 순서 없이 이리저리 튀는 것처럼 소설 속에서도 인물의 내면을 따라가며 이야기를 전개한다.

이 기법의 주요 특징은 비논리적이고 비연속적인 흐

름, 내적 독백 중심, 프로이트의 정신분석학의 영향, 복잡하고 난해하다는 것이다. 프로이트의 정식분석학과 윌리엄 제임스의 심리학 개념(의식의 흐름)에 영향을 받아 발전했다. 따라서 독자에게는 어렵게 느껴질 수 있다. 그렇지만 인간의 내면을 탐구하고 표현하는 데 있어 중요한 문학적 시도이자 혁신적인 기법으로 평가받는다. 우리나라에선 이상의 『날개』, 박태원의 『소설가 구보씨의 일일』, 오상원의 『유예』가 이 기법으로 쓴 작품이다.

이 작품을 읽어가면서 단편적인 것이지만 "색채에 힘이 없다고 하나?"(21쪽) "발끝에 차인 돌멩이 하나도 셰익스피어보다 오래갈 것이다."(50쪽) "아무리 잘나가던 사람도 어떻게든 넘어지는 법이다."(63쪽)란 말들에 밑줄을 그었다. 곱씹어볼 의미가 있기 때문이다. 버지니아 울프는 셰익스피어의 작품과 시를 소설 곳곳에 녹여냈다. 단순한 인용을 넘어 인물의 내면과 소설의 주제를 심화시키는 중요한 장치로 활용한 것이다.

셰익스피어 소네트 98, 끝부분 2행의 인용은(164쪽) 램지 부인이 사랑하는 가족에 대한 깊은 애정과 함께 삶의 아름다움 속에서도 느껴지는 상실감과 고독감을 암시하고 있다. 그녀의 죽음과 그 이후에도 남겨진 이들에게 미치는 영향력을 예고하는 복선으로도 해석될 수 있다. 셰익스피어 소네트 98, 그 전문을 찾아 읽는다.

내가 당신에게서 멀리 떨어져 있는 것은 봄이었다.

오만하고 다채로운 4월이 온몸을 단장하고

모든 것에 젊음의 기운을 불어넣어

무거운 토성조차 웃고 함께 뛰놀게 하였을 때

하지만 새들의 노래도

향기로운 다양한 꽃들의 달콤한 냄새도

내게 어떤 여름 이야기도 들려주지 못했고

나는 뜰의 꽃을 따지도 못했네.

나는 백합의 하얀색에도 놀라지 않았고

장미의 깊은 붉은 색에도 감탄하지 않았다.

그들은 단지 달콤하고 기쁨의 형상이었지만

당신의 뒤를 그려낸 그림자 같았다.

당신이 없는 동안은 여전히 겨울처럼 느껴졌다

당신의 그림자와 함께 나는 이것들을 가지고 놀았다.

이해가 쉽지 않은 기법으로 창작된 이 소설 혹은 엘레지의 주제를 파악하는 것이 쉽지 않다. 하나의 주제로 단정하기 어려운데, 시간과 기억, 존재의 의미, 삶과 죽음, 그리고 그 사이의 균형, 인간관계와 소통의 어려움, 예술의 본질과 창조, 남성성과 여성성 그리고 조화 등의 복합적인 주제를 갖고 있다.

『등대로』라는 제목의 상징에서 유추할 수도 있다. 그

는 일기에서 "내 책들에 '소설' 대신 다른 명칭을 지어
주어야겠다는 생각이 든다. 버지니아 울프의 새로운 ○
○○ 하지만 뭐라고 하지? 엘레지(哀歌)?"라고 쓴 적이 있
다고 해설에 쓰고 있다. 그것은 새로움을 추구한다는 뜻
이다. 잡히지 않는 모든 것이자, 세월이며 인생을 바라보
는 작가의 눈이다. 작가가 작품을 쓰는 도정 그 자체가 또
하나의 등대행이라 할 것이다. 따라서 독자들이 나의 등
대는 무엇 혹은 어디인가를 생각한다면 어렵게 읽은 보
상을 받을 수 있을 것 같다.

1. 송재학 시집, 『습이거나 스페인』, 문학과지성사, 2025.

"시라는 붉은 면적이 있다."(9쪽, 「너에게 속삭이는 말이면서 아직 나에게 하는 말 중에」)

제목이 시 보다 더 긴 시다.

2. 민병도 시집, 『새벽 물소리』, 목언예원, 2025.

"꽃씨로 뿌려져서 꽃밭을 이루었나/ 어쩌면 칼 휘젓는 천둥인가 싶었더니/ 어디서 무엇이 되어 돌아오지 못하는가."(「내 말의 안부를 묻다」 세 수 중 둘째 수)

3. 권갑하 시집, 『마음꽃 달항아리』, 작가, 2025.

"소매 다 해진/ 흰두루마기 한 벌에도// 뼛속을 겨누는/ 서릿발 칼바람에도// 담담히/ 풍설에 맞서는/ 꺾이지 않는 흰 기품."(「달항아리-선비정신」)

4. 김선호, 『자유를 인수분해하다』, 고두미, 2025.

"다항식처럼 자유식 인수분해가 까다롭다/ 납치 구금 순종 같은 인수들로 엉키다가/ 풀리면 거들먹거리며 맨 앞줄에 앉는 생색."(「放生과 防生 사이」 세 수 중 첫째 수)

27 주
2025.
06. 29.~
07. 05.

합창, 사랑을 부른다

공연명: 대구레이디스싱어즈 창단 30주년 기념 제30회 정기연주회
일시: 2025. 6. 14. 17:00
장소: 대구콘서트하우스 그랜드 홀

여성합창단, 대구레이디스싱어즈 창단 30주년 기념 제30회 정기연주회에 갔다. 이 연주회에 초대된 것은 지휘자 박영호 선생께서 창단 30주년을 맞아 대구레이디싱어즈의 단가를 만들어 30주년 기념 공연에서 발표하겠다며 내게 가사를 청탁해 왔고, 그 가사로 작곡된 연주가 있다고 하니 가지 않을 수 없었다. 처음 가사 하나를 써서 보냈는데, 마음에 들지 않았는지 이런저런 요구가 있어 다시 쓰기로 하고, 두 편을 더 써서 골라 쓰라고 했다.

처음 보냈던 원고이다.

「노래로 마음 모아」
노래로 가는 길에 햇살 비치고
노래로 가는 길에 꽃들이 핀다

사랑을 노래하여 서로를 품고
희망을 노래하여 행복 키우는
(후렴) 아아 우리는 레이디스 싱어즈
 노래로 마음 모아 세상 밝혀요
노래의 길 위에서 손을 맞잡고
노래의 길 위에서 하나가 된다
정겨운 목소리로 희망 일구고
즐겁고 아름다운 내일 펼치는
후렴- 아아 우리는 레이디스 싱어즈
노래로 마음 모아 세상 밝혀요

다시 두 편의 가사를 썼다.

「노래의 언덕」
우리들 마음 모은 맑은 노래는
내가 나를 사랑하는 길이었어요
목소리 꽃이 되는 꿈을 실어서
노래의 날개 펼쳐 세상을 날았어요
지칠 때 앉아보는 노래의 의자
내일이 어제보다 밝고 밝아요
지난 날 그리움을 노래에 실어
꽃다운 사람들의 손을 잡아요

노래로 산을 넘고 강물 건너서
사랑이 싹트는 언덕에 올랐어요
슬픔을 녹여내는 노래의 희망
내일이 어제보다 맑고 맑아요

「사랑을 부른다」
사랑의 길을 간다 노래로 간다
꿈꾸는 내일을 노래로 부른다
목련꽃 꽃망을로 부풀어 올라
단풍 고운 가을로 물들여 가며
(후렴) 사랑을 아름답게 세상을 따뜻하게
꽃으로 피어난다 사랑을 부른다
마음에 마음 더해 노래 부른다
기쁨도 슬픔도 노래로 달랜다
뜨거운 여름날은 그늘이 되고
눈 내리는 거울은 하얗게 젖어
(후렴) 사랑을 아름답게 세상을 따뜻하게
꽃으로 피어난다 사랑을 부른다

선택의 기준이 무엇인지 알 수 없지만 '사랑은 부른다' 가 채택되고 작곡되고 공연에서 발표되었다. 대구, 여성, 합창의 키워드를 상징하는 일이 그리 만만하지 않았다. 어쨌든 작곡이 되고 합창으로 불려지니까 미학적 판단에서가 아니라 나쁜 말은 없으니까, 그것이 더욱 합창으로 불려지니까 귀에 순했다. 연주회 시작과 노래 발표 전에 지휘자가 나를 객석에서 불러 세워서 관중들의 박수를 받았다.

이렇게 단체나 기관의 일을 청탁받으면 완전한 창작도 아니고 이런저런 요소를 감안해야 해서 어렵다. 이번의 경우만 해도 대구, 여성, 합창이라는 키워드를 상징할 수 있어야 하고 합창단의 미래를 담아야 하는 부담이 있었다. 그래서 작사자로서는 그런 고려들이 성가시지 않을 수 없었다. 마음에 들지 않아도 할 수 없이 작곡을 했는지 모르지만 처음 청탁을 받을 때도 내 가사가 마음에 들지 않으면 다른 분께 부탁해도 양해한다는 말을 했다.

공연 프로그램은 제일 먼저 〈사랑을 부른다〉, 〈먼 후일〉, 그리고 〈겨울 꿈〉, 이어서 노래숲의 아이들 특별 출연으로 〈밤 하늘이 아름다운 건〉, 〈진심을 담은 한마디〉, 〈뻥뻥 뻥튀기〉, '우리들의 노래'로 〈동무 생각〉, 〈두껍이〉, 〈강강술래〉가 연주되었다. 이어서 부산북구구립여성합창단의 우정 출연으로 〈The Lord bless you and keep you〉, 〈회상〉이 연주되었다. 3부로 '음악, 웃음 그리고 춤'으로 〈웃음 소리〉, 〈알 수 없는 인생〉, 〈최진사댁 셋째 딸〉이 재미있게 연주되었고 앵콜곡은 〈알 수 없는 인생〉이었다.

합창 공연에 대한 새로운 인식을 하게 되었다. 합창이 단순히 노래만 합창하는 것이 아니라, 춤과 극의 콜라보가 되어 관람의 흥미를 더했다. 여럿이 하는 노래는 그 자체가 아름다운 것이지만 합창이라는 공연이 상징하는 사회적 의미가 크다. 내 목소리를 가다듬어 다른 사람의 목소리와 잘 섞여서 더 고운 소리를 만들어내는 것, 우리 사는 세상 이치가 여기에 있지 않을까 싶다. 나를 가다듬어야 내가 섞일 수 있다는 생각을 합창 들으며 했다.

1만 시간을 넘겼는데도

청파회 월례회
일시: 2025. 7. 6.~12. 06:47
장소: 파미힐스 남 IN 코스

연일 폭염주의보가 휴대폰에 날아드는데 請Par會 월례회를 한다. 새벽 5시 10분 알람 소리에 잠을 깨서 삶은 달걀 한 개와 뉴케어 한 팩을 아침으로 떼우고 골프장으로 향한다. 낮에 얼마나 더울지는 몰라도 아침 공기는 선선하다. 아침에 일찍 일어나기가 귀찮아서 그렇지 새벽에 대구 4차 순환도로를 거쳐 고속도로를 달리는 기분은 상쾌하다. 에어컨을 낮추고 차창을 열어 상쾌한 바람을 받아들이며 달렸다.

더위에 대비하기 위해 기능성 복장에 얼굴 가리개, 토시까지 단단히 무장을 했다. 거기다 언제나 귀찮게 여기는 선크림까지 다부지게 발랐다. 시커먼 얼굴에 선크림 바른다고 달라질 게 있느냐는 핀잔을 자주 듣기도 하지만 그래도 발라보는 것이다. 효과가 있는지 없는지도 잘 모르면서 말이다. 다행히도 이른 시간이고 바람이 선뜻 선뜻 불어줘서 별로 더운 줄 모르고 경기를 마칠 수 있었 다.

경기 결과는 꼴찌 앞이다. 내가 가장 나이가 많으니 내 가 꼴찌하는 것이 당연하다고 생각하고 있다. 나보다 나 이 적은 사람이 나한테 지면 더 기분이 나쁘지 않겠느냐 는 생각을 변명으로 하는데, 내 뒤에 한 사람 있으니 다 행이다. 요 며칠 연습장에서 공이 잘 맞길래 오늘은 잘 칠 수 있겠지 하는 기대를 가졌지만 3번 홀에 가서 그만 OB 를 냈다. 백스윙을 제대로 하지 않고, 또 공도 보지 않고 빠르게 쳐버린 탓이다.

한두 번 하는 실수가 아니라서 덤덤하긴 했지만, 또 나 를 한심하게 생각하지 않을 수 없었다. OB를 냈으면 마 음을 가다듬어 세컨드 샷을 잘해서 더블 보기로 막아야 하는데 그것마저 바로 치지 못하여 트리플 보기를 범했 다. 그런 판에 동반자들 두 사람은 파를 하고 한 명은 보 기를 했다. 구두 닦는 요금을 내기로 걸고 하는데 이렇게 되면 오늘 또 내가 동반자들의 구두 닦는 돈을 내야 한다.

골프장에 나올 때마다 하는 생각이지만 왜 이렇게나 마음먹은 대로 안 되는 것인지? 골프 잘 안되는 이유가 108가지라느니, 잘되면 누가 오래 계속해서 치겠느냐 등 의 골퍼들의 말들이 오가지만 그것은 어디까지나 핑계

내지 자기 합리화다. 골프가 하도 안되니까 이제 그만 쳐야 되겠다고 말해놓고 목욕탕에서 동반자들이 다음 부킹을 말할 때면 언제 그랬느냐는 듯이 관심을 기울인다는 말도 있는데 내가 꼭 그렇다.

이제는 골프 스코어에 관심을 두지 말고, 골퍼들과의 만남, 골프 후의 목욕, 그리고 즐거운 식사에 의미를 두자고 다짐을 하긴 하는데 안되면 속상한 게 골프다. 내 골프는 말콤 글래드웰의 저서 『아웃 라이어』를 통해 널리 알려진 1만 시간의 법칙도 통하지 않는 것 같다. 1만 시간은 하루 세 시간씩 10년, 하루 열 시간씩 1년인데, 금년이 골프 시작한 지 꼭 30년, 골프로 보낸 시간만도 분명 1만 시간을 넘겼을 텐데……, 하기사 1만 시간의 원 연구자 엔더슨 에릭슨도 단순히 시간을 채우는 것이 아니라 질 높은 연습과 타고난 재능, 환경 등 다양한 요인이 있다고 했으니까 꼭 시간만이 문제는 아닌 것 같다.

1만 시간을 넘기고도 잘 못하는 것은 다른 요인으로 거론하고 있는 '타고난 재능'이라고 생각할 수밖에 없다. 그리고 환경도. 그래도 이 나이에 친구 만나서 담소하고, 운동도 하고 식사 같이 하는 즐거움을 누릴 수 있는 것은 골프뿐이니까, 연습장을 가고 또 다음 라운드에선 하고 다짐해 보는 수밖에 없다. 30년을 하고도 제대로 못하면서 그만두지 못하는 것은 골프가 정말 재미있기 때문이다. 더 좋고 많은 재미를 원하는 욕심만 버리면 될 것 같다.

책으로 가는 여행

이기동, 『나의 서원 나의 유학: 한국인의 마음을 찾아 떠난 여행』,
사람의 무늬, 2018.

어디엔가로 여행을 하기로 작정했던 주다. 그런데 주 초 사흘은 폭염이었고, 주중 주말 나흘은 폭우가 내렸다. 하는 수 없이 내가 꼭 가보아야 할 곳으로 염두에 두고 있는 경기 여주에 있는 세종대왕릉을 책으로 먼저 읽고 시간을 내서 꼭 가봐야겠다는 생각을 한다. 특히 금년은 내가 「세종의 처방전」이란 연작을 시조로 쓰고 있는데 이 연작을 시작하기 전에 참배라도 하고 시작했어야 할 일인데 반성하지 않을 수 없다.

저자는 경북 청도 출신의 유학자 이기동, 성균관대학에서 유교문화연구소장과 대학원장을 역임하신 분이다. '한국인의 마음을 찾아 떠난 여행' 이란 부제의 『나의 서원 나의 유학』, 43쪽부터 56쪽까지를 따라간다. 43쪽에 「백성과 한마음이었던 세종대왕을 흠모하다」라는 제목이 있고 그다음 여주 영릉을 표시한 지도 하나, 그다음 '정치인이 아니었던 정치인', '고정 관념에 사로잡히지 않으니', '세종대왕에 답이 있다'로 나누어지고 50쪽에 '영릉의 근경' 사진이 있고, 54쪽에 '영릉 능침에서'가 실렸다.

"영릉은 경기도 여주시 능서면 왕대리에 위치한다. 원래는 오늘날 서울 내곡동에 자리한 헌릉(태종과 원경왕후의 능)의 서쪽 산줄기에 있었는데 1469년 현 위치로 옮겼다. 소헌왕후와 합장하여 특이하게도 봉분은 하나뿐이다. 하지만 혼유석魂遊石은 봉분 앞에 나란히 두 개를 놓았다. 또 병풍석 없이 난간석만 봉분을 감싸고 있다. 난간석엔 12지신상을 조각하는 대신으로 문자만 새겨두었다. 두 혼유석이 놓인 곳 앞에 팔각형으로 다듬은 장명등이 서있고 봉분 주위에는 석상, 석마, 문인석, 무인석 등이 배치되어 있다."고 설명하고 있다.

뒤따르는 설명으로 "이렇게 영릉은 외형적으로는 다른 능과 큰 차이를 보이지 않는다. 하지만 내용상 차이는 크다. 아무리 집이 화려해도 그곳에 사는 사람이 시원찮으면 빈약해 보이고, 비록 초가삼간일지언정 그곳에 사는 사람이 훌륭하면 넉넉해 보인다. 영릉이 그렇다. 보기만 해도 가슴이 뭉클해진다. 세종대왕이 거기 계시기 때문이다."라고 썼다. 이 글을 읽고 '영릉의 근경'을 사진으로 보며 합장하고 묵념을 했다.

그리고 "세종대왕은 국왕의 자리에 있었지만 무릇 정치인은 아니었다. 마치 오직 백성만을 사랑하라고 하늘이 보내준 부모와 다름없었다. 부모는 자녀에게 사랑을 베풀기만 할 뿐, 그 대가를 바라지 않는다. 백성을 대하는 세종대왕의 마음도 이와 같았다. 그는 백성에게 사랑을 베풀기만 했을 뿐 그 대가를 바라 통치하거나 그 위에 군림하지 않았다."고 썼다. 그래서 세종대왕은 정치인이 아니었던 정치인으로 해석했다.

'고정 관념에 사로잡히지 않으니'에서는 "한마음을 지닌 사람은 남과 자신을 분리해 생각하지 않는다. 분리하는 순간 한마음은 사라진다. 분리한 '나는 ○○이다.'라는 고정 관념을 가지는 데서 출발한다. 세종대왕은 '내가 왕이다.'라는 고정 관념을 가지고 있지 않았다. 그는 늘 백성들과 한마음을 유지할 수 있었다."고 썼다. 이어서 "그의 마음은 언제나 백성과 한마음이었다. 백성과 한마음인 사람이 정치를 하면, 백성이 가려워하는 곳을 긁어줄 수 있다."고 했다.

세종대왕의 업적 중 가장 빛나는 것은 한글 창제이지만 그 외도 이루 다 헤아릴 수가 없을 정도다. 특히 눈길을 끄는 것은 "노비들에게 4개월 정도의 출산 휴가를 주었다."는 것과 세법 시행을 위해 17만 2천여 명을 대상으로 여론 조사를 실시하기도 했다고 하니 백성을 생각하는 그의 마음을 짐작하고도 남을 만하다. 그때가 언제인가 국민의 마음을 살피는 왕의 자세가 그지없이 자상하다. 요즘도 여론 조사를 하지만 기껏해야 천 단위의 표본으로 하지 않는가. 4개월의 출산 휴가를 준 것도 놀랍기 그지없는 일이다.

'세종대왕에 답이 있다'에서는 『시경』「소야」편의 "하느님의 분노가 이 땅에 내렸도다. 잘못된 나쁜 정치 어느 날에 그치려나. 좋은 일 안 따르고 나쁜 일만 계속하네, 돌아가는 꼴을 보니 가슴이 다 터진다. 어울렸다 헐뜯었다 서글프기 짝이 없다. 훌륭한 정책들은 모두들 등 돌리고, 잘못된 정책들만 골라가며 시행하네. 돌아가는 꼴을 보니 어찌 될지 모르겠네, 슬프도다. 나라 정치 왜 이렇게 잘못되나. 선민들은 안 본받고 대도에서 벗어났네. 시원찮은 말만 듣고 말다툼만 계속하네, 길손에게 물어가며 집을 짓는 얼간이들." 이라는 시를 인용하며 좋은 정치의 답이 세종대왕에 있다고 주장한다.

이 짧은 글만 읽어도 가슴이 뭉클하다. 이기동 선생이 잘 요약해 감동을 주기에 충분하다. 훌륭하신 세종대왕을 글감으로 했기 때문일 수도 있다. 오로지 한글로 밥 빌어먹고 살아온 내가 한글을 창제하신 세종대왕 영릉을 참배하지 않은 것은 아무리 생각해도 지극히 잘못된 일

이다. 올해는 꼭 이 영릉에 가서 세종대왕님께 큰절 올리
고 용서를 빌며 깊이 감사드리리라.

이다. 올해는 꼭 이 영릉에 가서 세종대왕님께 큰절 올리
고 용서를 빌며 깊이 감사드리리라.

소설로 읽는 가난의 역사

김동인 외 11, 『한국단편문학선 1』, 민음사 세계문학전집 10,
2011(1판 35쇄).

1921년에 나온 현진건의 『빈처』에서부터 1949년 염상섭의 『두 파산』까지 12명의 작가가 쓴 19편의 단편소설을 모은 책이다. 일제강점기와 해방 이후 6.25 전쟁 전까지, 주로 농촌과 도시 빈민층, 유약한 지식인 등 가진 것 없는 사람들의 삶을 다루었다. 그래서 가난의 역사책이라고 불러도 좋을 듯하다. 나라 잃은 설움과 가난의 뼈 아픔이 생생하게 드러난다. 이 시기의 역사를 알려면 이 책을 읽어야 될 것 같다.

이미 본 작품들이 많다. 처음 읽는 것은 아니지만 모아서 읽으니 참으로 생생하게 전해온다. 치 떨리는 부분도 있고, 주먹이 불끈 쥐어지기도 하고, 욕설이 나오기도 하고, 눈물이 나기도 한다. 처음 예사롭게 생각해서 이상의 『날개』부터 다시 읽고 순서 없이 읽었다. 그러나 12명의 작가가 쓴 19편의 단편이 식민지 시대의 가난한 삶을 다룬 한 편의 장편소설로 느껴진다. 삶에 지칠 때 다시 읽고 싶어서 책에 실린 작품 순서대로 줄거리를 요약 정리한다.

• 김동인 「감자」 (1925. 1. 《조선문단》 제4호)

'감자'는 가난, 계급적 갈등, 그리고 복녀의 성적 타락을 상징한다. 빈민굴 여성들이 감자를 훔치는 행위는 생존을 위한 처절한 몸부림이자 자본 없는 자들이 겪는 비극적 현실을 보여준다. 가난하지만 정직했던 농가의 딸 복녀가 동리 홀아비에게 80원에 팔려갔다. 복녀를 산 80원이 마지막이었던 남편은 극도로 게으른 사람, 복녀의 노력으로 어렵게 어렵게 살다가 빈민굴로 전락한 후 물질적 궁핍으로 인해 도덕적으로 타락해 가는 과정을 그렸다. 복녀는 결국 왕서방에게 몸을 팔게 되고 왕서방이 새 장가를 들자 질투심에 낫을 들고 찾아갔다가 도리어 자신이 낫에 찔려 죽는다. 복녀의 죽음은 돈으로 매수된 사람들에 의해 뇌일혈로 위장되어 처리된다.

• 김동인 「발가락이 닮았다」 (1932. 1. 《동광》)

성병으로 인해 생식 능력을 잃은 주인공 M이 아내의 임신과 출산 후, 자신의 아이가 아님에도 불구하고 증조

부님을 닮았다고 하기도 하며, 아이의 발가락이 자신과 닮았다고 믿으며 스스로를 위로하는 이야기다. 의사인 '나'는 M의 오랜 친구이자 그의 병을 아는 유일한 인물로 M의 슬프고 아이러니한 상황을 지켜보며 인간의 나약한 본성과 생에 대한 의지를 그린다.

• 현진건 「빈처」 (1921. 1. 《개벽》 제7호)

가난한 무명 작가인 '나'와 헌신적인 아내의 일상을 담담하게 그린 자전적 단편소설이다. 특별한 사건 없이 가난 속에서도 서로를 이해하고 사랑하며 정신적 행복을 추구하는 부부의 모습과 물질적으로 풍요를 누리지만 갈등을 겪는 처형 부부의 모습이 대비되며 진정한 행복의 의미를 생각하게 한다.

• 현진건 「운수 좋은 날」 (1924. 6. 《개벽》)

일제강점기 서울을 배경으로 가난한 인력거꾼 김 첨지의 하루를 그린 작품. 병든 아내가 죽어가는 줄도 모르고 인력거를 끌고 나선 김 첨지는 평소와 달리 많은 손님을 만나 큰돈을 벌게 되어 기뻐한다. 그는 아내가 평소 먹고 싶어했던 설렁탕을 사 들고 집으로 향하지만 웬지 모를 불길한 예감에 시달린다. 집에 도착한 김 첨지는 싸늘하게 죽어있는 아내의 시신을 발견하게 된다. 시신을 붙잡고 "왜 설렁탕을 사다 놓았는데 왜 먹지를 못하니, 왜 먹지를 못하니…… 괴상하게도 오늘은! 운수가 좋더니만……"으로 끝난다. 제목은 역설로 식민지 하층민의 비참한 현실을 고발한다.

• 이광수 「무명」 (1939 《문장》 창간호)

불교 용어로 '어리석은 마음, 어두운 마음', 작가가 수양동우회 사건으로 옥고를 치렀던 경험담. 수양 동우회 사건은 1937년 일제가 흥사단 계열의 민족운동단체인 수양동우회 회원 181명을 검거한 사건으로 안창호, 이광수 등 많은 지식인들이 투옥되었고, 일부는 옥사하거나 불구자가 되기도 했다. 소설의 배경은 미결수들이 수감된 병감이며, 인장 위조죄, 방화 혐의, 사기죄 등으로 수감된 다양한 인물들이 등장한다. 감옥이라는 폐쇄적인 공간에서 인간의 이기심, 탐욕, 갈등 등을 담담하게 드러내며, 주인공인 '나'의 관찰을 통해 인물들의 심리와 인간 본성을 탐구한다. 끔찍한 감옥살이의 실상을 드러내어 죄짓지 말아야 한다는 교훈을 주고 있다.

• 나도향 「물레방아」 (1925. 8. 《조선문단》 제11호)

가난하고 힘없는 이방원이 부유한 지주 신치규에게 아내를 빼앗기면서 벌어지는 비극이다. 마을의 부자 신치규는 자신의 집에 얹혀사는 이방원의 젊은 아내에게 마음을 빼앗긴다. 그는 이방원의 아내를 꾀어 물레방앗 간에서 밀회를 즐기고 이방원의 아내는 가난한 삶을 벗어나고 싶어 신치규의 유혹에 넘어간다. 이 사실을 알게 된 이방원은 신치규를 폭행하고 감옥에 갇힌다. 석 달 후 출감한 이방원은 아내를 데리고 도망치려 하지만 아내는 이미 마음이 떠나 그의 제안을 거절한다. 이에 분노한 이방원은 결국 아내를 칼로 찔러 죽이고 자신도 자살한다. 1920년대 식민지 시대 농촌의 구조적 빈곤과 그로 인해 변질되는 인간의 본성, 성 윤리를 사실적으로 보여준다.

• 최서해 「홍염」 (1927. 1. 《조선문단》 제18호)

일제강점기 가혹한 현실을 피해 간도로 이주한 조선인 소작농 문 서방 가족의 비극을 그린다. 문 서방은 중국인 지주 인가에게 소작농으로 착취당하며 궁핍하게 살아간다. 소작료를 제때 내지 못해 인가는 문 서방의 외동딸 용녀를 강제로 빼앗아간다. 딸을 잃은 슬픔에 문 서방의 아내는 미쳐 시름시름 앓다가 죽음에 이른다. 아내의 죽음으로 극심한 울분을 느낀 문 서방은 마침내 인가의 집에 불을 지르고, 불길 속에서 도망치는 인가를 도끼로 살해한다. 이 비극적인 결말은 당시 식민지하 민중의 억압과 고통, 그리고 이에 폭력적인 저항을 보여주는 신경향

파 문학의 대표적인 특징을 잘 그려낸다.

• 김유정 「동백꽃」 (1936. 5. 《조광》)

강원도 산골 마을을 배경으로 순박한 소작인의 아들 '나'와 마름의 딸 점순이의 풋풋하고 해학적인 사랑 이야기다. '나'는 점순이가 구운 감자를 "느 집엔 이거 없지?"라는 말과 함께 건너자 그 오만함에 심통이 나서 거절한다. 이 일로 화가 난 점순이는 그때부터 '나'를 못살게 군다. 특히 '나'의 닭을 괴롭히고 자신의 닭과 억지로 싸움을 붙여 매번 이기며 '나'를 약올린다. '나'는 점순이 행동이 자신에게 관심이 있기 때문임을 눈치채지 못하고 자신의 닭에게 고추장까지 먹여가며 점순네 닭을 이기려 하지만 번번이 실패한다. 어느 날 산에서 내려오다가 점순이가 자신의 닭을 거의 죽을 지경으로 만들어 놓은 것을 보고 분노가 폭발해 점순네 닭을 때려죽인다. 이 일로 마름에게 혼나거나 쫓겨날까 봐 두려워 울음을 터뜨리는 '나'에게 점순이는 더 이상 안 그럴 거냐고 묻고 닭 죽인 일을 이르지 않겠다고 약속한다. 그러다가 점순이가 '나'의 어깨를 짚고 쓰러지면서 둘은 노란 동백꽃 속에 함께 파묻히게 되고 알싸하면서 향긋한 동백꽃 향기에 정신이 아찔해지며 마무리된다.

• **김유정 「만무방」** (1935. 7. 17.~ 30. 《조선일보》)

일제강점기 가혹한 소작 제도 아래 농민들이 겪는 비참한 현실을 고발하는 작품이다. 주인공 응칠은 원래 성실한 농민이었으나 가난 때문에 도박과 절도를 일삼는 만무방으로 전락한 인물이다. 그는 어느 가을, 송이를 캐며 떠돌다 동생 응오네 논의 벼가 도둑맞았다는 소식을 듣는다. 응칠은 전과자인 자신이 누명을 쓸까 봐 두려워 직접 도둑을 잡기로 결심한다. 밤이 되어 응오의 논에 숨어 도둑을 기다리던 응칠은 복면을 한 사내가 벼를 베어 가는 것을 발견하고 몽둥이를 휘두른다. 그런데 복면을 벗겨보니 그 도둑은 동생 응오였다. 응오는 농사를 지었지만 지주에게 수확물을 다 빼앗기고 빚만 늘어나는 현실 속에서 자신이 키운 벼를 자신이 훔쳐야만 하는 비참한 상황에 처했다. 응칠은 절망감에 휩싸여 동생을 때리지만 이내 아우를 업고 힘겹게 고개를 내려오면서 소설은 끝이 난다. 성실한 농민마저 만무방이 될 수밖에 없었던 식민지 농촌사회의 모순과 비극을 반어적으로 보여준다.

• **채만식 「맹 순사」** (1946 《백민》 3·4월)

8.15 직후 일제강점기 순사였던 맹 순사가 생활고 때문에 다시 경찰이 되는 이야기다. 그는 자신이 청렴하다

고 생각하지만 실제로는 소소한 뇌물을 받아왔으며, 해방 후 다시 경찰이 된 뒤 과거에 자신이 잡았던 살인 강도범이 동료 순사가 된 현실을 마주하며 혼란을 겪고 결국 사직하는 내용이다. 해방 직후 친일파 청산 문제와 허술한 행정체계 등 당시 사회의 혼란스러운 상황을 풍자하고 비판하고 있다.

• 채만식 「치숙」(동아일보 1938. 3. 7.~7. 14.)

어리석은 삼촌, 일제강점기를 배경으로 사회주의 운동을 하다가 병을 얻어 누워있는 고모부 아저씨와 일본인 상점에서 일하면서 현실에 순응하는 '나'의 시선을 통해 당대 지식인과 사회의 모습을 풍자하는 작품이다. 주인공인 '나'는 대학교까지 나왔지만 사회주의 운동으로 인생을 망쳤다고 생각하는 아저씨를 비판한다. '나'는 아저씨의 이상적인 사회주의 사상을 이해하지 못하고 오히려 일본에 잘 보여 일본인처럼 살아가는 것이 현명하다고 생각한다. '나'의 시점에서 아저씨를 비난하는 내용으로 전개되지만 실제로는 현실에 안주하고 기회주의적인 '나'의 사고방식을 작가가 역설적으로 비판하는 이중 풍자의 구조를 갖고 있다.

• **이상 「날개」** (1936. 6. 《조광》 제11호)

무기력하고 자폐적인 지식인 나와 매춘부 아내의 기묘한 동거를 다루었다. 주인공 나는 햇빛이 들지 않는 어두운 방에 틀어박혀 잠을 자거나 무의미하게 시간을 보낸다. 반면 아내는 바깥에서 활동하며 손님을 맞이하고 나에게 돈을 준다. 나는 아내가 주는 돈의 출처나 아내의 직업에 대해 명확히 인식하지 못하고 아내에게 사육당하는 듯한 삶을 살아간다.

어느 날 나는 아내가 준 돈을 가지고 외출하여 세상과 부딪치지만 돈을 제대로 쓸 줄도 모르고 좌절감을 느낀다. 다시 집으로 돌아온 나는 아내의 방에서 아내와 손님이 함께 있는 충격적인 장면을 목격하고 뛰쳐나온다. 절망한 나는 거리를 헤매다가 미쓰코시 백화점 옥상에 다다르고 "날개야, 다시 돋아라. 날자. 날자. 한 번만 더 날아보자구나."라고 외치고 싶은 충동을 느끼며 끝난다. 식민지 시대 지식인의 무기력한 자아 상실과 분열된 내면을 상징적으로 보여준다.

• **이효석 「산」** (1936. 1.~3. 《삼천리》)

머슴 중실이 주인 영감의 첩을 건드렸다는 오해를 받고 억울하게 쫓겨났다. 갈 곳이 없던 중실은 산으로 들어가 자연과 동화되며 새로운 삶을 시작한다. 산에서 꿀을 얻고 산불에 타 죽은 노루를 얻어 살아가던 그는 나무를 해서 팔아 생필품을 사고 그곳에서 주인 영감의 첩이 다른 남자와 도망쳤다는 소식을 듣는다. 산이 그리워 다시 산으로 돌아온 중실은 이웃 용녀와 함께 오두막을 짓고 농사를 지으며 행복하게 살아가는 꿈을 꾸고 밤하늘의 별을 헤아리며 자연의 일부가 되는 깊은 만족감을 느낀다. 속세의 거짓과 불신을 벗어나 자연 속에서 소박하고 건강한 삶의 의미를 찾는 인간의 모습을 서정적으로 그려내고 있다.

• 이효석 「메밀꽃 필 무렵」 (1936. 10. 《조광》 제12호)

　장돌뱅이 허 생원이 동료인 조 선달, 그리고 젊은 장돌뱅이 동이와 함께 봉평에서 대화장으로 가는 여정을 그린다. 이 과정에서 허 생원은 과거 봉평에서 성 서방네 처녀와 보낸 하룻밤 인연을 회상하고, 그 경험이 그의 삶에 얼마나 큰 영향을 주었는지 이야기한다. 밤길을 걷던 중 허 생원은 개울에서 미끄러지고, 동이가 그를 업고 건너게 된다. 이때 허 생원은 동이의 왼손잡이 모습과 동이 어머니의 고향이 봉평이라는 이야기를 듣고, 동이가 자신의 아들일지도 모른다는 강한 암시를 받으며 끝난다. 삶의 애수와 인연의 신비로움을 아름다운 자연 배경과 함께 그려내고 있다.

• 이태준 「밤길」 (1940. 5.~7. 《문장》 합병호)

일제강점기 도시 하층민의 비참한 삶을 사실적으로 그린 소설이다. 주인공 황 서방은 처자식을 서울에 두고 인천 건축 공사 현장에서 일하는 노동자다. 그의 아내가 어린 두 딸과 갓난 애기를 두고 도망쳐 버려, 황 서방이 보낸 편지를 받고 집주인이 공사장으로 찾아와 아이들을 맡기고 간다. 비가 계속되어 공사판은 일을 할 수 없고 궁핍한 환경 속에서 어린아이가 죽게 된다. 황 서방은 죽은 아이를 묻기 위해 칠흑 같은 밤 빗속을 헤치며 산을 찾아 나간다. 절망과 비애 속에서 그는 자신의 고무신 한 짝을 잃어버리고 아이의 무덤 앞에서 오열하지만 하늘은 무심하게 비와 개구리 맹꽁이 소리만을 들려줄 뿐이다. 하층민의 고단한 삶과 아이의 죽음이라는 비극적인 상황 속에서도 변치 않는 자연의 모습을 통해 인간의 무력감과 절망적인 시대 상황을 그렸다.

• 이태준 「토끼 이야기」 (1941. 2. 《문장》)

일제강점기 현실 속에서 생활 능력을 잃어가는 좌절과 반성을 다룬다. 주인공 현은 신문연재소설을 쓰면서도 자신의 예술적 욕구를 충족시키고 싶어 한다. 그러나 가족의 생계을 위해 쉽게 직장을 그만두지 못하다가 다니던 신문사가 일제에 의해 폐간되면서 실직하게 된다.

아내의 제안으로 퇴직금으로 토끼를 키우기 시작하지만 토끼 먹이가 귀해지면서 결국 실패하게 된다. 현은 토끼를 팔거나 죽여 가죽을 팔려고 해지만 그러지 못하고 토끼 기른 이야기를 소설로 써보려 한다. 이때 아내가 피투성이 손으로 토끼 가죽을 벗기는 모습을 보고 큰 충격을 받으며 자신의 관념적인 태도를 반성하게 된다.

• 정비석 「성황당」 (1937. 1. 《조선일보》)

깊은 산골 천마령에서 숯을 구우며 살아가는 순박한 부부 현보와 순이의 이야기. 이들은 자연과 조화롭게 살아간다. 그러던 중 산림감시원 긴상이 나타나 순이를 탐하고, 현보가 불법 벌목을 했다는 누명을 씌워 경찰에 연행되게 한다. 순이는 성황당에 기대며 현보가 돌아오기를 기다리고, 긴상의 끈질긴 유혹에 맞선다. 순이를 두고 긴상과 칠성이 싸움을 벌이고, 칠성이 좋은 옷감으로 꼬득여 그를 따라가다가 빠져나와 집으로 돌아간다. 우여곡절 끝에 현보가 돌아오고 순이는 모든 것이 성황님의 덕분이라고 믿으며 부부는 다시 평화로운 삶을 이어간다. 이 작품은 순수한 삶을 살고자 하는 개인과 그를 억압하는 사회적 환경의 갈등, 그리고 토속적인 신앙신을 통해 삶의 어려움을 극복하려는 모습을 보여준다.

• **염상섭 「임종」** (1949. 8. 《문예》)

환갑을 바라보는 가장이 뇌출혈로 쓰러져 임종을 맞이하는 과정을 그렸다. 병자는 죽음을 피하려는 강한 생의 집착을 보이며 끊임없이 약과 치료를 요구하고 심지어 젊은 방문객의 허황한 제안에도 희망을 품는다. 반면 가족들은 병원비와 장례 문제 등 현실적인 걱정과 계산에 몰두하며 지쳐간다. 결국 병자는 병원에서 퇴원해 집으로 돌아오던 중 사망하고 가족들은 그의 유언보다는 비용을 절감하는 방식으로 장례를 치른다. 죽음을 앞둔 인간의 본능적인 삶에 대한 집착과 이를 둘러싼 가족들의 이기적인 모습을 통해 삶과 죽음, 그리고 인간의 욕망을 사실적으로 묘사했다.

• **염상섭 「두 파산」** (1949. 8. 《신천지》)

해방 후 혼란스러운 사회에서 물질적, 정신적으로 파산하는 두 여성의 이야기를 다루었다. 주인공 정례 모친은 남편의 무능력으로 인해 집 문서를 담보로 대출을 받아 문방구를 운영하지만 사업이 어려워지자 학창 시절 친구인 김옥임에게 돈을 빌리게 된다. 김옥임은 남편이 반민족행위자로 몰락할 위기에 처하자 고리대금업을 하며 돈벌이에 몰두하는 인물로, 정례 모친을 경제적으로 더욱 궁지에 몰아넣는다. 결국 정례 모친은 문방구마저 잃고 물질적으로 파산하게 된다. 한편 김옥임은 과거의 친구를 돈벌이 수단으로만 여기고 돈에 대한 집착으로 인해 정신적으로 파산하게 된다. 두 인물의 대조적인 파산을 통해 해방 직후 혼란스러운 사회의 단면과 물질만능주의의 비인간적인 현실을 풍자적으로 보여준다.

아프기도 하지만, 김유정의 「동백꽃」이나 이효석의 「산」 같은 작품들은 서정적이다. 매우 아름답다. 특히 「산」은 21세기 대한민국 TV 프로그램 〈나는 자연인이다〉를 닮아있다. 이런 사실은 시대가 아무리 변해도 인간의 본심은 크게 달라지지 않는다는 생각을 갖게 한다. 세상의 변화, 세태, 소설 속에서 다룬 내용들이 지금도 모두 사라진 것이 아니라 엄연히 존재한다. 사람이 정말 어떻게 살아가야 하는지를 생각하지 않을 수 없게 한다.

1. 김계정 쓰고 이애란 배경희 그리다, 『울 만큼 울고 난 뒤에』, 알토란북스, 2025.

"보이지 않는 길 끝에/ 누군가 있을 것 같아// 어둠을 항해하는/ 고단한 눈빛으로// 온전히 밤을 건너는/ 그리움의 쪽배 한 척"(「초승달이 떴습니다」)

2. 변희수 에세이, 『마음의 용도』, 연암서가, 2025.

"만두는 개봉하지 않은 편지 같다."(「만두」, 첫 행)

3. 김복근 단시조집, 『천지삐까리』, 도서출판경남, 2025.

"시조를 좋아하여 시조로 거듭난다/ 이우지 널린 시조 맑은 날 거풍하여/ 빼다지 보쟁인시조 간가이 풀어낸다."(「시조」)

뮤지컬 설공찬

일시: 2025. 7. 4. 19:00
장소: 대구문화예술회관 팔공홀

2025년 제19회 대구국제뮤지컬축제가 6월 21일부터 7월 8일까지 대구 곳곳에서 펼쳐진다. 국내외 공식 초청작으로 〈테슬라〉, 〈판다〉, 〈공트르탕〉, 〈히든러브〉, 〈에프터라이프〉, 〈시지프스〉, 〈내 사랑 옥순 씨〉, 〈Elaborate Lives〉, 〈조선의 불꽃〉, 창작뮤지컬 〈설공찬〉 등이 공연된다. 부대행사로 대학생 뮤지컬 경연작, 관객과의 대화, 딤프린지, 백스테이지 투어, 팬 사인회, 하이터치회 & 포토타임 등의 부대행사가 진행될 예정이다.

여러 행사 중에서 대구국제뮤지컬페스티벌(DIMF)과 대구문화예술회관, 대구시립극단이 공동 제작한 〈설공찬〉을 보기로 했다. 지난해도 창작뮤지컬 〈미씽 링크〉를 보았다. 창작뮤지컬을 이어서 본다는 의미도 있고, 특히 〈설공찬〉은 1511년(중종 6) 무렵, 채수가 지은 고전 소설이라는 점에서 관심을 가지지 않을 수 없었다. 그리 길지 않은 소설을 어떻게 뮤지컬로 풀어낼 것인가에 대한 궁금증도 크게 작용했다.

소설 「설공찬전」은 순창에 살던 설충란의 슬하에 남매가 있었는데, 딸은 혼인하자마자 바로 죽고, 아들 공찬도 장가들기 전에 병들어 죽는다. 설공찬 누나 설씨의 혼령은 설공찬의 삼촌 설충수의 아들 공침에게 들어가 병들게 만든다. 설충수가 주술사 김석산을 부르자, 혼령은 공찬을 데려오겠다며 물러간다. 곧 설공찬의 혼령이 사촌 동생 공침에게 들어가 왕래하기 시작한다. 공침이 야위어 가자 설충수는 김석산을 불러 아들 공침에게 들어온 공찬의 영혼을 내쫓으려고 한다. 그러자 설공찬이 공침을 극도로 괴롭게 한다. 설충수가 다시는 김석산을 부르지 않겠다고 빌자 공찬은 공침의 모습을 회복시켜 준다. 이후 설공찬은 사촌 동생과 윤자신을 부르고, 이들이 저승에 관해 묻자 다음과 같이 답한다.

저승의 위치는 바닷가이고, 이름은 단월국, 임금의 이름은 비사문천왕이다. 저승에서는 심판할 때 책을 살피는데, 공찬은 저승에 먼저 와 있던 증조부 설위의 덕으로 풀려난다. 이승에서 선하게 산 사람은 저승에서도 잘 지내나, 악한 사람은 고생을 하거나 지옥으로 떨어진다. 이승에서 왕이었더라도 반역해서 집권하였으면 지옥에 떨어지며, 간언하다 죽은 충신은 저승에서 높은 벼슬을 하고 여성도 글만 할 줄 알면 관직을 맡을 수 있다. 하루는 성화 황제가 사람을 시켜 자기가 총애하는 신하의 저승행을 1년간 연기해 달라고 염라왕에게 요청하는데 염라왕은 고유 권한의 침해라고 화를 내며 허락하지 않는다. 당황한 성화 황제가 친히 염라국을 방문하자, 염라왕은 그 신하를 잡아오게 해 손을 삶으라고 한다. 그 이후에는 중간에 필사를 하다가 말았다는 줄거리를 가진다.

이 책은 조선 최초의 금서로 규정되어 탄압받았다. 그 이유는 소설에서 "주전충 같은 사람은 지옥에 떨어진다."라는 표현 때문이다. 주전충은 왕과 신하들을 죽이고 자신이 왕이 된 인물이다. 주전충이라는 비유를 통해 중종이 반역으로 왕위에 오르는 것을 우의적으로 비판한 대목이라고 본 것이다. 「홍길동전」보다 100년 앞선 최초의 국문 번역본 소설로 채수가 낙향해 지금의 경북 상주 쾌재정에서 지은 것이다. 채수의 묘역이 상주 공검 율곡리에 있다.

뮤지컬 〈설공찬〉은 조선 중기의 실존 인물 채수와 설화 속 설공찬의 만남을 통해 정의와 진실을 향한 기록의 힘, 삶의 방향성을 다시 묻는 판타지 창작뮤지컬로 광고되었다. 삶의 방향성이란 말은 결국 권선징악勸善懲惡을 말하는 것이다. 사람이 어떻게 살아야 하는가는 굉장히 어려운 일인 것 같지만 사실은 죄짓지 않고 사는 것이 기본이다. 죄짓지 않고 살면서 다른 사람에게 도움을 줄 수 있는 삶이라면 금상첨화다. 뮤지컬로 제작되어 전하는 중요 메시지도 결국은 이런 말이다. 소설이 다른 장르의 예술로 각색되는 것은, 시대 흐름을 반영하는 것과 어떻게 하면 감동을 주면서 메시지를 전할까 하는 것이다.

그런 측면에서 고전 소설이 뮤지컬로 각색되면서 시대 변화에 맞게 바르게 사는 길을 암시한다. 출연진은 전체 21명 가운데 대구시립극단 소속 배우 6명을 포함해서 지역 배우 11명이 출연했다. 러닝타임 145분, 긴 호흡을 가지는 뮤지컬이라 인터미션이 있었다. 짧은 이야기라 어떻게 시간을 채울까 은근히 걱정했는데 공연 시간이 짧은 것이 좋지 않았을까 싶었다. 지역 출신 배우들이 많이 참여했는데 열연을 했다.

대구산 뮤지컬 〈설공찬〉이 많은 사람들로 관심을 받았으면 좋겠다. 이 작품이 우리의 고전 문학을 텍스트로 하여 만들어진 것이기 때문에 더욱 그렇다. 고전과 현대의 연결고리가 되기도 한다. 국제뮤지컬 축제가 열리는 대구의 뮤지컬은 대구 문화콘텐츠로서의 위상을 정립해야 한다. 딤프 초연 이후 오는 9월 서울 KT&G 상상마당 무대에 오를 예정이라고 하니, 성공적인 공연이 되기를 기원한다.

밉상만 되지 말자

일시: 2025. 8. 6. 10:00
장소: 앞산 자락 끝 W 스크린 골프장

8월 첫 주, 무더위가 기승을 부리는 주다. 골프 클럽 여명회의 8월 게임은 스크린 골프장에서 갖기로 했다. 스크린 골프는 실내에서 스크린을 보며 골프를 치는 시뮬레이션 게임이다. 실제 골프장과 같은 환경을 구현하여 날씨에 상관없이 즐길 수 있다. 나는 이 스크린 골프를 좋아하지 않는다. 그러나 모임에서 결정하였으므로 하는 수 없이 따라가지 않을 수 없다.

스크린 골프를 좋아하지 않는 이유는 무엇보다도 그것이 실내라는 점이다. 눈에 보이지 않는 먼지가 엄청나게 많이 나지 않겠는가 하는 것이다. 겉으로 보기에는 깔끔하고 공기 청정기까지 있어서 그런 걱정 안 해도 된다고 하지만 언제나 맘이 편치 않다. 그리고 또 하나는 방향과 거리를 인식하는 방법에 익숙해지지 않는 것이다.

원래 뭘 계산하는 일에 서툰 나는 드라이버를 치면 방향이 맞지 않아 오비가 자주 나고 퍼터도 빗나가기 일쑤다.

이 팀들과 필드에 나가면 언제나 내가 우승인데, 스크린에서는 언제나 꼴찌다. 나는 다른 회원들보다 필드에 자주 나가는 편이고, 다른 회원들은 필드보다 스크린 골프에 더 자주 다니기 때문이다. 세상의 무슨 일이든 많이 하는 사람을 이기기는 어렵다. 필드를 생각하며 여기서 지는 것은 지는 것이 아니라고 위로하지만 그래도 꼴찌를 하고 싶지는 않은데 그것이 쉽지는 않은 것이다.

골찌를 벗어나려면 어떻게 해야 하는가? 우선 급한 대로 AI에게 물어본다. 먼저 스크린 골프의 작동 원리가 무엇인가를 물어보았다. "스크린 골프는 센서 기술과 소프트웨어를 활동해 작동한다. 공과 클럽의 움직임을 센서(카메라, 광센서 등)가 감지하고, 이 데이터를 바탕으로 공의 속도, 방향, 스핀, 탄도 등을 계산하여 가상 코스에서 구현하는 방식"이라고 알려준다. 알 것 같긴 하지만 깊이는 모르겠다.

잘 치는 방법에 대해서 물었다. "티샷 시 지형, 바람, 헤저드 위치를 확인하고, 세컨드샷과 파3에서는 그린의 높낮이를 확인하라. 퍼팅은 오르막일 때 거리에 오르막 높이의 20%를 더하고, 내리막일 때 10%를 빼는 계산법을 익히면 좋다."고 알려주기는 한다. 그야말로 일반론이다. 과정에 따라서 티샷과 세컨드 샷, 퍼트하는 법을 알려주지만 그 정도는 알고 있는 것이라 별 도움이 되지 않는다.

질문을 바꾸어 다시 물어본다. "스코어를 줄이려면 퍼팅과 어프로치에 집중해야 한다. 퍼팅 시 그린의 경사도와 높낮이를 파악하고, 오르막과 내리막에 따른 거리 계산 공식을 활용하라. 티샷은 지형과 바람을 고려해 안전하게 공략하고, 무리하기보다는 파를 목표로 플레이하는 것이 좋다."라는 답을 듣는다. 실제 필드에서도 적용해야 하는 말이지만, 그걸 몰라서 그렇게 하지 않는 것은 아니다. 그렇게 하려고 해도 안 될 뿐이다.

그래서 나는 스크린 골프를 잘 칠 수 있도록 해야겠다는 생각을 버리기로 한다. 잘 치는 방법에도 나오는 계산이란 말이 거슬린다. 20% 더하고 10% 빼고 하는 계산하기가 나는 너무 싫다. 다른 회원에게 칠 때마다 묻는데 회원들이 싫어할까 봐 걱정이 되지 않는 것은 아니다. 그러나 모두 좋은 사람들이라 그런 기색은 느끼지 못했다. 여명회에서만 일 년에 세 번, 12월과 1월 그리고 8월이 고작이고, 그 외는 갈 기회도 없으니까 신경을 쓰지 않고 싶다.

그러나 모임에 참여하면서 다른 회원들이 즐길 수가 없도록 하면 안 되니까 기본적으로는 깨우쳐야 한다는 생각은 갖고 있지만, 실례가 되지 않도록만 애쓰자 하는 생각을 굳힌다. 내 골프 스코어에는 신경 쓰지 말고, 커피나 타주고 잔일을 다른 회원보다 더 많이 하면서 밉상이나 되지 말아야겠다가 내 스크린 골프의 목표다. 이렇게 생각하니 마음이 편해진다. 그래, 나는 언제나 골찌만 할란다, 스크린 골프에서는. 그러나 필드에서는 절대 아니다.

33주
2025.
08. 10.
~16.

통영 RCE 세자트라 숲

일자: 2025. 8. 13.
장소: 통영

경남 통영에 갈 일이 생겼다. 2025년 통영문학상, 김상옥 시조문학상 심사위원으로 위촉받았기 때문이다. 초정 김상옥 선생, 언제나 우러러봤던 분이고 가신 후도 존경의 마음을 갖고 산다. 그런 분의 문학상 심사를 맡았으니 감회가 예사롭지 않다. 초정 선생은 명작 「봉선화」를 통해 존함을 처음 알게 됐고, 개인적으로 첫 인연은 1981년 《중앙일보》가 시작한 '한국문학의 뿌리를 찾는 캠페인'에서였다. 독자 투고를 받아 선하셨는데, 당시 습작을 하던 내가 투고를 했더니 내 작품 「아침」을 "꽤 역량을 보인 작품"으로 언급해 주신 것이다.

그 후 '오류 동인' 활동을 통해 비교적 자주 뵙게 되었고, 내가 문단에 나와 처음으로 문학상을 받은 제11회 현대시조문학상 심사위원이셨다. 지금 우리 집 거실에는 선생님이 고희 기념으로 대구에서 전시회를 했을 때 구입한 서예 작품 〈沒字豊碑無鉉古調〉가 거실 벽에 붙어있고, 선생님께서 써주신 '문은 학이고 무는 독수리 같다'는 의미의 〈文鶴武鷲〉를 작업실에 소중히 간직하고 있다.

8월 13일 오후 2시로 정해진 심사장소는 RCE 세자트라센터 2층 놀다방. 장소명이 어려웠다. RCE는 Region Centre of Expertise on Education for Sustainable Develiopment의 약자로 '지속발전교육 지역 거점 전문가 센터' 라는 뜻이고, Sejahtera는 산스크리트어로 지속가능성과 공존을 의미한다고 한다. 웬 외국말이냐 싶었는데 이것이 국제적인 조직체이기 때문에 그런 이름을 붙인 것으로 보인다.

어떻게 갈까 생각하면서 버스 편을 알아보았더니 시간이 맞지 않았고, 자동차로 가자니 운전에 조금 부담스러운 거리였다. 인터넷 검색을 해보니 집에서 약 2시간 30분 거리라 가다가 피곤하면 쉬어가자 생각하며 자동차로 가기로 하고 일찍 출발했다. 중간에 쉬지도 않고 갔더니 2시간 20분 만에 도착해서 1시간 반 이상의 시간이 남았다. 먼저 해안을 따라 드라이브를 했다. 바다 풍경을 바라보면서 드라이브하는 기분이 괜찮았다.

점심을 먹을까 하고 음식점을 찾았으나 그 부근에서

는 찾을 수가 없어서 하는 수 없이 슈퍼에서 빵과 우유로 점심을 떼우고, 남은 시간은 세자트라 숲 주차장에 차를 세우고 숲을 산책했다. 해변가 낮은 언덕을 오르다가 돌아보면 바다였다. 굳이 멀리 갈 것도 없다 싶어 세자트라 숲 여기저기를 기웃거렸는데 교육 장소답게 풀과 나무들 앞에 놓인 팻말이 놓여 있어 그것들을 읽으며 즐길 수 있었다.

심사를 끝내고 청마문학상 심사위원으로 이하석 시인이 오셨고, 함께 오신 시인 화가들을 해변가 카페 '선촌 가는 길'에서 만나 시원한 수박 주스를 마셨다. 낡은 집을 개조한 카페로 1.5층쯤의 다락방에 의자가 놓여 바다를 바라볼 수 있는 공간이 있었다. 그 좌석은 많은 사람들이 앉고 싶어하는 자리라 두 시간 이상 있지 말라는 알림장이 붙어있었다. 그래야만 할 정도로 바다가 보이는 자리가 참으로 좋았다.

서서 바라볼 수는 없었지만 의자에 앉아서 바라보는 바다는 그야말로 가경이었다. 푸른 섬들이 이리저리 자리 잡고 있어서 멀리 보이지는 않았지만 바다를 바라보는 기분은 아주 좋았다. 그 가운데서 화가들과 나누는 예술판 이야기는 신나는 일은 아니었지만 그래도 제 작업에 열심인 예술가들이 앉아서 예술판의 정의를 말하고 걱정하는 의미 있는 시간이었다. 예술은 결국 인간을 위한 것이 되어야 하고, 예술인들이 갖추어야 할 자세를 고민해야 한다는 생각이 든다.

따로 차를 가지고 와서 카페 앞에서 헤어졌다. 나는 왔던 길을 되돌아오며 휴게소마다 들러 쉬면서 돌아왔다. 장시간 운전이라 걱정을 꽤나 한 편이었는데, 별 무리 없이 잘 다녀왔다. 여행을 위한 여행은 아니었지만 이 여름날 생전 처음으로 가본 세자트라 숲 앞 바다 경치를 즐길 수 있었던 것은 행복한 일이었다. 선촌이란 글자를 새긴 카페 앞 바위가 어른거린다. 선촌, 아마도 船村이겠지, 선촌이라 하니 아름다운 풍경이 아니라 애틋한 어촌의 삶이 어른거린다.

잠자리에 들면서 김상옥 시인께서 읊으신 시인의 고향 통영을 찾아 읽는다.

사향思鄕

　　　　　김상옥

눈을 가만 감으면 굽이 잦은 풀밭 길이
개울물 돌돌돌 길섶으로 흘러가고
백양 숲 사립을 가린 초집들도 보이구요.

송아지 몰고 오며 바라보던 진달래도

저녁노을처럼 산을 둘러 퍼질 것을
어마씨 그리운 솜씨에 향그러운 꽃지짐.

어질고 고운 그들 멧남새도 캐어 오리
집집 끼니마다 봄을 씹고 사는 마을
감았던 그 눈을 뜨면 마음 도로 애젓하오.

인생은 선택

Jean-paul Sartre 지음, 정명환 옮김, 『말』, 민음사,
2015(1판 18쇄).

"1850년 무렵, 알자스 지방에 살고 있던 한 초등학교 선생이 아이들에게 들볶이다 못해 식료품상으로 직업을 바꾸고 말았다."는 문장으로 시작되는 사르트르의 『말』은 자서전이다. 1905년에 태어났는데 1964년 59세에 발표한 작품이다. 1980년에 사망했으니 사망 16년 전이다. 그러니까 전 생애를 대상으로 한 자서전은 아니라 해도, 읽고 쓰며 산 전 생애가 드러난다. 읽기와 쓰기가 어떻게 시작되었으며, 삶의 목표가 된 까닭이 드러난다.

사르트르는 "실존은 본질에 앞선다."고 한 실존주의 철학자다. 인간이 세상에 먼저 존재하고 그 후에 스스로의 선택과 행동을 통해 자신의 본질을 만들어 간다는 것이다. 그는 "나는 내가 선택하는 존재의 방식으로 존재해야 한다."고 했으며, "인생은 B와 D 사이의 C다."라고 했

다. 알파벳의 순서에서 Birth 와 Death 사이의 Choice란 뜻이다. 이 자서전의 첫 문장이 실존주의 철학의 중심 명제인 '선택'으로 출발해 그의 사상에 바탕한 것임을 알게 해준다.

이 책은 엄청난 반향을 불러일으켰고, 이 책이 나오고 노벨문학상에 선정되었다. 그러나 그는 서양 편중성과 작가의 독립성 침해, 문학의 제도권 편입 반대 등을 이유로 수상을 거부했다. 실존주의, 계약 결혼*, 참여문학**, 공산당과의 숨바꼭질 등으로 프랑스뿐만 아니라 전 세계에 부단히 화제를 뿌려온 이 특별한 지성인의 본색이 이 책에 담겨있으리라고 기대했고, 그 기대는 충족되고 남았다고 해설에 쓰고 있다.

『말』은 2부로 구성되어 있는데 1부가 읽기, 2부가 쓰

---

* 현대 여성학의 대모 시몬 드 보부아르의 계약 결혼은 단순한 연애 스캔들을 넘어, 인간의 자유와 실존에 대한 그들의 철학적 신념을 삶으로 증명하려 했던 실존적 실험이었다. 계약의 3대 조건, 연애의 허용, 절대적 정직, 경제적 공간적 독립이었다. 1929년 시작되어 사르트르가 사망할 때까지 50여 년간 이어졌다.

** 공식적으로 프랑스 공산당(PCF) 당원은 아니었지만, 1950년대에 공산당에 동조하는 지식인으로 활동했다. 제2차 세계대전 이후 냉전 시대에 자본주의를 비판하며 마르크스주의[(자본주의의 모순을 분석하고 계급투쟁을 통해 무산계급(프롤레타리아)]이 권력을 장악하여 계급 없는 공산주의 사회를 건설해야 한다는 이론) 에 깊이 경도되었고, "반공주의는 개"라고 할 만큼 공산주의를 옹호했다. 하지만 1956년 소련이 헝가리를 침공하자 이를 강력히 비판하며 공산당과 관계를 끊었다. 이후 그는 마르크스주의를 실존주의와 결합하려는 독자적인 시도를 이어갔다.

기다. 줄거리를 간단히 줄이면 어린 시절을 회고하는 자서전으로 읽기와 쓰기를 통해 자신을 만들어가는 과정을 담고 있다. 아버지가 일찍 돌아가신 후 외가에서 자라면서 타인의 시선과 기대를 충족시키기 위해 연기하며 살았던 경험, 그리고 글쓰기를 통해 자신의 존재를 찾아가는 과정을 솔직하게 고백하고 있다. 결국 그는 인생에서 가장 중요한 것으로 선택한 것이 읽기와 쓰기였다.

1부 「읽기」에서 "나는 책에 둘러싸여서 인생의 첫걸음을 내디뎠으며, 죽을 때도 필경 그렇게 죽게 되리라. 할아버지의 서재는 도처에 책이었다. (중략) 나는 아직 글을 읽을 줄 몰랐는데도 이 선돌[立石]들을 존경했다. (중략) 나는 이 책들이 우리 집의 번영을 좌우하는 것이라고 느꼈다."(45쪽)고 했다. "아이들이란 아직도 자연과 가까운 존재이며 바람과 바다의 사촌이다."(33쪽)와 "어린애와 짐승을 지나치게 사랑하는 것은 인간을 배반하면서 사랑하는 것이니까 말이다."(35쪽)라는 문장에 눈길이 머물렀다.

2부 「쓰기」에서 "나는 글쓰기를 통해서 다시 태어났다. 글을 쓰기 전에는 거울 놀이밖에는 없었다. 한데 최초의 소설(1923년, 17세), 「병자의 천사」, 「시골 선생 멋쟁이 제쥐」를 쓰자마자 나는 한 어린애가 거울의 궁전 안으로 들어선 것을 알았다. 나는 글을 씀으로써 존재했고 어른들의 세계에서 벗어났다. 나는 오직 글쓰기를 위해서만 존재했으며, '나'라는 말은 '글을 쓰는 나'를 의미할 따름이었다. 그런들 어떠랴, 나는 기쁨을 알았다. 공중의 노리개와 같던 어린애가 이제 자기 자신과 사적인 데이트를 하게 되었던 것이다."(166쪽)가 핵심이다.

『말』을 읽고 궁금해지는 것이 세 가지였다. 첫째, 사르트르의 읽기와 쓰기는 할아버지의 서재가 없었어도 가능한 일이었을까 하는 의문이다. 아니었을 것이다. 유년에 어떤 환경에 놓이느냐에 따라서 사람의 일생은 얼마든지 바뀔 수 있다. 유년 시절을 문식성 환경에서 자란 것이 사르트르를 만든 중요한 원인이 되었을 것이다. 가정이 놓이는 환경과 가정 내의 문식성이 글을 쓰는 사람으로 성장시켰을 것이라는 추측은 어렵지 않다.

둘째로 읽기와 쓰기를 중심으로 한 자서전의 제목을 왜 '말'이라고 제목을 붙였을까? 내 궁금증이 발동하는데, 읽기도 문자, 쓰기도 문자다. 그렇다면 '글'이라고 붙이는 것이 더 적절하지 않은가 싶은 것이다. 그러나 곰곰이 생각해 보면 글은 말의 거울이고, 말이 글보다 그 범위가 훨씬 더 넓다. 글은 다 말로 할 수 있지만, 말은 글로 다 표현하기 어렵다. 결국은 실존주의 철학의 중심인 '선택'으로 이해할 수밖에 없다.

셋째로 노벨문학상을 왜 거부했을까다. 노벨문학상 수상 거부는 단순한 하나의 상을 거부하는 것이 아니라

적지 않은 돈과 명예를 포기한다는 것이다. 상을 거절하는 것이 위대한 일일 수는 없다. 왜냐하면 상은 작가들의 창작 동기를 유발하는 순기능도 있을 수 있기 때문이다. 수상을 포기해도 명예는 사라지지 않지만, 돈은 사라진다. 사르트르는 수상을 거부하는 이유로 든 것을 실천하기 위하여 오로지 쓰는 것에 집중했다는 해석이 가능하다.

마지막 페이지에서 그는 또 선택으로 돌아온다. "나의 순수한 선택으로 말미암아 내가 어느 누구의 위로 올라선 일은 결코 없었다. 나는 장비도 연장도 없이, 나 자신을 완전히 구하기 위하여 전심전력을 기울였다. 만약 내가 그 불가능한 구원을 소품 창고에라도 치워놓는다면 대체 무엇이 남겠는가? 그것은 한 진정한 인간이다. 세상의 모든 사람들로 이루어지며, 모든 사람들만큼의 가치가 있고, 또 어느 누구보다도 잘나지 않은 한 진정한 인간이다."라고……

1. 이숙경 시조집, 『가장자리 물억새』, 작가, 2025.

"뜸하기 그지없는 쉴틈 놀틈 잘틈 빈틈"(「새벽 비」 세 수 중 셋째 수 중장)

2. 김종연 시조집, 『시 약방을 아시나요』, 작가, 2025.

"지금은 긴급 명령의 시간, 마음을 사수하라."(「컨트롤 V」 단수 종장)

3. 이달균 연작 시조, 『난중일기』, 동학사, 2025.

"나랏말싸미 듕귁에 달아 얼마나 다행이냐/ 이 어린 백성이 니르고저 홇배있어/ 한 세상 글즐이라도 쓰며 살고 있으니,"(「나랏말싸미- 난중일기 46」)

화여기인畵如其人

일시: 2025. 8. 24. 14:00
장소: 리안갤러리

대구시조시인협회의 2025년 여름 세미나가 있는 날이다. '4인 4색 재능기부 세미나'라는 제목을 붙여, 민병도, 이정환, 이종문 시인과 함께 4인이 발표를 했다. 나는 "반거들충이 시조론 - 3觀 3道"라는 제목으로 15분 조금 넘는 시간으로 발표했다. 11시에 시작된 세미나라 1시 무렵에 끝나고 근처 식당에서 황태국밥으로 점심을 먹었다. 부식으로 나온 고추만두와, 김치전말이의 맛이 괜찮았다.

식사를 끝내고 김천에서 오신 이상구, 김석인, 박화남 시인께 리안갤러리에서 열리고 있는 소산 박대성 개인전 '화여기인' 전에 가지 않겠느냐고 물었다. 다행히 가자고 해서 이분들과 이종문 시인과 함께 리안갤러리로 향했다. 내 차를 타고 갔는데 찾기가 어려웠다. 블록을 한 바퀴 돌아서 겨우 찾았는데, 원래 있던 건물은 헐고 그 안쪽으로 신축해서 헤매게 되었던 것이다. 돌아보니 2009년 데미안 허스트전 이후로는 리안에 간 적이 없었다. 내 『낱말』 시집에 실린 저자 사진이 당시 리안의 계단에서 찍은 것인데 허스트전을 같이 갔던 정아경 수필가가 찍어준 것이었다.

한국화의 거장으로 불리는 박대성 화백. 1945년 경북 청도 출생, 금년 여든이다. 현재 경주에 거주하면서 작업하는데 그의 작품 830여 점은 기증 의사에 따라 경주 솔거미술관에 소장되어 있다. 국립현대미술관, 호암미술관, 청와대는 물론 미국 LACMA, 휴스턴 미술관, 샌프란시스코 아시안 미술관 등 국내외 주요 기관에 수장돼 있다. 대한민국미술대전 연속 입선, 중앙미술대전 대상, 옥관문화훈장 수훈 등으로 한국 미술사에 확고한 족적을 남기고 있다.

한국 전쟁 때 왼쪽 팔을 잃었지만 독학으로 그림을 배웠다고 한다. 삼성 이건희 회장이 생전 가장 아낀 화가로도 불린다. 대구에서 50년 만에 열리고, 리안갤러리에서도 2012년 김호득 이후로 두 번째로 선보이는 한국화 전시다. 전통적인 수묵화를 현대적으로 재해석하여 독자적인 작품세계를 구축해 온 작가로, 오랜 서체 연구를 통해 강렬한 필선과 다채로운 시점으로 포착한 역동적인 공간구도가 특징이라는 평가를 받는다.

10여 년 전 대구 어느 화랑에서 본 소품 경주 〈포석정〉 그림을 보고 그 작품을 얼마나 갖고 싶던지 애를 태운 적이 있었다. 갖지 못한 까닭은 그림을 살 형편이 못 되었던 것. 그때 돈이 참 중하구나 싶은 생각이 들기도 했다. 그 후, 내가 좌장을 맡아 진행한 간송미술관 대구 유치 세미나장에 오셔서 인사드리고 만나뵌 적은 있지만 깊이 이야기를 나눠보지는 못했다. 그러나 박 화백하면 그렇게 갖고 싶었던 그림 〈포석정〉이 떠오른다.

1층, 전시장에 들어섰다. 금방 눈길을 사로잡는 그림은 〈폭포〉였다. 금강산 구룡폭포와 비룡폭포를 방문했던 기억을 되살려 두 폭포를 한 폭에 담았다고 한다. 거대한 폭포 두 줄기가 수묵화로 흘러내리고 있다. 가로 3m 세로 7m 길이의 그림은 실물만큼이나 거대했다. 그림의 폭포 물줄기를 따라 아래로 흘러내리니 아랫부분에 제화시가 한문이 아닌 한글로 표기되었다. 참 반가웠다. 세계일보 인터뷰에서 "하늘님보다 세종대왕을 더 존경한다."고 한 작가는 이번 전시를 통해 "앞으로 내 작품엔 한글만 쓰겠다."고 선언했다. '그렇지! 한국화의 화제시는 한글로 쓰는 것이 맞지.' 라고 중얼거렸다.

그 시를 옮겨본다. "아득한 절벽 위로 흘러내린 흰빛 물결 천근 바윗돌 위로 바람처럼 스며들어 소리마저 맑은 칼이 돼 가슴을 파고드네 신선은 이 물가에 발을 씻고 쉬었다고 나그네는 저 소리에 근심 씻고 눈을 감네 한 줄기 물줄기도 세상을 다 품을 수 있네 그 물소리 속에 나는 내 마음을 보았네 천 길 벼랑 타고 내려오는 저 물기둥은 하늘과 땅을 잇는 기둥이라 불러도 되리니 푸른 이끼 낀 바위조차 그윽하네”

이 그림을 마주하고 있는 반대편 벽에는 가로 7m의 〈덕수궁 설경〉이 걸렸다. 이 그림의 화제시는 “까치는 날기를 멈추고 고양이는 뛰기를 잊었다. 눈빛은 닿고 발끝은 멈춘 채 두 마음이 엇갈린다. 사냥도 도망도 없는 이 정적의 춤”, 둥근 원 속에 화제시를 담았다. 그야말로 그냥 담담해졌다. 작가의 화제시 내용이 궁금해 사진으로 찍어와서 읽어봤더니 설경과 정적이라는 두 낱말이 ‘정갈한 고요’ 라는 말로 이어졌다.

일층 전시를 둘러보다 문득 리안갤러리 관장의 안부가 궁금해졌다. 큐레이터에게 다가가서 계시냐고 물어보고, 만나뵐 수 있겠느냐고 물어봤더니 누구냐고 되물어서 제가 대구문화재단 대표 시절에 이사였던 분이라 안부가 궁금해서 그렇다고 했더니, 여쭤보고 관장실로 안내해 주었다. 안혜령 관장님이 주시는 차를 마시며 말씀을 듣고 잘 공개하지 않는 4층 VIP실을 구경시켜 주겠다고 해서 가봤다. 백남준의 비디오 아트 등 세계 유명 작가들의 작품이 걸려있었다. 세미나실과 옥상 정원을 갖춘 4층은 그야말로 고급스러웠다.

다시 2층으로 내려와 버드나무 연작 〈유류〉를 둘러보았다. 만월과 능수버들 가지가 어우러진 화면은 그냥 신선한 생명력과 고요한 정취를 자아낸다. 안 관장은 이 '유류' 연작이 좋아서 전시회를 유치했다고 했다. 그런데 나는 이 유류 연작보다 일 층에 전시된 〈폭포〉, 〈덕수궁 설경〉 같은 대작 수묵화가 더 좋게 보였다. 워낙 그림 볼 줄 모르니 내 식으로 보는 수밖에 없지만 '한국화는 역시 수묵화야.' 라는 생각이 떠나지 않는다.

전시장을 나와 부근에서 차를 한잔 마시고 김천 시인들을 배웅하려 했는데, 주변에 그럴만한 곳이 없었다. 뙤약볕 아래 이리저리 둘러보다가 김천 가는 기차를 타야 하기에 대구역이 있는 롯데백화점으로 갔다. 5층에 있는 카페에서 정담을 나누다 헤어졌다. 시조에 관한 내 생각을 대구시조시인협회 회원들에게 말하고, 박대성 화백의 전시회를 보고, 좋은 사람들과 대화하고, 편하게 농담할 수 있었던 사람을 만난 좋은 시간이었다. 그야말로 오늘 같은 날만 있으면 살만하겠다.

맨발 걷기

시간: 매일 아침 07:00~08:00
장소: 송하석경재 잔디밭

‘스포츠’는 “일정한 규칙에 따라 개인이나 단체끼리 속력, 지구력, 기능 따위를 겨루는 일”로 사전은 풀고 있다. 내가 하고자 하는 운동은 무엇을 겨루는 것이 목표가 아니다. 내 건강을 지키기 위해서 몸을 움직이는 일이다. 그간 내가 해온 운동 중 가장 오래 한 것이 골프였고, 지금도 골프를 최고의 운동으로 생각하고 있다. 나이가 들어가면서 그 생각은 더욱 확고해진다. 골프를 치지 못하는 때가 언젠가 오겠지만, 가급적 그날이 천천히 오길 바랄 뿐이다.

여름 햇살이 너무 뜨거워지면서 운동하기가 여간 성가시지 않았다. 골프도 더워서 쉬는 날이 많아졌고, 걷기도 낮 시간을 이용하기가 어려우니까 시간 내기가 영 마땅치 않다. 그래서 가장 편한 시간에 쉬운 방법으로 운동하는 방법이 없을까를 고민했다. 그 고민 끝에 아침 7시부터 8시까지 1시간 우리 집 잔디밭에서 운동을 한다. 맨발로 잔디밭을 걷는다. 10여 분쯤 걷다가 국민체조 동영상을 틀어 국민체조를 한다. 그리고 또 10여 분 걷다가 돌담에 손을 짚고 팔굽혀펴기를 컨디션에 따라 50~100회를 한다. 그리고 다리를 들어 올려 무릎을 누르는 운동, 이게 뭔 이름이 있을 것 같기도 하지만 별로 궁금하지도 않다.

그리고 호스로 발을 씻고 들어와 거실 창에 팔을 뻗어 허리 펴기를 한 30회 하고 샤워를 한다. 8월 초순부터 이렇게 아침 운동을 하는데, 컨디션이 괜찮아 좋은 운동 방법이라는 결론을 얻었다. 맨발 걷기에 별 관심을 가지지 않은 아내에게도 권했는데, 아내는 양말을 신고 잔디밭을 걷는다. 집안을 둘러보게도 되고, 잔디밭에 눈에 거슬리는 잡초를 뽑기도 하며, 마당가의 나무들도 눈에 거슬리는 게 있으면 전지도 하는 재미가 쏠쏠하다.

늘 생기가 없는 집안에 아침부터 아내와 내가 마당을 손을 잡고 걷기도 하다가, 떨어져서 걷다가 부딪치면 하이 파이브도 하고 하니까 집에 활기가 도는 것 같았다. 다른 사람들이 보면 이상하다 싶을 정도가 될 것 같다. 그래도 뭐, 볼 사람도 없고, 본다고 해도 부끄러울 것도 아니니 신경 쓸 일 아니다. 그래서 앞으로는 이렇게 운동하겠다는 다짐을 한다. 집안에 활기를 더하고, 아내와 얘깃거리도 만들고, 내 몸도 가꿀 수 있으니 무엇을 더 바라랴. 그야말로 돌 한 개를 던져서 새 세 마리를 잡는다는 일석삼조—石三鳥다.

맨발 걷기가 유행처럼 번지기도 했는데 나는 하다 말다 해왔다. 정말로 좋을까? 그런 의문도 있고, 쭉 실천해 볼 끈기도 가지지 않았다. 그러나 이제는 더 이상 망설이지 않고 습관으로 만들어 가야겠다. AI에게 맨발 걷기의 장점을 알려달라고 했더니, "발과 다리 근육을 강화하고, 혈액순환을 촉진하며, 스트레스를 줄이는 데 도움을 준다. 또한 신체 균형 감각을 향상시키고, 지압 효과로 인해 피로 해소에도 좋다."고 전해준다.

내가 꼭 해야 할 운동으로 여기게 설명해 준다. 맨발 걷기가 이런 장점을 가졌다면 기를 쓰고 해야 할 운동임에 틀림이 없다. 그 무슨 일이든지 꾸준히 하는 것이 제일 중요하다는 사실은 삶의 경험을 통해서 참으로 많이 느끼지만 그걸 실천에 옮기기는 쉽지 않았다. 그러나 이제는 망설이고 미루고 할 시간도 없는 나이다. 내가 늦게까지 친구들과 어울려 골프를 칠 수 있는 재미를 얻기 위해서 꾸준히 해야 할 일이다.

맨발로 잔디밭만 걸었더니 발바닥이 너무 심심해졌는지 투정을 부려 마당 귀퉁이 흙을 밟고 걸으니 그 기분이 더 나아진다. 잔디밭이 아니라 흙길을 걷는 시간을 더 늘려가야겠다. 맨발로 단산지를 한 바퀴 돌아보기도 했는데 그땐 발바닥이 투정이 아니라 너무 심하다고 저항을 하는 것 같았다. 그걸 잘 조정하면서 잔디밭이나 흙길을 맨발로 걷는 것에 습관을 들여야겠다. 지금도 맨발 걷기를 하지 않으면 불편한 맘이 생기기도 하니 습관으로 만들 수 있을 것 같기도 하다.

경북 영주를 가다

일시: 2025. 9. 14. 14:00
장소: 경북 영주

경북 영주를 간다. 2시부터 영주시립도서관 북카페 상상 회의실에서 진행하는 제3회 경상북도 문예현상공모전 최종심사 심사위원으로 위촉받았기 때문이다. 전날부터 내비게이션 검색을 통해 약 두 시간 전에 출발해야겠다고 마음먹었다. 그런데 다시 다른 심사위원들과 같이 점심을 하고 심사를 했으면 좋겠다고 주관처에서 알려와 그러기로 하고 두 시간 더 빨리 출발을 했다. 길이야 내비게이션이 잘 알려줄 것이고 피곤하지 않게 천천히 가야겠다고 생각했다.

가는 길은 내비게이션이 그야말로 잘 안내해 주었다. 가다 보니 너무 일찍 도착할 것 같아서 휴게소에 들러 화장실에 들렀다가 몸을 좀 풀기도 했다. 이럴 땐 믹스커피 한 잔이 좋은데 언제부턴가 모든 휴게소에 믹스커피가 사라졌다. 약속 장소에 도착하니 15분 정도 일찍이었다. '우정면옥' 마당이 넓어 주차하기가 좋았다. 주차하고 마당에서 서성거렸다. 곧 황정희 시인이 심사위원 김기택 시인을 모시고 왔다. 식당에 들어가니 경북 문협 김신중 회장이 기다리고 있었다.

떡갈비에 냉면이 이 식당의 시그니쳐 메뉴라고 해서 다른 사람은 그걸 시키고 나는 어제 종일 밥을 먹지 않아 곰탕을 시켰다. 식사를 마치고 식당에서 곧장 심사장소인 영주시립도서관으로 갔다. 멀지 않아서 금방 도착했다. 영주시립도서관은 뒤로 지비장골이라는 골짜기가 있고, 앞에는 서천이 흐르는 공간이었다. 풍수학에서 말하는 배산임수 지역으로 경관이 아주 좋았다. 책을 읽지 않고 자연을 읽으러 올 만한 곳이라는 생각이 들었다.

경상북도 문예현상공모전은 경상북도가 경북을 홍보하기 위해 경북의 역사, 인물, 지역, 특산물 등을 주제로 하는 작품을 공모한 공모전이었다. 1, 2차 심사를 거쳐 45명이 올라온 본심에서 200편에 가까운 작품을 읽는 데 두 시간이 더 걸렸다. 다행히 김기택 시인과 의견이 일치되어 수상자를 결정하는 데는 어려움이 없었다. 심사를 끝내고 시간이 있으면 부석사, 무섬 아니면 어디라도 한 군데 둘러보고 싶었지만, 저녁 7시 국제무용제 참석 약속으로 바로 떠나오지 않을 수 없었다.

　영주에서 대구로 내려오며 처음 느끼는 것은 아니지만, 내비게이션이 참으로 신기하게 느껴졌다. 내비게이션은 사용자의 위치를 파악하고, 목적지까지 최적의 경로를 안내하는 시스템이다. 이는 위성 기반 항법 시스템인 GPS(Global Positioning System)와 같은 기술로 디지털 지도 데이터를 활용해 작동한다고 한다. 설명을 봐도 기술적 용어에 대한 이해가 없어 알아듣기 힘들다.

　그런데 지금만 해도 편리한데, 미래 내비게이션은 자율주행기술과 증강현실을 핵심으로 진화할 것이라고 한다. 정밀 지도 데이터를 기반으로 차량 스스로 경로를 판단하고 운전자의 주행 습관, 날씨, 교통상황 등을 실시간으로 분석해 최적의 맞춤형 경로를 제공하게 된다고 하니 더욱 놀랍다. 또한 실제 도로 영상에 가상의 주행 정보(방향, 차선, 과속카메라 등)를 겹쳐 보여주는 증강현실 기술은 운전자의 시선 이동을 최소화하여 안전성을 높일 것이라고 한다.

　증강현실은 무엇인가? 현실 세계에 가상 이미지를 겹쳐 보여주는 기술이라고 하는데 이것도 이해가 잘 안된다. 사용자는 스마트폰이나 증강현실 글래스와 같은 장치를 통해 현실 환경과 가상 이미지가 결합된 형태로 볼 수 있다고 한다. 예를 들어 포켓몬고 게임은 스마트폰 카메라로 비추는 실제 거리에 가상의 포켓몬을 나타나게 하여 현실과 가상이 결합된 경험을 제공한다고 한다.

설명을 들어도 이해하지 못하는 이런 상황은 기계치인 나에겐 어려운 일일 수밖에 없다. 그 복잡한 기술을 다 이해할 수는 없는 일이고 내 삶에서 쓰지 않으면 안 될 상황이 오면 "이 없으면 잇몸으로 산다"는 속담처럼 살아지겠지 하는 마음 갖는다. 더 발전하면 나 같은 기계치도 알 수 있는 방법이 또 나오겠지 생각한다. 영주에 가는 길을 알지 못하고 있었지만, 영주에 가서 할 일을 하고 왔다. 내가 간 것이 아니라 내비게이션이 갔다 온 것 같다.

문화로 노는 시니어를 기획하며 독서, 예술, 스포츠, 여행을 한 달 단위로 하고 기록하고 있는데 그 순서를 매달 꼭 같은 순서로 하는 것이 아니라 내 일정과 내가 결정할 수 없는 일들로 순서가 바뀌는 것은 융통성이다. 꼭 정해진 순서대로 진행하는 데는 무리가 있다. 그걸 꼭 지켜야만 한다고 생각하면 이 일을 지속하기 어려울 것이다. 이렇게 제대로 된 여행이 아니지만 여행으로 간주하고 기록하는 것도 변명을 넘어서는 융통성의 발휘다.

太白, 크고 희다

조정래 대하소설, 『태백산맥』 1~10, 해냄, 2013(4판 44쇄).

대략적인 내용을 모르는 것은 아니었지만, 『태백산맥』을 꼼꼼히 읽자고 작정한 것은 지난 5월이었다. 1권부터 10권까지 읽기가 끝난 것은 8월 말, 그러니까 네 달이나 걸렸다. 읽을 시간이 주어질 때 느긋이 읽었다. 스토리 전개가 시간의 흐름을 따르는 것이어서 끊어 읽기가 편치는 않았지만 큰 무리는 없었다. 읽은 소감은 그야말로 '태백太白'이다. 태백은 금성을 달리 이르는 말이고 개밥바라기, 어둠별, 장경성이라고 사전은 풀고 있지만 나는 한자 '클 태', '흰 백'으로 읽어 '크고 희다'로 요약하고 싶다.

작가 조정래는 1943년 전남 승주군 선암사에서 태어났다. 아버지는 대처승이다. 동국대 국문과를 졸업했으며 시인 김초혜와 결혼했다. 1970년《현대문학》6월 호에

「누명」 초천, 12월 호에 「선생님 기행」으로 추천을 완료했다. 1983년 대하소설 「태백산맥」을 《현대문학》 9월 호부터 연재 시작, 1986년 『태백산맥』 제1부 3권 단행본 출간(한길사), 1987년 『태백산맥』 제2부를 《한국문학》 1월 호부터 12월 호까지 연재하고 제2부를 2권의 단행본 출간, 1988년 『태백산맥』 제3부를 《한국문학》 3월 호부터 12월 호까지 연재하고 2권의 단행본으로 출간, 1989년 제4부를 《한국문학》 1월 호부터 11월 호까지 연재, 제4부 3권 단행본으로 출간해 전 10권이 완간되었다.

『태백산맥』은 1988년 신문사 문학 담당 기자와 문학평론가 39인이 뽑은 "80년대 최고의 작품" 1위로 선정되었고, 성옥문학상을 수상하였다. 1989년 문학평론가 48인이 뽑은 '80년대 최대의 문제작' 1위, 동국문학상 수상, 1990년 출판인 34인이 뽑은 '이 한 권의 책' 1위, 현역 작가와 평론가 50인이 뽑은 '한국의 최고소설' 선정, 1991년 단재문학상 수상, 『태백산맥』으로 유주현문학상 수여가 결정되었지만 수상을 거부하였고, 이를 계기로 그 상이 폐지되었다.

1991년 전국 대학생 1,650명이 뽑은 '가장 감명 깊은 책' 1위, 대학생 필독 도서 1위로 뽑혔다. 1992년 대검찰청에서 『태백산맥』이 국가보안법상의 이적 표현물과 적에 대한 고무 찬양에 저촉되는지를 내사한 결과, 작가에 대한 의법 조치나 책의 판금을 문제 삼지 않겠다고 발표했다. 일본 집영사와 전 10권 완역 출판 계약, 한국의 지성인 49인이 뽑은 '미래를 위한 오늘의 고전 60선'에 선정, 독자 500명이 뽑은 '가장 기억에 남는 작품' 1위로 선정되었다.

1994년 8개의 우익 단체 작가와 작품을 사상 불온자로 검찰에 고발, 이승만 양자에 의해 이승만 명예훼손죄 고발도 첨가되었다. 『태백산맥』 영화화. 1995년 조정래 노벨문학상 추천 서명인 발대식, 프랑스 완역 계약, 1997년 『태백산맥』 100쇄, 2005년 순천시에서 '조정래 길' 지정, 고소 고발 사건 11년 만에 무혐의 결정, MBC TV와 드라마 계약, 2008년 5월 '죽기 전에 꼭 읽어야 할 책 1001'에 선정, 11월 '조정래 태백산맥 문학관' 개관, '자랑스런 동국인상' 수상, 2009년 『태백산맥』 200쇄 돌파 등 『태백산맥』 44쇄까지 제10권에 작가 연보에서 간추린 내용이다.

『태백산맥』의 줄거리는 해방 후부터 6.25 전쟁까지 전남 벌교를 배경으로 이념 갈등과 민족의 비극적 역사를 다루었다. 빨치산과 국군 토벌대, 그리고 민간인들이 겪는 비극을 통해 이념 대립의 허구성을 보여주며 분단의 아픔을 깊이 새긴 것으로 요약할 수 있다. 이 전집을 읽으며 내가 밑줄 그은 부분을 각 권마다 한두 문장을 옮겨

이 소설을 다시 되새겨 보기로 한다.

제1권

"사람덜이 워째서 공산당 하는지 아시오? 나라에서는 농지개혁한다고 말대포만 펑펑 쏴질렀지 차일피일 밀치기만 허지, 지주는 지주대로 고런 짓거리 허지, 가난하고 무식한 것덜이 믿고 의지헐 디 읎는 판에 빨갱이 시상 되면 지주 다 처읎애고 그 전답 노놔준다는디 공산당 안 헐 사람이 워디 있겠는가요. 못헐 말로 나라가 공산당 맹글고, 지주덜이 빨갱이 만든당께요." (161쪽)

제2권

"도대체 이념이 인간의 뭘 해결한다는 거야." (180쪽)

"나는 새가 창공에 그 발자국을 새기지 못하듯이 인간사 그 무엇이 영겁 속에 남음이 있으랴." (282쪽)

제3권

"해방으로부터 비롯된 남과 북의 분단은 필연적으로 정치의 시대를 잉태시켰다. 그 회오리바람에 휩쓸려 시인들마저 정치를 하고자 나서고 있었다. 그러므로 시는 구호화되고 격문화되었고, 시인은 시의 창조가 아니라 시의 살해자로 둔갑해 있었다." (76쪽)

제4권

"해방 직후에 서로 나 잘났다는 정객들이야 부지기수였지만, 그 조직이나 세력으로 보아 네 사람으로 좁힐 수 있잖겠나. 건준을 대표하는 여운형, 임정을 대표하는 김구, 한민당과 손을 잡은 이승만, 공산당의 박현영, 그렇겠지."(275쪽)

제5권

"아리랑, 아리랑, 그 뜻 모를 말에 실리는 회한과 한스러움과 구성짐과 서러움과 눈물겨움과 아슴함과 그러면서도 휘드러져 감기고 다시 풀려 흐르는 그 유연함은 무엇일까?"(197쪽)

"백범이 좌익 이데올로기에 맞설 수 있는 의식으로 뭉쳐진 민중조직을 가지고 있었다면 감히 김일성이 그런 짓은 못 했을 것이오. 김일성은 백범을 종이호랑이로 취급한 거요. 백범의 그 점은 참 아쉽고 안타까운 점이오."(243쪽)

제6권

"우리는 민족주의를 '시대착오적인 촌스러움' 이거나, '세계적 조류에 역행하는 쇼비니즘' 이라고 대다수의 지식인들이 거침없이 매도해 대는 1960~1970년대를 살아왔다. 인류라는 미명을 내세운 그 강대국 논리에 편승한 이 땅의 지식인들이 범한 무책임한 행위가 오늘의 현실에서도 저질러지고 있음을 우리는 묵과해서도 안 되고, 용납해서도 안 될 것이다. 그런 부류들로 인하여 분단사는 다시 왜곡되고, 통일은 저해당하고 있음을 우리는 직시해야 한다."(작가의 말에서)

"빨갱이 죄야 씌우면 써야 하는 삿갓이여."(23쪽)

"일정 때나 지끔이나 말자리나 허고 똑똑헌 사람언 죽기 아니면 감옥살이니 원."(145쪽)

"미친놈에 새끼덜이 있는 좌익얼 잡는 것이 아니라 읊는 좌익얼 맹그니라고 그 염병이제 워째."(212쪽)

제7권

"어린 그들은 한마디로 소모품이었다. 1주일간의 사격 훈련을 가지고 총을 제대로 다루기란 어림도 없는 일이었다. 어떤 기술이고 대체로 습득하려면 한 치 길이의 이론에다가 한 자 길이의 실습이 합해져야만 가능한 것이다. 그런데 그들은 한 치의 이론마저 재대로 갖추지 못한 채 목숨을 내걸어야 하는 전쟁터로 떠나가고 있었다."(88쪽)

"적들은 와와 소리치며 몰려왔고 앞사람이 쓰러지면 뒷사람이 그 총을 집어들고 달려왔고 그 사람이 쓰러지면 다시 그 뒷사람이 총을 집어들었다. 소리소리 지르며 끝도 없이 몰려드는 저것들이 사람이 아니라 무슨 짐승들이라는 착각에 휘말리며 현오봉은 가슴을 싸잡고 나동그러졌다. 그리고 자신을 짓밟고 지나가는 무수한 발들을 희미하게 의식했다."(380쪽)

제8권

〈모택동 주석의 자유주의 배격 11훈〉 또는 〈자기비판 지침 11가지〉 "첫째, 동창 친지 부하 동료의 잘못을 알면서도 책하지 않고 화평의 수단으로 방임해서는 안 된다. 둘째, 전면에서 말하지 않고 배면에서, 회의에서 말하지 않고 회의 후에 이러쿵저러쿵 시비하는 것은 삼가야 한다. 셋째, 타인을 책하지 않고, 말하지 않는 것을 명석한 보신술이라 치고 침묵하는 것은 잘못이다. 넷째, 간부라고 해서 자기 의견만 고집하는 것은 옳지 못하다. 다섯째, 개인 공격을 일삼아 보복하려는 태도는 좋지 않다. 여섯째, 반혁명분자의 말을 듣고도 당 기구에 보고하지 않는 것은 잘못이다. 일곱째, 선전 선동하지 않고 당원의 임무를 망각하는 것은 잘못이다. 여덟째, 군중의 이익에 해독이 되는 행동을 보고도 격분하지 않는 것은 옳지 못하다. 아홉째, 자기가 맡은 바 일에 충실하지 않고 하루를 되는 대로 지내는 것은 좋지 않다. 열째, 선배연하여 큰일을 할 능력은 없으면서 작은 일을 하기도 싫어하는 태도는 좋지 않다. 열한 번째, 자기의 잘못을 알면서도 고치지 않는 것, 또는 자기를 반성하되 비판과 실망으로써 그치고 마는 태도는 옳지 못하다." (103~104쪽)

"누구나 태어나면서부터 갖게 마련인 피의 농도만큼 진한 명예욕의 발동이었다. 그 욕구는 나이가 들어갈수록 커졌으면 커졌지 줄어드는 것이 아니었다." (202쪽)

제9권

"말이 그냥 소리와 다른 것은 거기에 마음과 생각이 담겨있기 때문이 아닌가. 사상이 말을 통한 논리의 구체성이듯이 사랑도 말을 통한 사랑의 구체성이었다."(203쪽)

"내가 보기엔 최남선의 친일은 계급적 기회주의의 표본이오. 그는 돈 많은 중인 집안의 자식이었는데, 그 중인계급의 생리란 게 아주 묘하고도 고약합니다. 중인계급은 지배계급과 기본계급 사이에 끼여 중간 착취를 일삼는 게 그 계급적 특성 아닙니까. 그 중간 착취계급의 대표인 게 관리로서는 아전 부류고, 도시사회에서는 상인이고, 농촌사회에서는 마름인 건 다 아는 사실이지요. 그런데 그들의 공통점은 지배 계급에겐 열등감과, 기본 계급에게는 우월감을 동시에 갖고 있는 겁니다. 그 이중성은 위로는 계급 상승 욕구로 나타나고, 아래로는 지배 확대 욕구로 나타납니다. 그래서 그들은 위를 향해서는 간사한 아부와 아첨을 일삼고, 아래를 내려다보고는 악랄한 횡포와 억압을 자행하게 됩니다."(336쪽)

"지리산은 산이 산을 품고, 산이 산을 업고, 산이 산을 거느리고 있는, 그 크기도 모양새도 쉽사리 알 수 없는 미궁의 산이었다."(358쪽)

제10권

"자각하지 못한 자에게 역사는 존재하지 않으며, 자각

을 기피하는 자에게 역사는 과거일 뿐이며, 자각한 자에게 비로소 역사는 시간의 단위 구분이 필요 없는 생명체인 것이다. 역사는 시간도, 사건도, 기록도 아닌 것이다. 그것은 저 먼 옛날로부터 저 먼 뒷날에 걸쳐서 살아서 꿈틀거리는 생명체인 것이다. 올바른 쪽에 서고자 한 무수한 사람들의 목숨으로 엮어진 생명체. 그래서 역사는 관념도, 추상도 과거도 아닌 것이다. 그것은 오로지 뚜렷한 실체인 것이다. 그러므로 역사는 흘러가는 것이 아니라 크는 것이다.”(294쪽)

마지막 권을 다 읽고는 그냥 먹먹해졌다. 우리 민족의 아픔인 이념은 아직도 끝나지 않았다. 2권에서 “도대체 이념이 인간의 뭘 해결한다는 거야.”라는 말이 더욱 절실하게 가슴에 새겨진다. 작가의 ‘크고 흰 정신’ 이라는 말로 요약하고 싶을 뿐이다.

9월의 다른 책 한 줄

1. 정지용 시선, 『향수』, 미래사, 1991.

"열없이 창까지 걸어가 묵묵히 서다/ 이마를 식히는 유리 쪽은 차다/ 無聊히 씹히는 연필 꽁지는 떫다."(「天主堂」 전문)

2. 정이랑 시집, 『핥는다는 것』, 시와소금, 2025.

"붙잡지 못하는 가을을 몇 개 따와서/ 당신에게 보내드립니다."(「모과향을 보냅니다」 첫 연)

3. 이자규 시집, 『붉은 절규』, 시산맥, 2025.

"이 돌도 엉겁결에 굴렀을 터/ 붓이 기다리는 줄도 모르고/ 벼락을 맞고 벼랑에 떨어지는 운으로/ 폭포에 시달리기 시작했을 것이다."(「벼루」 첫 연)

"그것은 높고 깊고 그윽하게 반짝이는 경이"(「杳杳-유협 『문심조룡』 물색 편에서」)

국민 고향, 옥천 - 정지용 문학관

일자: 2025. 9. 21.
장소: 대구-옥천(09:04~10:58)/
옥천-대구(15:25~17:19)

　'책으로 노는 사람들'의 문학 기행이다. 책노사의 문학 기행은 책을 읽고 그 책과 관련된 지역을 여행하면서 독서 운동을 겸하는 행사다. 기차를 타고 가며 책을 읽고, 내려서는 그 책에 관한 토론을 하는 것이다. 기차에서 회원들이 책을 읽는 것도 읽는 것이지만 기차를 타고 가며 책 읽는 사람이 있다는 사실을 다른 승객들에게 보여주며 은근슬쩍 책 읽기 운동을 하자는 것이다. 순진한 발상인지 모르지만 억지로 의미를 갖다 붙인다.

　회원들의 결정에 따라 두어 번 갔다 온 곳이지만 옥천 정지용 문학관으로 갔다. 8시 40분 동대구역 타는 곳 앞에서 집결했다. 17명이나 되었지만 한 사람도 늦는 사람이 없었다. 13번 게이트에서 9시 4분 대전행 무궁화호를 탔다. 기차를 타고 가는 것은 묘하게도 일을 하러 가도 꼭 여행을 가는 것 같은데, 여행을 위한 기차를 탔으니 어찌 설레지 않겠는가? 기차를 타고 가며 각자가 가져온 『정지용 시집』을 읽었다.

10시 58분 옥천역에 도착했다. 역광장으로 나오니 정지용 시비가 있다. 앞뒤로 「고향」과 「할아버지」 시가 새겨져 있다. 4명씩 택시를 타고 갔다. 마지막 차는 다섯 명이 타고 오며 나중 나갈 때 그 택시를 부르기로 했다고 해서 웃었다. 문학관에서 해설사의 설명을 들으며 문학관을 쭉 둘러봤다. 내가 관심을 가졌던 부분은 정지용의 대표작으로 널리 알려진 「향수」에 어머니가 등장하지 않는 것이 어떤 이유일까가 늘 궁금했다. 그래서 해설사에게 물어도 봤는데 이해할 수 있는 답을 듣지 못했다.

이번 여행에 1991년 미래사의 한국대표시인 100인 선집 중 정지용 『향수』와, 소중하게 보관 중인 1949년 3월 5일 재판된 『지용문학독본』을 가지고 갔다. 『지용문학독본』은 문학관에 비치된 책 사진 앞에서 자랑(?)을 했고, 전시된 초판과 표지만 비교해 보기도 했다. 이 책의 서문 격인 「몇 마디 말씀」에 있는 "나도 산문을 쓰면 쓴다 - 泰俊만치 쓰면 쓴다는 것이 辨明으로 散文 쓰기 練習으로 試驗한 것이 책으로 한 卷은 된다."라는 구절이 늘 웃음을 짓게 한다.

문학관은 정지용의 어떤 시라도 읽을 수 있게 버튼을

누르면 시가 인쇄되어 나오는 기계가 있었다. 뽑히는 대로 뽑았더니 「오월 소식」이었다. "오동나무 꽃으로 불 밝힌 이곳 첫여름이 그립지 아니한가?/ 어린 나그네 꿈이 시시로 파랑새 되어 오려니/ 나무 밑으로 가나 책상 턱에 이마를 고일 때나/ 네가 남기고 간 기억만이 소곤소곤 거리는구나/ 모초롬만에 알려온 소식에 반가운 마음이 울렁거리며/ 가벼운 글자마다 먼 황해가 남실거리나니……"_(첫 연)

문학관을 나와서 점심을 먹으러 갔다. 회장단이 인터넷으로 맛집을 찾아내어 예약된 곳을 찾아갔다. 옥천의 대박집이다. 생선국밥과 도리뱅뱅이라는 민물고기 조림 같은 것을 먹었다. 생선국밥도 맛있었고, 도리뱅뱅은 내가 처음 먹어보는 음식이라 신기해하며 먹었다. 식당 이름은 맘에 들지 않았지만 음식 맛도 좋았고, 무엇보다도 새로운 메뉴를 개발하려는 노력 같은 것이 느껴져 좋게 보였다.

식당을 나와 간단히 독서토론을 할 수 있는 공간을 찾았다. 옥천읍 향수길 33. 1층 카페 「향수길 33」이다. 도로명 주소를 간판으로 활용한 센스가 보인다. 옛 살림집을 카페로 꾸민 곳이었는데 옹색하긴 했지만 소박한 멋은 있었다. 토론 장소의 특성상 토론이 진지하진 못했지만 나름대로 의미를 창출했다. 카페 주인이 대구 출신이라고 해서 반갑기도 했다. 이렇게 어설프게 하더라도, 매달 빠뜨리지 않고 토론을 한다는 것에 의미를 둔다.

토론회를 끝내고 시간이 어중간하게 남아 육영수 여사 생가를 가보기로 했다. 충북 옥천군 옥천읍 향수길 119에 있는 육영수 생가는 충북 기념물 제123호다. 안내판을 보면 1969년 본래의 모습과 다른 현대식 한옥으로 개축하여 사용되어 오다 오랫동안 방치되어 퇴락되었고 1999년 철거되었다. 2004년 복원공사를 해서 현재에 이르는데 사실상 생가터 이상의 의미는 없을 것 같다.

15시 25분 옥천발 열차를 타고 17시 19분 대구 도착 예정이었지만 약간 연착했다. 역에 내려서 모두 서둘러 헤어졌다. 여성회원들이 대부분이라 휴일 가족들을 두고 나들이 갔다 와서 미안해하는 것인가? 그런 생각이 들었다. 충북 옥천, 그곳은 정지용 시인만의 고향이 아니라, 그의 작품 「향수」를 통해서 그야말로 온 국민의 고향이 되었다. 옥천은 도로명도 향수길이었고 음식점도, 심지어 부동산 소개소도 향수라는 간판을 달고 있었다. 시의 힘, 문학의 힘이라니.

백혜선&벨기에 국립교향악단

공연명: 〈2025 월드 오케스트라 페스티벌〉
일시: 2025. 9. 28. 17:00
장소: 대구콘서트하우스 그랜드홀

2025 월드 오케스트라 페스티벌 일환으로 개최되는 연주회다. 벨기에 국립오케스트라의 연주도 기대가 컸지만, 협연자로 피아니스트 백혜선이 연주한다니 가슴이 설렌다. 백혜선의 연주도 연주지만 그의 삶과 용기, 성실성 등에 깊은 호감을 갖고 있었기 때문이다. 2012년 3월 수성아트피아 백혜선 피아노 독주회에서 처음 봤는데 연주 실력은 말할 것도 없지만 무대 매너가 참으로 감명 깊었다.

'드뷔시의 영상' 등이 연주되었는데, 앙코르곡을 연주하기 전에 드뷔시 불후의 명곡 〈달빛〉에 영감을 준 폴 베르렌의 「달빛」 시를 낭송했을 때 놀라지 않을 수 없었다. 그 인상기를 2013년 출간한 『예술이 약이다』라는 칼럼집에 싣기도 했고, 백혜선이 2023년 발행한 『나는 좌절의 스페셜리스트입니다』란 책을 읽고 『책으로 노는 시니어』에 「삶은 죽는 날까지 자신을 계발하는 과정」이라는 제목으로 서평을 쓰기도 했다. 그리고 이 책을 연주자들이 읽으면 좋을 것 같아서 경남 거창 윈드 오케스트라 초청 강연에 갔다가 연습실에 선물로 주면서 꼭 읽어보라고 권하기도 했다.

이런 인연이 있는데, 백혜선 연주를 들을 수 있다니 얼마나 반가운 일인가. 콘서트하우스 박창근 관장님을 만나 이런 얘기를 나누다가 박 관장님이 그럼 한번 만나보자고 하여, 연주자 대기실로 갔다. 연주 준비를 하고 있을 시간이지만 직접 만날 수 있는 기회가 또 있을 것 같지 않아 대기실를 노크했다. 연주회에서 시 낭송 이야기와 책 이야기를 했다. 화장 중이었는데 반갑게 맞아주었고, 화장을 다 하면 지금보다 낫다는 농담까지 해 주어 좋은 추억이 되겠다.

오늘의 레퍼토리는 모차르트 오페라 〈티토 황제의 자비〉 서곡 K.621.과 베토벤 피아노협주곡 제5번 E장조, Op.73. 〈황제〉 인터미션 후에 브람스의 교향곡 1번 c단조, Op. 68이었다. 모차르트, 베토벤, 브람스라는 거장들의 음악을 한자리에서 들을 수 있다니 참으로 좋은 날이다. 벨기에 국립 오케스트라 지휘자 안토니 헤르무스, 그의 지휘는 클래식의 본고향 맛을 충분히 느끼게 해주었다.

나의 최대 관심은 백혜선의 피아노 협연, 그의 연주는 황홀했다. "놀라운 기교를 지닌 섬세하고 사려 깊은 음악가", "탄력 있고 변화무상하며 의미로 가득 차 놀라움을 선사하는" 연주를 보여주는 "위대하고 개성 있는 인물"이라는 찬사가 공치사가 아님을 보여주었다. 이 협주곡의 특징은 독주가 등장하기 전에 긴 관현악 서주를 연주하는 게 통례였는데, 베토벤은 이 곡에서 곧바로 피아노를 등장시켰다. 카덴차(협주곡에서 독주 악기 혼자 연주하는 기교적인 부분)에 가까운 강렬한 음향과 화려한 기교를 과시하게 했다는 것이다. 이 곡의 특징이 백혜선이 연주곡으로 선정한 이유가 되겠다는 생각이 들었다.

관람석 내 자리가 연주자의 손놀림을 볼 수 있는 자리여서 '화려한 기교' 라는 말을 실감할 수 있었다. 인터미션 시간에도 그의 손놀림이 어른거렸고, 마지막 연주곡 브람스 교향곡 제1번은 백혜선 연주의 잔상이 남아 집중하지 못했다. 앵콜이 끝나고 지휘자가 연주 단원 전부에게 서로가 서로를 격려하는 껴안기를 하게 했는데 그것이 참 보기 좋았다. 우리 오케스트라도 그런 방식을 도입했으면 좋겠다는 생각이 들었다. 오랜만에 클래식에 흠뻑 취할 수 있는 밤이었다. 음악은 위대하다. 그 위대함 속에는 작곡가, 지휘자, 연주자 모두의 피땀이 어려있다. 피땀 흘리지 않고 어떻게 감동을 줄 수 있겠는가.

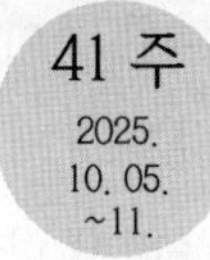

경기 여주, 영릉英陵과 영릉寧陵

일시: 2025. 10. 9. 09:00~19:00
장소: 경기 여주

　오래 벼르던 일이다. 2025년 제29주 여행에서 폭염과 폭우로 여행을 가지 못한 주에 '책으로 가는 여행' 이란 제목을 붙이고, 이기동의 책『나의 서원 나의 유학-한국인의 마음을 찾아 떠난 여행』(사람의 무늬, 2018.)에서「백성과 한마음이었던 세종대왕을 흠모하다-여주 영릉」(43~55쪽) 편을 읽고, 그 내용을 정리하기도 하여 영릉에 대한 어느 정도의 정보를 갖고 있었다. 무엇보다도 올해 꼭 해야 할 일로 생각했던 일을 드디어 하게 되었다.

　제579돌 한글날에 영릉을 걸었다. 영릉 참배에 함께 하고 싶어 하는 몇몇 시인이 있어 함께 했다. 아침 9시 내 작업실 앞에서 만나 여주로 출발했다. 시간이 2시간 반 정도 걸릴 것으로 예상하고 출발했다. 예상한 시간에 도착했지만, 여주시가 영릉에서 벌이는 한글날 경축 행사로 차량이 붐벼 주차장은 물론이고, 주변에 주차할 곳이 없었다. 하는 수 없이 점심 식사를 하고 들어가자고 하며, 미리 검색해 둔 맛집을 찾았지만, 식당도 붐벼서 한 시간을 기다려야 식사가 가능했다.

식당 부근에 신륵사를 먼저 찾기로 했다. 신륵사는 신라 진평왕 때 원효가 창건하였다고 하나 확실한 근거는 없다. 고려 말인 1376년 나옹, 혜근이 머물렀던 곳으로 유명하며, 200여 칸에 달하는 대찰이었다. 1472년(조선 성종 3)에는 영릉 원찰로 삼아 보은사라고 불렀다. 1858년 현종의 조모인 순현왕후가 호조판서 김병기에게 명하여 절을 크게 중수토록 하였는데 이때부터 영릉의 원찰로서 의미가 약해지면서 다시 신륵사라 부르게 되었다. 영릉과 관계가 깊은 절이었다.

신륵사 주변에서 점심 식사를 하고 영릉으로 갔다. 오후 2시쯤 되었지만, 주차장은 여전히 붐볐고 영릉 주변 도로에 마침 빠져나가는 차가 있어 그 자리에 주차하고 영릉을 향했다. 30여 분 걸었다. 오늘 굳이 영릉을 찾은 것은 내 열한 번째 시조집 『세종의 처방전』을 들고, 한글을 창제하신 세종대왕께 내 마음속으로 '이런 시조집을 냈습니다' 하고 고유하고 싶었기 때문이다. 준비한 약간의 참배 음식은 소용되지 못했다. 영릉에 사람도 많았고, 정자각에서 절을 올리기도 어려운 형편이었다.

영릉을 바라보는 위치에서 왼쪽으로 영릉을 볼 수 있게 해두었는데, 거기에는 영릉 앞에서 사진을 찍겠다는 사람들이 30m쯤 줄을 서서 차례를 기다렸다. 우리도 줄을 서서 기다렸다. 부모들이 어린이를 데리고 와서 세종대왕의 한글 창제를 설명해 주는 모습이 참 아름답게 보였다. 우리 차례가 되어 절은 올리지 못하고 묵념을 하고, 시조집을 들고 사진을 찍고 돌아 내려왔다. 아쉬움이 많아서 언덕을 내려와 영릉을 쳐다보면서 마음속으로 한글 창제의 고마움에 대해 깊이 감사드렸다.

영릉은 경기도 여주시 능서면 왕대리에 있다. 원래는 서울 내곡동에 있었는데 1469년 현 위치로 옮겼다. 소현왕후와 합장하여 특이하게도 봉분은 하나다. 하지만 혼유석魂遊石은 봉분 앞에 나란히 두 개를 놓았는데, 조선 전기 합장릉에 보이는 특징이라고 한다. 영릉 봉분에는 병풍석을 생략하고 난간석만 둘렀으며 난간석에 십이지 문자를 새겼다. 두 혼유석이 놓인 곳 앞에 팔각형으로 다듬은 장명등이 서 있고 봉분 주위에는 석상, 석마, 문인석, 무인석 등이 배치되어 있다. 외형적으로 다른 능과 큰 차이를 보이지 않는다.

입구 매표소를 지나 세종대왕 동상이 있는 앞에서 오른쪽으로 돌아가면 영릉으로 갈 수 있다. 영릉은 조선 17대 효종과 인선왕후의 능이다. 능호陵號는 왕과 왕비의 무덤인 능에 붙이는 고유한 이름인데, 인접해 있는 영릉英陵과 영릉寧陵이 한글 표기로는 같다. 효종 영릉의 특이점은 표석이다. 조선 왕릉 중 최초로 세워진 표석이다. 세종의 옛 영릉에 신도비를 세운 이후 왕릉에 비석을 세우지 않았다가 현종 대에 다시 비석의 필요성이 제기되어 효종의 영릉을 시작으로 표석을 세우게 되었다고 한다.

울창한 소나무 숲이 싱그러웠지만, 날씨는 더웠다. 내려오면서 뒷걸음하며 영릉을 다시 바라보기도 했다. 한글, 그야말로 큰 글이다. 나라를 빼앗기기도 하고, 같은 민족끼리 전쟁을 치르기도 했지만, 한강의 기적을 이룬 나라, 대한민국의 가장 큰 자랑은 한글이 아닐 수 없다. 그 한글이 있어 한강의 기적을 이루었다. 한글이 있어서 우리 국민의 문맹률이 낮았다. 한글을 통한 교육이 오늘날의 대한민국이 있게 한 원동력이 되었다는 사실에 이견이 없을 것이다. 한글이 있어 문화민족이라고 부를 수 있다.

금년이 내 시력 45년인데, 2000년대 초반부터 한글을 소재로 택하여 시 작업을 해 왔다. 이 작업을 통해서 그냥 막연히 위대한 한글이라는 말을 해왔지만, 실제 한글을 깊이 들여다보니 단순한 글자가 아니라 삶의 철학을 담고 있다. 그래서 한글을 빛내는 시조, 시조를 빛내는 한글을 꿈꾸며 삶을 가꾸고 있다. 열한 번째 시조집 『세종의 처방전』은 세종의 애민 정신을 오늘날에 되살려야 한다는 생각으로 작업한 것이다. 이 시집의 발간과 英陵 참배를 그런 결의를 더욱 다지는 계기로 삼을 것이다.

영릉을 빠져나와 전국에서 크기가 몇 번째 안에 든다는 여주 아울렛에 가보았다. 규모가 컸다. 자동차를 타고 돌아보다가 여기 온 기념으로 무엇인가 하나 사고 싶어서 매장에 들러 춘추용 버킷햇 하나를 샀다. 그 모자를 쓰면 늘 오늘을 생각할 수 있을 것 같다. 해 저물어 어둠이 내릴 녘에 대구로 출발했다. 운전하는 시인에게 미안하기도 하고 고맙기도 했다. 오다가 고속도로 휴게소에서 저녁을 먹고 귀가했다. 내 오랜 버킷 리스트 하나를 실천한 날이다. 그래서 매우 흐뭇한 하루였다.

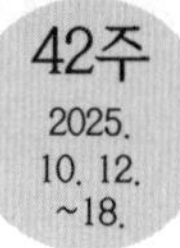

불신의 이유는?

김동리 외, 『한국단편문학선 2』, 민음사,
2011(세계문학전집 20. 1판 35쇄).

　『한국단편문학선 2』는 작가 열한 명, 열세 편의 단편 소설을 싣고 있다. 김동리 「황토기」, 「까치소리」, 황순원 「소나기」, 「비바리」, 오영수 「갯마을」, 손창섭 「혈서」, 정한숙 「전황당인보기」, 이호철 「나상」, 장용학 「비인 탄생」, 서기원 「암사지도」, 박경리 「불신 시대」, 강신재 「젊은 느티나무」, 선우휘 「반역」이 수록되었다.

　이 작품들에 대해서 엮은이 이남호는 「엮은이의 말」에서 "문학은 현실의 반영이라고 하지만, 여기에 실린 한국 단편소설들은 지난 시대의 삶을 재생시켜 주고 있다. 그러면서도 거기에 머무르지 않고 삶의 보편적 문제들에 대한 깊은 통찰을 담고 있다. 이 소설들이 한국의 독자뿐만 아니라 세계의 독자들에게도 널리 읽히기를 희망한다."고 썼다.

대부분의 작품을 읽은 적이 있지만 줄거리가 기억되는 것은 서너 편에 불과하다. 다시 읽어도 감동을 주었다. 우리 선조들이 살아온 시대의 삶이 고스란히 묻어나는 작품들이라 정이 쏠렸다. 열세 편의 작품 중에서 느낌이 컸던 작품은 박경리의 「불신 시대」였다. 일찍 돌아가신 내 형의 49재란 불교 의식을 통해 비슷한 경험을 했기 때문이다.

주인공 진영은 전쟁통에 남편을 잃고 혼자 산다. 아들 문수가 있었으나 병원에서 의사의 무성의로 아들마저 잃어버린다. 아들의 죽음은 진영의 마음에 사회적 불신감을 심었고, 그 충격이 그녀를 변화시켰다. 세상은 도둑들이 득실거리는 곳이라 믿을 수 있는 사람을 찾기가 어렵다고 생각한다. 폐결핵 치료를 위해 찾아간 병원은 무자격 의사가 진찰을 하고, 주사약의 양을 속이고, 빈 외제 약병을 거리에 내다 팔아 가짜 외제약을 유통시킨다.

심지어 여승도 시주 받은 쌀을 팔러 다녔고, 아들의 명복을 빌기 위해 찾아간 절은 시주 돈의 많고 적음에 따라 신도를 차별한다. 깊은 신앙심이 돋보여 의지했던 아주머니는 그녀의 돈을 떼먹었고, 또 그 아주머니도 대학생에게 사기를 당했다. 교회에서는 신도들이 신발을 잃을까 봐 각자 신발을 들고 예배를 본다. 절도 교회도 모두 돈의 노예가 되어있다.

진영은 절에 맡겨두었던 아들의 위패와 사진을 찾기 위해 산을 오른다. 아들의 사진과 위패를 불사름으로써 사람을 짓누르는 불신 시대의 모든 해악을 불태우는 상징으로 삼는다. "그렇지, 내게는 아직 생명이 남아 있었지, 항거할 수 있는 생명이라고 진영은 중얼거리며 잡나무를 휘어잡고 눈 쌓인 언덕을 내려오는 것이었다."(326쪽)로 끝난다.

박경리의 「불신 시대」는 1957년에 발표되었다. 1957년 대한민국 사회는 전후 복구와 정치적 긴장이 공존했던 시기다. 작가가 이 작품에서 불신의 대표적인 일들을 병원과 종교에서 찾은 것은 사람의 몸을 치료하고, 사람의 마음을 위로하여 용기를 주어야 할 병원과 종교를 믿을 수 없는데 무엇을 믿을 수 있겠느냐는 뜻이 아닐까 싶다. 돈을 떠나서 인명을 구해야 하고, 돈을 떠나서 인간을 위로해야 하는 병원과 종교가 사람보다 돈을 더 중하게 생각하니 불신의 시대가 될 수밖에 없는 것이다.

지금도 그때와 마찬가지다. 차이가 있다면 절대적 빈곤과 상대적 빈곤일 것이다. "아무튼 돈을 벌어야 해, 돈이 제일이야. 세상이 그런걸.", "그럼, 옛날 속담 말마따나 자식을 앞세우고 가면 배가 고파도 돈을 지니고 가면 든든하다고 안 하던가."(323쪽)라는 아주머니와 어머니의 대화가 암시하는 바가 크다. 진영이 '항거할 수 있는 생명’을 무기로 생각하며 산을 내려오는데 요즈음은 어쩐지 ‘항거’라는 말도 참 낯설게 들린다.

10월의 다른 책 한 줄

1. 서종택 禪에세이, 『설레는 마음으로 오늘도 걷습니다』, 장경각, 2025.

“독서든, 산행이든, 인생이든, 우리는 어디에도 도착하지 않고 떠돌아다닐 뿐입니다.”(22쪽 「사람마다 나름의 꽃을 피우나니」 마지막 문장)

2. 가즈오 이시구라, 김남주 옮김, 『창백한 언덕 풍경』, 민음사, 2017(1판 2쇄).

“엄마는 언제나 나이에 너무 집착해요. 어떤 사람이 중요한 경험을 했는가 아닌가는 그 사람의 나이와는 상관이 없어요. 백 살이 되어도 아무것도 경험하지 못한 사람도 있다구요.”(117쪽)

“자신이 하는 일에 신념을 갖고 있으면 빈들거리며 시간을 보낼 수가 없죠.”(200쪽)

3. 이시하라 치아키 외 5인 저, 송태욱 옮김, 일급비평가 6인이 쓴 『매혹의 인문학 사전』, 앨피, 2009.

"문학과 비문학의 관계 양상은 각 시대의 미디어 환경에 크게 좌우된다. 예컨대 소설은 인쇄 기술을 전제로, 개인 공간에서 혼자 잠자코 읽는 것이라는 성격을 가지고 있다. 소설은 세계와 명확히 대립하는 명료한 얼굴을 한 개인들이 있는, 근대에 어울리는 형식인 것이다. 소설이 소설 자체를 의심하기 시작한 현재, 소설은 표현의 왕좌에서 미끄러져 내려오고 있다."(87쪽, 「표현」 기마타사토시)

詩 낭송회의 대담

일자: 2025. 10. 24.
장소: 대구생활문화센터 2층 어울림홀

이자규 시인의 『붉은 절규』 시집 출간을 기념하는 시 낭송회가 열렸다. 이 낭송회에서 낭송 중간에 15분 정도의 대담 시간을 넣어 나를 대담자로 초청했다. 이날따라 일정이 복잡해서 새벽 5시 반에 집을 나가 7시 47분 파미남코스에서 노캐디로 골프를 치고, 오후 4시 30분 청도 이호우 이영도시조문학상 시상식이 있어서 갔지만 행사가 시작되자 바로 나와야 했다. 퇴근의 교통 혼잡 시간에 걸려 가까스로 시간을 맞춰 낭송회장에 도착했다.

이자규 시인의 시, 「붉은 절규」, 「Big Question」, 「쇄빙선」, 「푸른 밤」, 「테트라포드」, 「소금쟁이」 6편이 낭송되고 대담 시간이 되었다. 어울림홀 무대 위에는 "시대정신으로 공유해야 할 생명과 생태의 시"라는 문구가 걸려 있다. 출판사는 "2001년 《시안》으로 등단한 시인 이자규의 새 시집 『붉은 절규』는 그의 오랜 시력詩歷에서 비쳐 나오는 현실 인식과 비판의식과 생명의식이 어우러져 빚어낸 시적 융합의 결실"이라고 소개하고 있다. 이 소개에 특별히 무슨 말을 더 보태지 않아도 되겠다.

대담에서 무슨 이야기를 해야 하나 생각하다가 시집 해설이나 출판사 책 소개에서 언급되지 않은 부분을 대담 주제로 삼아야 하겠다고 생각하며 무대에 올랐다. 먼저 시집 제목이 이 시집에 담고 있는 현실, 비판 생명 의식이라는 핵심어에 잘 어울리는 제목이라는 공감을 표했다. 또한 노르웨이 화가 에드바르트 뭉크의 「절규」가 연상되는 제목이라고 말했다.

이 시집에서 내가 관심 있게 읽은 작품은 「몽당연필 Odyssey」 1, 2, 3 연작과 「롯롯 - 문심조룡 物色 편에서」였고 이 작품들에 대해서 대담하고 싶었다. 핵심 부분에서 약간 벗어난 작품들이다. 이 작품을 선택한 것은, 물론 다른 작품들에서도 받은 느낌이지만, 이자규 시인의 독서력이 상당하다는 사실에 기인한다. 책을 읽고 그 내용을 자기화하고 한 걸음 더 나아가 작품으로 쓴다는 것은 책을 제대로 소화했다는 말이 된다.

오디세이 연작 세 편은 오디세이의 고난을 시인이 간접 체험하고, 그 체험을 스스로의 삶으로 끌고 온 작품들이다. 널리 알려진 것처럼, Odyssey는 호메로스가 기원전 8세기 무렵에 지은 고대 그리스의 장편 서서시다. 트로이 원정에 성공한 영웅 오디세우스가 겪는 표류담과 이타카섬에 돌아오기까지의 여정과 10여 년 동안 정절을 지킨 아내 페넬로페와의 재회담, 아내에게 구혼한 자들에 대한 복수담으로 이루어졌다.

시인은 오디세이 앞에 '몽당연필'을 접두사로 붙여 「몽당연필Odyssey」 연작 세 편을 썼다. 여기서 '몽당연필'은 객관적 상관물이다. 시인은 「몽당연필Odyssey 1」에서 "내 몽당연필은 심으로 육탈한 어둠이다."라고 썼고, 2에서는 계절을 더듬었으며, 3에서는 "뒤란 대숲 이끼긴 바위" 속을 살핀다. 그의 몽당연필은 삶의 어둠과 그 어둠을 삼킨 세월이 그것은 돌아보는 시간이었다.

작품 「杲杲」는 『문심조룡』 「물색」 편을 읽고 쓴 작품이다. '고고'는 '맑을 고'로 원문에서 "일출지용日出之容"으로 풀이되고 있다. 『문심조룡』 「물색」 편은 여러 번 읽어도 감탄하지 않을 수 없는 명문이다. 아득한 세월이 흐른 문장이지만 오늘날도 이런 문장은 만나기 쉽지 않다. 이런 명문을 읽은 감회가 승화한 것이다. 명문을 읽은 시인은 "미망 속 영세한 내 문장에 남세스러움만 내려다보고 있을/ 무위의 당신 가득한 물색"으로 시를 마무리한다.

이 글을 쓰는 것을 계기로 나도 그 문장을 옮겨보고 싶어진다. 권10.「물색」제46/自然風物과 寫實부분이다.

"계절은 끝없이 변화하는 것. 가을의 陰氣에 마음이 슬퍼지고, 봄의 陽氣에는 생각이 활짝 핀다. 자연의 변화에 따라 마음도 動搖을 일으키는 것이다. 대개 봄의 陽氣가 싹트면 개미도 활동을 개시하고, 가을의 陰律이 凝結되면 微螂도 겨울잠을 위한 먹이를 비축한다. 微蟲도 이와 같이 外界의 변화를 몸에 느끼거늘 四季의 변화가 萬物에 주는 영향이 크지 않을 수 없다.

인간은 美玉에다 비할 만큼 예민한 감각을 가지고 있으며, 名花에 비유되는 淸澄한 기질을 顯示한 존재다. 자연이 손짓해서 부르는데 누가 安閑하여 마음을 움직이지 않겠는가? 이런 까닭으로 새해가 찾아와 봄이 發動되면 즐거운 감정이 넘치고, 타는 듯한 初夏가 이르면 意氣가 꺾여 위축된 마음이 생긴다. 하늘 높고 공기 맑은 가을이 되면 陰沈한 생각이 깊어만 가고, 진눈깨비 뿌리는 겨울이 되면 옷깃을 여미게 하는 엄숙한 사고로 沈潛된다.

계절 따라 각각의 風物이 있고, 풍물 따라 또 갖가지 모습이 드러난다. 그리하여 감정도 풍물 따라 변하고, 언어는 감정의 흐름에 응해서 모습을 나타낸다. 하나의 落葉도 마음속에 暗示를 줄 수 있으며, 벌레 소리도 마음을 끌기에 족하다. 하물며 淸風과 明月이 같이 있는 밤, 白

日과 春林이 같이 있는 아침은 더 말할 나위도 없다."

이자규 시인의 「고고」는 이 글에 대한 화답이다. 이자규의 롯롯는 세속을 초월하여 고상하고 고풍스러운 高古가 된다. 이런 얘기들을 나눌 거리는 많았지만 제한된 시간이라 아쉬움을 남기며 대담을 끝낼 수밖에 없었다. 대담이 끝나고, 「기이한 해변에서」, 「달나라 티켓」, 「밥」, 「달빛 정크아트」, 「벼루」, 「물고기들」이 낭송되고, 이어서 테너 마르코의 〈동심초〉, 〈10월의 어느 멋진 날에〉가 불려지고 낭송회가 끝났다. 기획은 깔끔했고 품위 있었다.

이자규 시인, 그는 현실에 대한 비판의식을 생명의식에 이입하여 붉은 절규를 쏟았다. 단순 서정에 매몰되지 않은 시 정신이 고상하다. 시인의 넋두리가 아니라 세상 한구석을 밝히려는 의식은 이 시대 시인 모두가 가져야 할 정신이다. 위험 지역으로 치닫고 있는데도 그걸 모르고 사는 사람들을 일깨우는 이자규 시인의 『붉은 절규』, 그 뜻이 우리 사는 세상에 널리 퍼졌으면 좋겠다.

시의 날 기념 -구상문학관 탐방

일자: 2025. 11. 1.
여행지: 경북 칠곡

2025년 11월 1일은 한국 '시의 날'이다. 굳이 한국을 접두어로 넣는 것은 세계 시의 날이 따로 있기 때문이다. 세계 시의 날은 3월 21일 1999년 유네스코가 언어의 다양성을 보존하고, 내면의 정화를 이루어내는 시의 역할을 알리고 보호하기 위하여 제정했다. 한국 시의 날은 11월 1일로 한국 최초의 신시 최남선의 「海에게서 小年에게」가 1908년 《소년》지 11월 호에 발표된 날이다. 1987년 한국시인협회와 한국현대시인협회가 뜻을 모아 제정했다.

이 시의 날에 시인이라면서 무심해서는 안 되겠다 싶어 나 혼자 행사를 계획했다. 집에서 시를 읽어도 되겠지만, 좀 더 적극성을 발휘해서 왜관에 있는 구상문학관에 가보기로 했다. 시의 날에 시 한 편도 안 읽는 시인이 되어서야 되겠느냐며 작정한 것이다. 오전 날씨는 흐렸지만 오후에는 전형적인 한국의 가을 날씨가 되어 하늘이 높았다. 좋은 시를 읽으러 간다는 생각 때문인지 나 혼자 하는 행사에 나 혼자 취해 자동차의 액셀을 밟았다. 차창으로 스치는 가을바람이 상쾌하기 그지없었다.

가을, 딱 좋은 시간에 구상문학관에 도착했다. 입구에 잠시 멈춰서서 전경을 살피고 문학관 안뜰에 들어섰다. 입구 왼편 끝 쪽에 시비 하나가 눈에 들어온다. "오늘 마주하는 이 강은/ 어제의 그 강이 아니다"로 시작되는 「그리스도 폴의 강. 24」가 새겨져 있다. 이 시비 대각선으로 관수재 옆에도 "내가 이 강에다/ 종이배처럼 띄워 보내는/ 이 그리움과 염원은/ 그 어디서고 만날 것이다."로 시작되는 또 한 편의 「그리스도 폴의 강」이 흐른다.

觀水齋는 문학관을 돌아보고 나서 보겠다고 생각하며 문학관으로 들어갔다. 1층 전시관은 구상 시인의 삶과 문학세계를 살필 수 있는 자료들이 전시되었다. 시인의 삶이 참으로 녹록지 않았던 것으로 보인다. 북한에서 월남한 일이라든지, 폐결핵을 지병으로 갖고 있었던 점 등이 그렇다. 아내의 정성 들인 간호와 지인들의 도움으로 치료한 일도 예사롭지 않다. 그 외 연보로부터 시작하여 교류한 문인들의 사진과 편지, 박정희 전 대통령의 편지도 전시되어 있었다.

구상문학관이 어떻게 해서 왜관에 서게 되었는지에 대해서 '왜관과 구상'이라는 게시물로 밝혀두었다. "지병인 폐결핵이 재발, 마산결핵요양원에서 치료 후, 6.25로 당시 원산에 있던 성 베네딕도 수도원이 왜관으로 온다는 소식을 듣고 현재의 문학관 자리에 안착했다."고 한다. 시인의 좌우명은 아버지의 유훈과 형의 교훈이었는데, 아버지의 유언은 "조금 줄여서 사는 것이 조금 초탈해지는 것이다."였다.

2층으로 올라갔다. '보존서고'라고 한다. 구상 시인이 기증한 27,000여 권의 소장 도서가 보관되어 있다고 한다. 2012년 9월 22일 한국기록원의 기록 인증 사업 중 최다 저자 서명본 도서 보유(6,062) 문학관으로 대한민국 최고 기록에 등재되었다. 책을 꺼내 보고 싶었지만 나 혼자만 관람하고 있어 조심스러웠다. 출입문에 '창작 강의실'이라는 팻말이 붙어있는 걸 보면 주기적으로 강의실로 사용하고 있는 것으로 보인다.

내부에서 나와 관수재로 다시 갔다. 방문은 자물쇠로 잠겨져 있었다. 구상 시인이 이 자리에서 강 연작 100여 편을 발표했다고 하는데 지금 자리에서 낙동강은 보이지 않았다. 이 관수재의 단골손님은 친구였던 천재 화가 이중섭, 관수재에는 시인이 생전에 썼던 타자기, 필기도구 등이 전시되어 있다고 하는데 볼 수 없어 안타까웠다. 정부가 정한 기념일은 아니지만 한국 시의 날인데 이런 날은 누구의 문학관이든 문학관이 붐벼야 하는 것 아닌가 하는 생각이 떠올라 씁쓰레했다.

작업실로 돌아와서 책꽂이에 꽂혀있는 구상문학총서 제1권 自傳 詩文集『모과 옹두리에도 사연이』(홍성사, 2002)를 꺼내어 편다. 머리말에 "이 시문집의 제목이 비유하듯 과일 망신시킨다는 모과처럼 부실한 시인이지만, 그러기에 오히려 삶의 심신 더불어 악전고투의 심연 속에 있었다 하겠고, 그 응어리진 사연이 하도 많아서 모과나무의 무성한 옹두리를 방불케 한다."라는 문장을 읽으니 가슴이 싸해진다.

나는 구상 시인의 작품 중에서 6.25의 경험을 담은 시집『초토의 시』에 크게 감명받았는데 이 자전 시집에서도「모과 옹두리에도 사연이 27.」에 관심이 갔다.

"6.25, 그날의 경악과 절망을 맛본 사람은/ 지구의 종언(終焉)을 맞더라도 덜 당황해하리라.// 하루 만에 패잔병의 모습으로 변한/ 국군과 함께 후퇴라는 것을 하며/ 수원에서 UN군 참전의 소식을 듣고서야/ 노아의 방주方舟를 탄 안도의 한숨을 내쉬었다.// 대전에서 정보부대 정치반원으로 배속되어/ 공산당들 총살장에 입회를 하고 돌아오다/ 어느 구멍가게에서 소주를 마시는데/ 집행리

였던 김 하사의 술회.

　"해방 전 저는 일본 회로시마(廣島)에 살았는데/ 그때 어쩌다 행길에서 동포를 만나면/ 그렇게 반갑더니, 바로 그 동포를/ 제 손으로 글쎄, 쏴 죽이다니요……/ 그것도 무더기로 말입니다……/ 망할 놈의 주의主義…… 그 허깨비 같은/ 주의가 도대체 무엇이길래……/ 그놈의 주의가 원숩니다……"/ 하고 그는 "으흐흐……" 흐느꼈다.// 나는 전란戰亂을 치르면서나, 30년이 된 오늘이나/ 저 김 하사의 표백表白,/ "망할 놈의 주의…… 그 허깨비 같은/ 주의가 도대체 무엇이길래……"// 보다, 더 또렷한 6.25관을 모른다."(전문)

　집행리 김 하사의 말이 인용되는데 말줄임표가 많다. 말줄임표가 이렇게 많이 그리고 적절하게 쓰인 시도 드물겠다. 최근에 읽은 2017년 노벨문학상 수상 작가 일본 출생 영국 국적의 가즈오 이시구라의 소설 『창백한 언덕 풍경』을, 《뉴욕타임즈》가 "말해진 것보다 말해지지 않은 것이 종종 더 중요하다."고 한 말과, 번역자 김남주가 해설에서 "해야 할 말보다 훨씬 더 많은 말들이 넘치는 시대를 사는 우리에게 그런 작가가 있다는 것은 행운"이라는 말을 떠올리게 한다. 『모과 옹두리에도 사연이』는 이렇게 100까지 이어지고 있다.

　시의 날, 나 혼자 하는 행사로 구상문학관을 탐방하고 와서 구상 시인의 시 몇 편을 읽고 이 글을 쓰는 것으로 혼자 하는 행사는 마무리된다. 대한민국 시의 날, 오늘 시 한 편이라도 읽은 국민은 얼마나 될까? 하는 부질없는 생각 속으로 어둠이 짙어온다. 시 속의 김 하사 표백은 공산주의가 원수였지만, 시의 힘이 점점 약해지고 있는 이 시대에는 자본주의가 원수가 되는 것 아닌가 하는 생각으로 캄캄해진다.

골프를 위한 핵심 마음가짐

일시: 2025. 11. 8. 07: 07/11. 9. 12:40
장소: 파미힐스 남 코스(청파회/수안회)

11월 8일, 가을이 익어가는 좋은 날씨다. 그러나 이번 주말은 전형적인 가을은 아니었다. 비가 올 듯하고 바람이 만만찮게 불었다. 청파회 월례회는 인 코스를 먼저 돌았는데 평소 실력만큼 친 셈이다. 그러나 아웃 코스 들어온 첫 홀부터 더블 보기를 하고 그럭저럭 가다가 5, 6번 홀에서 연이어 트리플을 해서 오늘 스코어를 엉망으로 만들었다. 원인은 침착하지 못했던 것, 누구를 탓할 수 있는 것도 아니었다.

9일 일요일은 수안회 월례회 날이다. 어제와 같은 실수를 범하지 말아야지 하며 첫 홀부터 조심했다. 다행히 큰 실수를 하지 않고 라운드를 끝내 8명 중 가장 적은 타수를 쳤다. 성적은 제일 좋았지만 핸디 적용으로 준우승 상을 받았다. 조금만 조심하면 스코어를 줄일 수 있는데 왜 그리 덤벙대게 되는지 알 수가 없다. 이제 더 잘 칠 수 있는 나이도 아니고 기술을 터득할 수 있는 것도 아니니 마음을 잘 관리하는 방법밖에 없다.

AI에게 골프 칠 때의 마음가짐에 대하여 물어본다. 골프를 위한 핵심 마음가짐이란 제목으로 다음과 같이 가르쳐준다.

1. 긍정적인 마인드 셋 유지

- 실수를 인정하고 빠르게 잊기: 골프에서 실수는 피할 수 없다. 왜 실수했을까 자책하기보다는 다음 샷에 집중하자, 라고 스스로에게 긍정적인 자기 대화를 건네고, 지난 샷은 잊어버리는 것이 중요하다.
- 자신감 갖기: 자신감을 가져라. 샷을 하기 전에 멋진 궤적을 그리며 목표로 날아가는 모습을 상상해 보라. 자신에 대한 긍정적인 기대는 좋은 결과를 만든다.

2. 현재에 집중하는 마인드 셋

- 샷 루틴에 집중: 샷을 준비할 때 일관된 나만의 루틴 (빈 스윙 두 번, 목표 확인, 어드레스샷)을 만들고 그 루틴을 실행하는 현재의 과정에만 집중하라.
- 지난 샷이나 미래 걱정 버리기: 이전 홀에서의 나쁜 스코어나 앞으로 남은 홀에 대한 부담감은 현재의 샷

을 망친다. 오직 지금 눈앞의 공과 목표에만 신경 써
라.

3. 자신의 실력 인정과 목표 설정

- 욕심 버리기: 프로 선수처럼 핀에 딱 붙이려는 무리
한 욕심보다는 그린에만 올리자, 혹은 페어웨이에만
보내자와 같이 자신의 실력에 맞는 달성 가능한 목표
를 설정해야 한다.

- 스코어에 연연하지 않기: 최종 스코어보다는 매 홀,
매 샷을 얼마나 수행했는지 과정에 만족하고 즐기는
자세가 필요하다.

4. 여유와 침착함 유지하기

- 서두르지 않기(느림의 미학?) 샷이나 퍼팅을 할 때 충분
한 시간과 여유를 가져라. 특히 중요한 순간일수록
급하게 처리하려는 마음을 버리고 마크를 하고 숨을
고르는 등 침착함을 유지해야 멘탈이 흔들리지 않는
다.

- 호흡 조절: 긴장될 때는 깊게 숨을 들이쉬고 내쉬는
호흡 조절이 긴장감을 완화하고 평정심을 되찾는 데
큰 도움이 된다.

숱하게 다짐하기도 한 말이지만 정리해서 들려주는 걸 읽으니 반성할 것이 참 많다. 특히 느림의 미학이란 말, 멘탈이 열다섯 번째 클럽이라는 말을 똑똑히 기억해야겠다. 그러면서 더 많이 나아지기보다는 지금만큼 유지하는 데 신경을 써야겠다는 다짐도 얹어본다. 천천히, 욕심 버리기, 그래 이것이 골프만 잘 치게 할 마음가짐이겠는가? 세상사가 그렇고, 인생살이가 그렇다. 매사에 천천히 그리고 욕심을 버리자.

골프는 결국 나 자신과의 싸움이며, 멘탈은 열다섯 번째 클럽이라고 불릴 정도로 중요하다. 매 라운드를 통해 자신의 마음가짐을 정리하고 긍정적인 태도를 습관화하는 것이 실력 향상의 지름길이다. 골프는 18홀 모두, 거리 조정을 위해 클럽을 선택하고, 어느 방향으로, 어느 정도의 강도로 칠 것인가를 생각하며 느림의 미학을 살려 스윙을 해야 한다.

사람살이도 날마다 24시간을 어떻게 보낼 것인가를 생각하며 산다면 어떨까? 아무래도 어제같이 그제같이 생각 없이 사는 것보다 더 나은 삶을 살 수 있게 될 것이다. 그러기 쉽지 않은 일이지만 말 한마디 할 때도, 어떤 행동거지 하나라도 생각해 보고 조금만 천천히 한다면 우리 삶이 달라지지 않을까 골프를 하면서 깨닫는다.

거미줄과 종소리

Krasznahorkai László, 조원규 옮김, 『Satantango』,
(주) 알마, 2025(1판 6쇄).

2025년 노벨문학상은 헝가리 작가 크러스너 호르커이 라슬로Krasznahorkai László에게 돌아갔다. 작가에 대한 사항은 2025년 노벨문학상 수상이라는 사실 하나만으로도 충분하다. 더 이상 작가를 돋보이게 할 자료가 없기 때문이다. 스웨덴 한림원은 그의 소설이 "종말론*적인 공포 속에서도 예술의 힘을 재확인하는 그의 강렬하고 선구적인 Oeuvre**"라고 했다. 그러니까 어느 한 작품이 아니라 그가 쓴 모든 작품이 수상작이다.

노벨문학상 수상 작가의 작품이라는 것이 읽어봐야겠

---

* 종말론: 인류의 역사에서 마지막으로 일어날 사건이나 우주의 마지막에 대한 신학적 이론.

** Oeuvre: 한국어로는 어-브러, 우-브러, 으-브러, 외-브르 발음할 수 있는데, 한 작가, 예술가 등의 모든 작품을 통틀어 이르는 프랑스어 단어다.

다는 동기를 불러일으키지만, 그의 전 작품이 종말론적인 공포 속에서도 예술의 힘을 확인하게 해준다는 선정 이유가 작품에 대한 호기심을 증폭시켰다. 『사탄탱고』, 『저항의 멜랑콜리』, 『전쟁과 전쟁』, 『서왕모의 강림』, 『마지막 늑대』, 『세상은 계속된다』 등의 작품이 있는데, 관심이 쏠리는 제목들이 많지만 『사탄탱고』를 먼저 읽기로 했다.

책 제목의 '사탄'은 적대자라는 뜻으로, 하나님과 대립하여 존재하는 악을 인격화하여 이르는 말이다. 탱고는 남녀 한 쌍이 짝이 되어 곡에 맞추어 추는데 매우 육감적이고 낭만적이다. 이는 희망과 절망의 끊임없는 악순환과 구원 없는 회전을 상징한다. 탱고의 여섯 발 앞으로, 여섯 발 뒤로 스텝처럼 마을 사람들이 구원자에게 희망을 걸지만 결국 배신당하고 다시 절망으로 돌아오는 닫힌 세계의 구조와 반복되는 타락을 나타낸다.

『사탄탱고』는 헝가리 문학의 거장이자 암울한 묵시록 문학의 대가인 저자가 헝가리 남동부의 버려진 집단농장 마을을 배경으로 절망과 희망 사이에서 허우적거리던 사람들이 체제에 유린당하고 몰락하여 끝내는 고통의 원 안에 갇히고 마는 과정을 탱고의 스텝-앞으로 여섯 스텝, 뒤로 여섯 스텝-이라는 형식에 맞춰 매혹적이고 무자비하며 경이롭게 그려낸 전설적인 작품이라고 뒤표지에 소개하고 있다. 줄거리를 대신할 수 있겠다.

묵시록默示錄 문학의 대가라고 했으니 묵시록 문학을 알아야겠다. 묵시록 문학은 유대교나 그리스도교에서 기원전 2세기부터 기원후 2세기경에 성행한 장르로, 종말론적 주제를 다루며 저자가 환시*나 계시**를 통해 얻은 영원한 실재에 대한 통찰을 상징적이고 비유적인 언어로 기록한 작품을 말한다. 이 문학은 극심한 박해와 절망 속에서 독자들에게 위로와 구원의 소망을 주려는 목적으로 쓰였으며, 성경의 다니엘서와 요한계시록이 대표적이다.

차례가 특이했다. 차례 다음 '춤의 순서'라고 쓰고, 1부는 1 2 3 4 5 6, 2부는 6 5 4 3 2 1로 소설을 전개했다. 그러면 2부는 1부터 읽어야 하는가, 책의 편집대로 읽어야 하는가 의문이 들기도 했는데, 책의 편집 순으로 읽는 것이 맞았다. 그런데 또 하나 특이한 점은 이 소설의 마지막 문장이 "돌연 주위의 말 없는 물건들이 신경을 건드리는 대화를 시작했다……"이다. 소설의 끝 단어가 "시작했다"라니…….

소설의 전개 과정에서 유독 의미심장한 단어가 있는

---

* 幻視: Visual hallucination 실제로 존재하지 않는 것을 보는 시각적 환상.
** 啓示: 종교적으로 신이 자신이나 신적인 진리, 뜻을 인간에게 알려주는 행위.

데, 그것은 '거미줄'이다. 이 소설은 거미줄의 상징을 풀어내야 하는구나 싶다. "술집 주인은 빛이 닿지 않는 구석에 서서 허리를 문지른 다음 거미줄을 향해 행주를 휘둘렀다."(124쪽), "-그의 삶을 망치려는 신의 뜻같이 거미줄이 자욱한-"(133쪽), "망할 놈의 거미들 때문에 잠시라도 자리에 앉아 있을라치면 옷에 들러붙은 거미줄을 떼어내기에 바빴다."(140쪽) "거미줄이 이렇게나 많은 것은- 세상에 저런 쓰레기도 또 없기 때문에- 꾸며낸 음모라고 결론을 내렸다.(202~203쪽)"는 문장들에 나타난다.

이를 통해 보면 '거미줄'의 상징은 벗어날 수 없는 굴레와 통제, 비가시적인 지배와 공포, 감시와 체제, 죽음과 부도덕이다. 거미줄은 아무리 없애고 또 없애도 소리 없이 생겨나 모든 것을 뒤덮는 이미지로 마을 사람들이 처한 쇠락의 운명과 영원한 악순환으로, 공산당의 숨 쉴 틈 없는 감시로, 거미들이 거주자들에게 거미줄을 치는 묘사는 그들에게 죽은 자의 상징적인 감각을 부여하며 마을 사람들의 부도덕함을 나타내기도 한다.

소설의 시작과 끝에 등장하는 '종소리'도 핵심어다. 이 소설에서 종소리는 주로 불길함, 초자연적인 사건의 징조, 그리고 벗어날 수 없는 운명을 상징한다. 교회나 종이 없는 곳에서 울려 퍼져 불안하고 초월적인 분위기를 조성하며 중요한 사건의 시작을 알리는 징후로 나타난다. 또한 폐허 속에 존재하는 종처럼 공동체의 존재 의미 상실을 암시하고, 마을 사람들이 하나로 묶여 옭아 매인 도저히 벗어날 수 없는 절망적인 운명을 나타내는 장치로 해석할 수도 있다. 허무주의적 세계관 속에서 삶의 무의미함을 강조하는 역할을 하기도 한다.

발췌한 문장들은 "모든 사물의 형태와 색을 쓰러뜨리고, 움직이지 않는 것을 움직이도록 만들며, 움직이던 것은 정지시키는 어둠이 짙게 깔린다."(68쪽), "그는 꿈을 정말로 이루려면 언제 어디서나 참을 수 있어야 한다고 생각했다."(136쪽), "우리는 서로에게 펼쳐진 책과 같습니다."(254쪽), "인생의 비밀은 농담에 있다는 걸"(363쪽) 등이다. 표현의 미와 교훈적인 말이라는 관점이 반영된 발췌다.

그리고 이 책을 읽는 10월 아침에, 시월의 아침 이야기가 나와서 밑줄 긋지 않으면 안 될 것 같은 낭만을 준 문장도 있다. "어느 시월의 아침 끝없이 내릴 가을비의 첫 방울이 마을 서쪽의 갈라지고 소금기 먹은 땅으로 떨어질 즈음, 후터키는 종소리에 깨어났다."(395쪽)는 문장에서 "끝없이 내릴 가을비의 첫 방울"이라는 표현이 소설 전체의 분위기를 잘 표현하고 있다는 생각이 들기도 한다.

이 소설이 예술의 힘을 재확인시켜 준다고 하는데, 그

예술의 힘은 무엇일까? 일반적으로 예술은 급진적인 자율성을 가지며, 인간의 생각, 감정, 트라우마를 표현하고 재구성하며, 나아가 세상에 대한 다른 관점과 인간성을 상기시키는 힘이 있는 것으로 알려진다. 그렇다면 모든 소설이 가지는 힘과 크게 다르지 않다. 그런데 묵시론적 문학이라는 점이 그런 해석에 무게를 더한 것으로 해석된다. 자유 속에서 깊이 느끼지 못하고 사는 자유에 대해 깊게 생각하게 한다. 자유, 그 아름다운 숨쉬기.

11월의 다른 책 한 줄

1. 황영숙 시집, 『깊어가는 시간』, 북랜드, 2025.

"꽃이 지는구나!/ 어젯밤 새가 날아가고 바람이 불 때 나는 알았다./ 모든 예감은 절정의 순간을 지날 때/ 다가온다."(「깊어가는 시간」 앞부분)

2. 김기연 시집, 『푸른발부비새』, 문학세계사, 2025.

"빈 소파에 앉았다/ 딸 동미가 곁에 와 앉는다/ 동미 딸 채윤 따박따박 둘 사이에 들앉는다/ 쌀알만 한 아랫니 두 개 뽀조족 내밀며 웃는다/ 문득,/ 삼라만상이 만개하네."(「만개」)

3. 권오휘 시집, 『가장 멀리 간 것들』, 상상인, 2025.

"가장 멀리 간 것들이/ 뇌리에 가장 선명하게 남아/ 내 안 깊은 곳에서/ 자꾸만 나를 불러 세운다."(「가장 멀리 간 것들」 4연 중 3연)

악착보살을 만나다

일자: 2025. 11. 18.
여행지: 청도

가을이 깊어간다. 청도 운문사엘 갔다. 운문사 솔바람 길이 좋아서 여러 번 걸으러 간 적이 있다. 그러나 정작 운문사 경내에는 들어가지 않고 지나가며 슬쩍 처진 소나무만 바라보았다. 운문사는 처진 소나무가 유명하니까 그것만 보면 운문사는 다 보는 것이라는 생각을 했으니 참 어리석은 일이었다. '악마는 디테일에 있다' 는 말을 떠올렸다. 문제점이나 불가사의한 요소가 세부 사항 속에 숨어있어, 어떤 일이 겉으로 보기보다 제대로 해내려면 훨씬 더 많은 시간과 노력이 필요하다는 뜻이다.

운문사는 청도군 호거산虎居山에 위치한 대한 불교 조계종의 비구니 전문 교육기관인 운문승가대학이 있는 사찰이다. 신라 진흥왕 때 창건된 유서 깊은 곳으로, 부속 암자인 사리암이 나반존자 기도 도량으로 유명하다고 한다. 경내에는 처진 소나무(천연기념물)와 보물인 대웅보전, 동·서 삼층 석탑 등 다수의 문화재가 있다. 사리암 들어가는 입구까지는 여러 번 가 본 적이 있지만 정작 사리암에는 가보지 못했다.

사리암은 나반존자 기도 도량으로 유명하다는데 나반존자도 몰랐다. 찾아보니 나반존자는 석가모니의 제자 십육나한 중 첫 번째 존재(독성존자)로 우리나라에서만 따로 섬기는 독특한 신앙 대상이며, 사리암과 삼성암, 해인사 희랑대가 대표 기도 도량이라고 한다. 그를 단독으로 그린 그림을 독성탱화로 부르며 독성각이나 삼성각에 모신다. 머리카락과 눈썹이 하얗고 천태산에서 홀로 수행하며 열반에 들지 않고 중생을 제도한다. 신앙적으로는 성취가 빨리 이루어진다는 소문이 나있다.

물든 은행나무 이파리가 휘날리는 돌담을 걸어 운문사 경내로 들어갔다. 그야말로 절정의 가을이다. 경내 입구에 있는 처진 소나무는 몇 번이나 보아도 감탄을 자아내게 한다. 대웅전 옆에 있는 감나무 한 그루, 감잎은 다 떨어지고 붉게 익은 감이 그야말로 꽃처럼 매달려 있는데 감탄하지 않을 수 없다. 카메라에 담지 않을 수 없다. 쉽게 만날 수 있는 풍경이 아니다. 감나무의 먼 배경으로 호거산 맞은편 희끄무레한 바위산도 일품이다.

경내 곁을 흐르는 계곡엔 참으로 맑은 물이 붉게 물든

나무 이파리들을 끌어안고 입 맞추듯 찰랑댄다. 오래 바라보고 있다가 발걸음을 옮겨 비로전 앞으로 갔다. 함께 간 박 시인이 여기 악착동자(악착보살)가 있다고 알려준다. 나는 부끄럽게도 악착동자의 존재를 몰랐다. 비로전 내의 천장에 동자상이 줄에 악착같이 매달려 있다. 악착같이 매달려 있다고 해서 악착동자라고 한다고 하는데 이름이 너무나 직접적이다. 악착동자에 대한 이야기가 흥미롭다.

살면서 덕을 많이 쌓았던 한 보살이 가족들과 작별 인사를 하느라 극락으로 향하는 배 '반야용선'에 오르지 못했는데 한참 뒤에 사공인 관세음보살이 이를 발견하곤 밧줄을 던져줬고, 죽을힘을 다해 줄에 매달려 결국 극락에 도달했다는 이야기다. 악착齷齪이란 말은 이가 꽉 맞물린 상태를 말하는데 일을 해 나가는 태도가 매우 모질고 끈덕지다는 의미를 가진다. 덕을 쌓은 사람은 위기가 있어도 극락으로 간다는 교훈을 줄 것으로 보인다.

영천의 영지사 대웅전에도 악착보살이 있는데 운문사 악착보살과 달리 매달려 있으나 표정에 여유가 있다고 한다. 사실 '악착'이란 말은 ㄱ 받침이 달린 글자가 연이어 있어서 세게 발음되어 거칠게 느껴진다. 그러나 끝까지 포기하지 않는 마음의 상징으로 불린다는데, 나는 살아오면서 뭘 악착같이 해본 게 있는가? 뭐든 악착같이 했으면 이룬 게 있을 텐데 그런 게 없으니 악착같이 살지 못했나 보다.

서쪽 3층 석탑 앞에 섰을 무렵 정오가 되었는데 범종루에서 은은히 법고가 운다. 범종루에는 사물이 있는데, 범종은 종소리가 지옥의 고통을 멎게 하고, 모든 중생이 깨달음을 얻게 하기를 기원하며, 법고는 북소리로 땅 위의 모든 짐승들이 고통에서 벗어나도록 제도한다고 한다. 목어는 물고기가 눈을 감지 않는 것처럼 수행자는 잠을 줄이고 끊임없이 정진하라는 경책의 의미이며, 운판은 구름처럼 공중에 떠다니는 모든 중생과 영혼을 제도하기를 기원한다고 한다.

그 법고 소리를 들으며 경내를 나와 절 앞 정원에 일중 선생의 글씨 자비무적慈悲無敵이라고 새긴 큰 돌 앞에서 호거산을 바라본다. 자비는 일반적으로는 '남을 깊이 사랑하고, 가엾게 여김, 또는 그렇게 여겨서 베푸는 혜택'으로 풀이되고, 불가에서는 즐거움을 주고 괴로움을 없게 함이라는 뜻을 갖는다. 사찰 정원 앞에서 보는 뜻이 색다르다. 한세상 살면서 적이 없이 산다는 것도 쉬운 일은 아닐 것, 나는 몰라도 나를 적으로 생각하는 사람은 없을까?

물든 단풍들이 휘날리는 돌담을 지나 주차장에서 목언예원으로 갔다. 이에르바에서 점심을 먹고 들풀시조문학관에 들렀다. 민병도 관장의 해설을 들으며 그의 열정에 거듭 놀란다. 목언예원 옆에 있는 박훈산 시비를 둘러보고 박○진 시인의 전원주택으로 향했다. 야트막한 언덕 위에 전망이 좋은 단정한 2층집, 사방의 자연을 둘러볼 수 있는 설계가 특이했다. 거실에서 차를 마시며 문인의 삶을 얘기하며 시간 가는 줄 몰랐는데 어둠이 짙어온다. 대구로, 아니 집으로 향했다. 오늘 내 마음의 일기日氣는 쾌청이다.

자책 대신 배울 점을

일시: 2025. 11. 26. 08:59
장소: 대가야CC

여명회 월례회 날이다. 지난 토요일 정말 엉망으로 골프가 안돼, 이제 그만 둬야 하나 하는 생각까지 했는데, 일요일인 23일에는 또 평균 스코어를 기록해 조금의 위안을 가졌다. 월요일과 화요일 연습장에서 하루 두어 시간씩 연습하고 수요일에는 잘 쳐 봐야지 다짐하고 있었는데, 또 마음에 차지 않는 스코어를 기록했다. 될 듯 말 듯 한 게 한두 번이 아니었지만 아무리 생각해도 내가 나를 이해할 수가 없다.

날씨가 추울 것이라는 예보가 있었지만, 티업 시간이 햇살이 퍼진 오전 아홉 시라 운동하기에 더없이 좋은 날씨였다. 첫 홀 파로 시작해서 오늘은 잘되려나 싶었는데, 어라, 또 안된다. 하루 엉망이었다가 그다음 하루 좀 나았다가 또 엉망이다. 안된다 생각하니 샷이 빨라지는 악순환이 거듭된다. 샷 하기 전에 천천히 쳐야지 생각하고 '느림의 미학'이라는 말을 중얼거려 봐도 백스윙은 제대로 하지도 않고 빨리 내려친다.

여명회에선 그래도 제일 잘 친다고 했는데 오늘은 그렇다고 말하기도 부끄럽다. 내가 바라는 것은 더블 보기 하지 않기와 공 하나로 전 홀을 다 치는 것인데 그것도 실패했다. 공을 세 개나 잃어버렸다. 오늘은 핑계를 댈 거리도 없다. 날씨는 좋고, 부아를 돋우는 동반자도 없고, 캐디도 최선을 다해 불편함이 없다. 그렇다면 원인은 내게 있다. 욕심으로 빨라지고 마인드 컨트롤이 안 된다. 마인드 컨트롤이 열다섯 번째 채라고 했는데 그 체가 문제일 뿐이다.

퍼블릭 골프장으로 같은 코스를 두 번 도는데, 오늘은 스코어 포기하고 마음 맞는 친구들과 잘 놀다 간다는 생각이나 하자 하고 욕심을 눌렀지만 그래도 되는 게 없다. 이번에는 잘 쳐야지 매 홀마다 다짐을 해도 공은 내가 원하는 방향으로 날아가지 않았다. 드라이버가 제대로 맞았다 싶으면 세컨드를 실수하고, 세컨드까지 잘 쳤다 싶으면 또 어프로치에 실수하고, 드라이버, 우드, 어프로치 다 잘됐다 싶으면 퍼터를 실수한다.

그렇게 실수만 연발하며 끝났다. 골프가 안돼 화가 나 있는데 목욕탕엘 들어가니 약을 올리듯이 욕탕에는 물이 없다. 뜨거운 물에 몸을 담그고 억지로 성질을 참아내려 했는데, 그마저 안되는 날이다. 돌아 나오며 카운터에 목욕비 내놓으라는 농담 같은 진담을 던졌다. 나와 식당으로 갔다. 점심으로 갈치 정식을 먹었는데 거참! 골프는 지독히도 못 쳤는데 밥맛은 났다. 공기밥을 하나 더 시켜 반 그릇을 더 먹었다.

하는 수 없다. 골프의 기본은 우선 아이언 샷을 바로 하는 것이다. AI에게 아이언샷 잘하는 법을 알아달라고 부탁한다. 그 대답은,

정확한 아이언샷을 위한 핵심 팁

- 다운블로샷: 공을 먼저 맞히고 앞쪽 디봇을 낸다는 느낌으로 눌러 쳐라.
- 체중 이동: 임팩트 순간 체중의 70~80%가 왼쪽 발에 있어야 한다.
- 핸드 퍼스트: 손이 헤드보다 앞선 상태에서 맞아야 일관된 비거리가 나온다.
- 일정한 리듬: 무리한 힘보다는 부드러운 스윙 궤적 유지에 집중하라.
- 시선 유지: 공의 뒤쪽이 아닌 공의 앞부분이나 공 앞 2~3cm 지점을 바라보고 스윙하라.

이렇게 알려준다. "무리한 힘보다는 부드러운 스윙 궤적 유지에 집중하라."는 말이 핵심인 것 같다. 그냥 멀리 보내기에 욕심이 생겨서 힘주어 치기만 했다. '힘 빼라', 세상사 다 그렇듯이 골프에서도 매우 중요한 말이다. 힘 들어가면 절대 부드러워질 수 없다. 연습장에서 이 말들 새기며 연습해 봐야겠다. 이렇게 필사라도 해보면 기억에 남아 좀 나아질까 싶어 필사까지 해보는 것이다. 부드러운 스윙 궤적, 몇 번 되뇌며 그렇게 하기로 다짐한다.

시가 작곡되어 성악으로 불려지다

공연명: 〈시詩와 선율, 대구를 노래하다〉
일시: 2025. 12. 2. 19:30
장소: 수성 아트피아 소극장

'봄은창작음악연구소' '봄은창작가곡프로젝트' 로 〈시詩와 선율, 대구를 노래하다〉 공연이다. 봄은창작음악 연구소는 2022년에 창단되어 2025년 대구광역시 지정 전문예술단체로 선정, 가곡, 뮤지컬, 클래식 등 다양한 장르의 음악을 창작, 연주한다. 작곡가 김보미를 중심으로 음악으로 공감과 이해, 위로와 감동을 전달하는 것을 목표로 삼고 있으며, 전국을 무대로 활동하는 전문예술인들이 참여하고 타 장르 예술과의 협업을 통해 확장된 레퍼토리로 차별화된 활동과 새로운 도전을 하고 있다.

오늘 공연은 (재)수성문화재단 수성아트피아 지역문화예술진흥 공연 작품 발굴 공모에 선정된 작품이다. 열 명의 시인(연령순으로 이하석, 강현국, 정호승, 문무학, 신홍식, 김재진, 윤일현, 김용락, 김미정, 조명선)이 참여하고 작곡가, 성악가 소프

라노 2, 테너, 바리톤에 첼로, 2nd 건반, 타악 등 19명의 예술가들이 참여했다. 막이 오르고 오프닝 공연으로 내 시 「호미로 그은 밑줄」이 연주되었다. 이어서 참여한 시인들의 시에 곡을 붙인 가곡들이 연주되었다. 연주곡 명을 소개하면, 시가 무대에 비치고, 사회자 중 한 사람이 시를 낭송하고, 낭송이 끝나면 가곡이 연주되고, 연주가 끝나면 방청석에 있는 시인을 소개했다.

전문 사회자가 아닌 김미정, 조명선 시인이 했는데, 품격 있게 이끌어 갔다. 관객들의 수준도 품위 있었다. 재미로 치자면 이보다 더 재미있는 공연이 많겠지만, 품격 있는 공연이라는 점에서는 빠지지 않을 무대다. 소규모였지만 소극장을 꽉 채운 관객을 모시고, 낭송하는 시를 듣고, 이어서 그 시가 노래가 되어 성악가가 부르는 노래를 듣고, 잠시 잠깐이지만 시인의 얼굴을 볼 수 있는 이런 기획이 그리 흔치는 않을 것 같다.

참여한 시인 중 김용락 시인이 내빈을 소개했고, 공연이 끝나고 멀리서 온 김재진 시인의 짧은 감상평과 하모니카 연주가 있었다. 정식 공연에서는 할 수 없는 이런 일들을 하는 것도 재미라면 재미다. 거부감이 아니라 친근감을 불러온다면 굳이 피할 일도 아니겠다. 시 낭송은 시를 쓰는 시인이 하는 것이 좋았다. 성악가들도 최선을 다했다. 다만 한 사람이 연주 중에 악보를 자주 봐서 연습이 되지 않았나 하는 느낌을 주기는 했다.

　오늘 발표된 가곡 중에 내 시는 「호미로 그은 밑줄」과 「그렇더라, 그렇더라」 두 편이다. 오프닝으로 연주된 「호미로 그은 밑줄」은 2008년 어머님 돌아가시고 쓴 부족한 사모곡이고, 「그렇더라, 그렇더라」는 내 기억에도 까마득하다. 지난 세기, 그러니까 1999년에 출판한 『달과 늪』에 실린 작품이다. 작곡가가 그걸 어떻게 선택하게 됐는지 알 수 없지만, 우리 어머니 한 번 또 그리워하고, 추억에 젖기 위해 옮겨 적어보고 싶다.

　「호미로 그은 밑줄」

　한평생 흙 읽으며 사셨던 울 어머니/ 계절의 책장을 땀 묻혀 넘기면서/ 호미로 밑줄을 긋고 방점 꾹, 꾹 찍으셨다.// 꼿꼿하던 허리가 몇 번이나 꺾여도/ 떨어질 수 없어서 팽개칠 수 없어서/ 어머닌 그냥 그대로 호미가 되었다.(『누구나 누구가 그립다』, 학이사, 1999. 55쪽)

　「그렇더라 그렇더라」

　살아보니 그렇더라 우리네 삶 속에서/ 기쁨은 가볍고 슬픔은 무겁더라/ 가벼워 쉬 사라지고 무거워 오래 남더라. 가벼워 낄낄거리고/ 무거워 허우적대며/ 삶이란 그리 살도록/ 짜여져 있는 연극/ 끝내는 기쁨도 슬픔도 그리움

쪽에 지더라. (『달과 늪』, 1999년, 만인사, 50쪽)

옮겨 적어보니 「호미로 그은 밑줄」은 어머니의 삶을 자식이 돌아보는 것이라 공감이 갈 수 있겠는데, 「그렇더라, 그렇더라」는 영 아니다 싶다. 참, 내가 써도 지독하게 못 썼다. 시의 문법은 어디다 다 팔아먹고 직설로 설익은 생각들만 나열되고 있다. 요즈음 쓰는 시도 나중 돌아보면 또 이런 생각 들지 않을까 하는 생각 소중히 받들어야겠다. 완벽한 작품 쓰기야 쉽지 않지만 그래도 흠 적은 작품은 써야 할 텐데…….

내 시에 곡을 붙인 작곡가, 아름답게 노래한 성악가, 반주자 및 연주자들 모두 고맙다. 작곡과 연주가 내 시보다는 윗자리에 있었다. 내 시에 곡을 붙인 노래를 익혀 부르고 싶지만 내가 가곡으로 부를 수는 없겠다. 그러니 자주 듣기나 해야겠다. 이 연주회 덕분에 오래된 내 시를 한번 돌아보게 된 소중한 시간이었다. 많은 세월이 지난 뒤에 읽는 내 시가 오늘 읽은 시처럼 실망스럽지 않도록 시조를 지을 때 한 편 한 편 땀을 뿌려야겠다.

왜 두 번일까?

제임스 M. 케인, 이만식 옮김, 『포스트맨은 벨을 두 번 울린다』,
민음사, 2025(1판 30쇄).

2025년 12월 '책으로 노는 사람들' 독서토론회는 송년회와 겸하여 하는 것이 몇 년간 지켜온 관례다. 연말연시 토론회 따로, 송년회 따로 하기가 곤란하니 합쳐서 하는 것이다. 그러니까 토론회가 조금 소홀해지는 듯한 느낌이 있다. 그래서 12월, 읽을 책은 얇고, 어렵지 않은 책으로 선정해서 적절한 토론회가 되도록 해야 한다. 이런저런 점 감안해서 제임스 M. 케인의 『포스트맨은 벨을 두 번 울린다』를 선택했다.

이 소설은 하드보일드Hard-boiled 문학의 대표작, 작가가 '누아르Noir 소설의 창시자'로 불리게 만든 작품이다. 하드보일드는 1920~30년대 미국에서 탄생한 추리소설 하위 장르로 범죄, 폭력을 감정 없이 건조하게 묘사한다. 냉정한 시선으로 서술하며, 도덕적 판단을 전면 거부한

비개인적 시점을 취하고, 고독한 사립 탐정이 부패와 범죄 속에서 진실을 파헤친다. 주인공은 도덕적 회색 지대에 있는 현실주의자라는 특징이 있다.

'누아르'는 하드보일드의 부분집합으로, 주인공이 탐정이 아닌 희생자, 용의자, 가해자인 경우가 많고 성적 관계와 자기 파괴적 경향을 강조한다. 제임스 M. 케인은 누아르 전통의 맹아를 제공한 인물로 평가된다. 하드보일드 문학과 누아르는 모두 어두운 분위기와 비정한 현실을 다루지만, 하드보일드는 냉소적 탐정 중심의 추리 소설, 누아르는 범죄와 윤리적 모호성을 강조한 영화, 문학 장르라는 점에서 차이가 있다.

작가는 1892년 미국 생, 워싱톤 대학 졸업, 신문기자, 1차 세계대전 참가, 저널리즘 교수,《뉴요커》편집장, 시나리오 작가 등 다양한 경험을 갖고 있다. 1934년 42세 때 엘프리드 크노프*에서 상재한 첫 번째 소설『포스트맨은 벨을 두 번 울린다』는 그의 첫 소설로 공전의 히트를 기록했다. 두 차례나 영화화 되어 성공을 거두었다. 이후『배액 보상』,『세레나데』,『밀드리드 피어스』등의 작품

---

* 출판사 명, 문학성과 디자인이 뛰어난 책을 출간하는 것으로 명성이 높으며, 많은 노벨상 및 퓰리처상 수상 작가들의 책을 펴냈다. 1915년 뉴욕에서 알프레드 A. 크노프 시니어와 블랑쉬 크노프가 설립했다. 현재는 팽귄 랜덤하우스의 자회사인 크노프더블데이출판그룹 산하다.

을 발표했으며 1977년 알코올 중독으로 사망했다.

이 소설은 떠돌이 프랭크 체임버스가 캘리포니아 외곽의 간이식당에 들르는 것으로 시작된다. 식당 주인은 나이 든 그리스인 닉 파파다키스였고, 그의 젊고 매력적인 아내 코라 스미스를 처음 본 순간 프랭크는 강하게 끌린다. 코라 역시 닉과의 답답하고 지루한 결혼 생활에서 벗어나고 싶어 했기에 두 사람은 불륜 관계를 시작한다. 닉이 사랑의 방해물이라고 생각한 그들은 살해할 계획을 세운다.

그들은 교통사고로 위장하여 닉을 제거하려 했지만, 첫 번째 계획은 실패. 두 사람은 더 치밀한 두 번째 계획을 세운다. 함께 여행을 떠나는 길에 자동차 사고를 위장하여 성공한다. 경찰과 검사는 이들의 행위를 의심하지만, 프랭크와 코라는 교묘하게 법망을 피하려 한다. 우여곡절 끝에 보험금 문제 등 복잡한 상황이 얽히며 두 사람은 서로에 대한 믿음과 불신 사이를 오간다. 결국 법적인 절차를 거치며 예상치 못한 방향으로 사건이 흘러간다.

여러 고난과 위기를 겪은 뒤 프랭크와 코라는 다시 함께 할 수 있을 것 같던 희망을 품지만 운명은 그들을 가만두지 않는다. 결국 코라는 뜻밖의 사고로 사망하게 되고, 프랭크는 코라의 살인 혐의를 뒤집어쓰게 되면서 비극적인 파국을 맞이한다. 소설은 교도소에서 회고록 형식으로 이 이야기를 털어놓는 것으로 끝난다. 1927년 미국에서 실제로 일어난 살인 사건을 모티프로 쓰였으며, 어둡고 비정한 현실을 냉정하게 그려낸 누아르 문학의 시초로 평가받는다.

소설을 다 읽으면 제목에 대한 궁금증이 생긴다. 해설자의 설명을 들어본다. 작가는 원래 '바비큐'를 제안했으나, 출판사에서 반대하며 '사랑이냐 돈이냐'를 제안했으나 작가가 반대하며, '검정 퓨마'나 '악마의 수표 책'을 제시하지만 출판사가 거절한다. 그러던 중 케인과 로렌스는 보낸 원고의 결과 때문에 우편배달부를 기다리는 처지를 얘기하다가 로렌스가 우편배달부가 오는 소리를 듣지 않으려고 가끔 뒷마당에 나가있다는 것, 그런데 자신이 들었는지 확인하려고 우편배달부가 언제나 두 번 벨을 울린다고 불평한다.

이 이야기를 듣고, 케인이 우편배달부가 가버리기 전에 언제나 두 번 벨을 울리거나 두 번 노크하는 영국과 아일랜드의 옛 전통을 기억해 낸다. 케인이 이것을 제목으로 제안하자 프랭크 체임버스의 운명을 묘사하는 데 적절한 은유라는 점을 로렌스가 인정하고, 크노프 출판사도 동의하여 이 제목이 붙었다고 한다. 한 권의 소설책 제목이 얼마나 신중하게 결정되는지를 잘 보여주는 일이다.

이 소설은 대공황기 미국을 배경으로 경제적 불안정 속에서 피어난 인간의 욕망, 도덕적 붕괴, 그리고 운명적 파국을 냉정하게 그려낸 누아르 문학의 대표작이다. 1930년대 초 미국 사회가 배경인데, 2020년대 세계 어느 도시의 배경이라고 해도 크게 어긋나지 않겠다. 표사에 적힌 '비정한 현실에 몸서리치게 하면서도, 한편으로는 현실에서 도피하려는 낭만적인 정서를 느끼게 하는 묘한 매력'을 지녔다는 데 동의하지 않을 수 없다. 특히 마지막 문장 "당신이 여기까지 읽었다면 날 위해, 그리고 코라를 위해 기도해 주길, 거기가 어디에든 우리가 함께 있기를,"(172쪽)에서 무심하기 어렵다. 그래서 영화로도 성공하고 고전의 반열에도 올랐다.

1. 이정하 산문집, 『사랑하지 않아야 할 사람을 사랑하고 있다면』, 마음사회, 2025.

"영국 작가 조지 기싱이 어느 날 고서점에서 꼭 읽고 싶은 시집 한 권을 발견하고 6펜스밖에 없었지만 6펜스를 주고 샀다. 며칠 굶을 각오를 하고. 훗날 돈이란 나에게는 마음을 번거롭게 할 만한 것이 못 된다. 나에게는 맛있는 음식보다도 더 욕심나는 것이 바로 책이다. 물론 도서관에 가면 볼 수 있으나 그것은 내가 가지고 있던 책과는 전혀 다른 것이다. 비록 다 해진 책일지라도 내 책을 읽는 것이 남의 책을 읽는 것보다 훨씬 좋다."(148쪽)

2. 김장배 수필집, 『달을 건지다』, 수필세계사, 2025.

"돌을 바라보는 마음의 수평선 위로 따스한 보름달이 떠오른다."(55쪽, 「달을 건지다」 마지막 문장)

3. 노중석 시선 가곡집, 『꽃들의 말』, 아트북, 2025.

"이제 곧 넉넉한 봄이 배달되어 오리라"(「이 순백의 나날 위에」 둘째 수 종장)

신라 천년의 고도 경주에 가다

일시: 2025. 12. 16. 09:00
여행지: 경주

경주, 국립박물관 신라금관 특별전에 갔다. 박○진 시인이 10시 30분 입장을 예약했기 때문에 9시 지묘동에서 모여 출발하기로 했다. 모두 시간을 잘 지켜 제시간에 출발했고, 예약 시간에 차질 없이 도착해 여유롭게 입장할 수 있었다. 신라금관 특별전은 2025 APEC 정상회의와 경주국립박물관 개관 80주년을 기념으로 104년 만에 처음으로 신라금관 6점을 한자리에 모아 전시하는, 말 그대로 특별한 전시다. 104년 만이라는 것은 1921년 금관총에서 처음 발견된 이후 국가 간 대여나 외부 전시를 중단하고 보호 모드에 들어갔기 때문이다.

박물관 측은 이 특별전의 주제를 '신라금관, 권력과 위신'으로 잡았다. 그것이 무슨 뜻인가를 짐작하기 어려웠지만, 전시관 내에 부착한 설명판 세 개를 통해 알 수 있었다. 설명을 잘 읽어보면 금관 특별전의 의미를 잘 알수 있을 것 같아 유심히 살펴보고 사진을 찍기도 했다. 전시되는 금관은 모두 여섯 개, 여러 기관에 나누어 보관하던 ① 교동 금관 ② 금관총 금관 ③ 금령총 금관 ④ 서봉총 금관 ⑤ 천마총 금관 ⑥ 황남대총 북분 금관이다.

전시장에 들어서자 그야말로 황금의 세계였다. 신라 금관과 금 장신구들이 발하는 빛으로 전시장은 온통 황금빛이었다. 황금의 색깔도 색깔이지만 금을 다듬은 섬세한 솜씨에 놀라지 않을 수 없었다. 수천 년이 지난 지금도 금관에 달린 장식물들은 처음 만든 그때처럼 흔들리고 반짝이면서 그 위용을 자랑하고 있었다. 아무리 오래 바라보고 있어도 싫지 않을 것 같았다. 금관에 장식된 금붙이들은 세월을 조롱하고 있는 듯했다.

이 금관들이 세상에 드러난 것은 1921년 경주 노서리에서 공사 중 신라 금관을 처음 발견하였고, 1924년 금령총 금관, 1926년 서봉총 금관, 1969년 경주 교동의 한 무덤이 파헤쳐져 작은 금관이 도굴됐는데, 1972년에 팔려다가 범인이 검거되어 회수되었다. 이 금관이 지금까지 가장 오래된 신라 금관이다. 1973년 천마총 발굴에서 말다래 그림인 천마도와 함께 크고 화려한 금관이 나왔다. 같은 해부터 1975년까지 발굴한 황남대총에서는 왕의 금동관과 왕비의 금관이 나왔다. 특히 왕비의 금관에는 다른 금관들에 없는 굵은 고리 드리개가 세 쌍이나 달려있었다. 다양한 금관의 등장은 신라가 금관의 나라임을 세상에 알리는 계기가 되었다.

신라는 왜 이렇게 금을 중히 여겼을까? 기원후 282년, 신라는 주변 나라에 사신을 보내어 자신들의 힘과 위상을 알렸다. 이때 왕은 자신을 부르는 이름을 마립간麻立干으로 바꾸었다. 마립간은 가장 높은 지위라는 뜻으로 왕이 특별하고 높은 존재임을 잘 드러낸다. 마립간은 자신의 신성한 권력과 위신을 빛나게 하기 위해 황금에 주목하였다. 황금은 신라에서 지배층만이 가질 수 있는 귀한 재료였고, 권력을 보여주는 강력한 상징이었다. 그 결과물이 금관이다. 금관은 오직 왕족만이 쓸 수 있는 특별한 상징물이었고, 금관에 달린 나뭇가지 모양의 세움 장식은 왕이 하늘과 이어진 존재임을 상징한다. 또한 금관은 왕의 특별한 지위를 알리는 표시였다. 금관은 단순한 쓰개가 아니라 신라의 정체성과 세계관, 왕의 권력과 위신의 상징이었다.

이 금관은 현 세계에서만이 아니라 죽음 너머까지 이어진 황금의 힘을 보여준다. 천마총 주인은 머리에는 금관, 귀에는 금귀고리, 가슴에는 금장식 가슴걸이, 팔과 손가락에는 금팔찌와 금반지, 허리에는 열세 개의 장식이 달린 화려한 금허리띠를 하고 있다. 이처럼 여러 황금

장신구로 몸을 치장한 모습은 그가 생전에 누린 부와 권력이 대단하였음을 보여준다. 또한 이러한 장신구를 무덤에 함께 넣은 것은 죽은 뒤에도 부와 권력이 이어지기를 바랐기 때문이다. 신라인들은 이승에서의 삶이 저승에서도 그대로 이어진다고 믿었다. 이를 계세사상繼世思想이라고 한다. 무덤에 묻힌 금관과 황금 장신구에는 당시 신라인들이 생각한 사후 세계에 대한 믿음과 바람이 담겨있다. 전시의 주제가 분명히 이해된다.

아쉬운 듯 금관 전시장을 빠져나와 신라 전시장으로 갔고, 그 전시장에서 석물 유적들을 유심히 바라보았다. 불교의 수호신인 금강역사상이 눈길을 끌었다. 특히 얼굴무늬 수막새의 미소는 깨진 수막새임에도 불구하고 그 미소가 참으로 신비했다. 아주 오래전부터 이 미소를 좋아해서 모조품을 서가에 보관하고 있으며, 두 번째 시조집에는 「미소」라는 작품으로 보관되고 있다. "흥륜사 처마 끝에 환했을 그대 미소/ 서라벌 밤 밝히던 신라의 달빛 재워/ 아득한 숨결 한 자락 지긋이 이어오는 ……// 다 보이지 않아서 궁금증 짙은 얼굴/ 감춰둔 턱 언저리 점 하나쯤 없었을까?/ 감은 눈 아련한 깊이 젖은 하늘 잠긴다."

전시장에서 만난 금동 말방울이 예뻤다. 내년이 丙午년이니 저 금동 말방울을 배경 사진으로 해서 연하장을 만들어야겠다고 생각하며 여러 장 사진을 찍어왔다. 전시장을 빠져나와 APEC 정상회담장을 별 관심 없이 둘러보고 나왔다. TV 뉴스로 보던 사진이라 감동은 물론 없었다. 박물관을 나와서 점심 식사를 했다. 경주 시내의 횟집이었는데 우리는 대구탕을 먹고 나왔다. 곧장 석굴암으로 향했다.

석굴암, 언제 와봤던가? 초등학교 수학여행으로 와본 것 외에는 떠오르는 기억이 없다. 더러 사진으로 보기는 했을 테지만 말이다. 주차장에 차를 세우고 10여 분 걷는 길이 참 좋았다. 깨끗하기도 했지만, 흙길이 고향 골목길을 떠오르게 해 포근하게 느껴졌다. 석굴암에 도착해서 오랜만에 왔으니 제대로 보자고 문화해설사에게 해설을 부탁했다. 석굴암, 8세기 통일신라시대 김대성이 창건한 세계 유일의 인공 석굴 사찰이다. 거친 화강암을 깎아 조립한 돔 구조로 수학적 비례와 치밀한 설계가 돋보이는 신라예술의 결정체라고 한다.

중앙의 석가여래좌상은 동해를 향해 있으며, 자비롭고 당당한 표정으로 조각술의 극치라는 평가를 받는다. 종교적 상징성과 독창적인 건축미를 인정받아 1995년 유네스코 세계문화유산으로 등재되었다. 현재는 보존을 위해 유리 벽 너머로만 바라볼 수 있다. 그것이 안타깝지만 보존을 위한 것이라니 아쉬움을 달랠 수밖에 없었는데,

석불은 유리 벽 너머로 본다고 해도 앞 건물을 석굴암의 위상에 걸맞게 했으면 좋겠다는 생각을 버리기 어려웠다. 너무 초라해 보였다.

석굴암을 나와서 경주 명물 황남빵을 사자고 빵집에 갔는데 1시간 반이나 기다려야 한다고 해서, 황남빵의 원조, 형님 집 최영화 빵집으로 갔다. 거기도 15분 이상이나 줄을 서서 기다려서 겨우 살 수 있었다. 식기 전에 먹어본다고 자동차에서 한두 개 먹어보는 맛이 달콤했다. 오늘 여행 맛이다. 어둠이 내리는 고속도로를 달려 출발지였던 지묘동으로 돌아왔다. 칼국수 집에서 뜨거운 칼국수로 뜨거웠던 마음들을 식힌다. 금관과, 수막새와, 말방울과 석굴암과…….

대곡지를 돌다

일시: 2025. 12. 22. 11:00
장소: 팔공산

건강을 챙기는 운동은 많이 하거나 잘하는 것이 중요한 것이 아니라 꾸준히 하는 것이 중요하다. 여름 날씨가 더워서 집 잔디밭을 맨발로 걸었지만, 기온이 낮아지기 시작하면서 계속하기가 어렵다. 하는 수 없이 걷는 시간을 바꾸었다. 낮에 걷기로 했다. 내 일상은 대개 아침 6~7 사이에 잠을 깨고, 잠을 깨서 제일 먼저 하는 일은 머리맡에 있는 책을 읽는 것이다. 대체로 8시까지 읽는다.

8시경 일어나서 아주 간단한 스트레칭을 하고 마루를 걷기도 하며 몸을 푼다. 그리고 손만 씻고 와서 아침 식사를 한다. 식사를 마치고 세수를 하고 집에서 나오는 시간이 9시 전후다. 곧장 골프 연습장으로 가서 약 2시간 동안 골프 연습을 한다. 골프장에 가는 날, 그리고 오전에 특별한 일이 없는 날은 꼭 연습장에 들른다. 워낙 골프가 잘 안되니까 무조건 그렇게 해보는데 어떨 땐 좀 나아지는 것 같다는 생각이 들지만, 연습을 열심히 해도 잘 늘지 않는다.

2시간쯤 연습하고 걷는다. 걷는 코스는 골프 연습장에 차를 세워두고 바로 한실골이라는 골짜기에 접어들어 대곡지를 돌아 나오는 코스다. 5천 보 코스다. 한실골은 비포장으로 맨발 걷기를 하는 사람도 많고 이 지역 사람들이 좋아하는 산책 코스다. 그리 깊지 않은 골짜기지만 자기 능력에 맞게 걸을 만큼 걸을 수 있는 곳이다. 속명으로 한실골이라 하지만 팔공산 왕건길로 명명된 곳이기도 하다.

한실골에 들어서서 조금만 걸으면 대곡지라는 자그마한 못이 나선다. 못은 작은데 못 이름은 대곡지다. 못둑이내 걸음으로 80보쯤 되니 약 50m가 될락말락하겠다. 그래서 50×100쯤 되는 못이다. 작지만 못이 갖추어야 할 것은 갖추어서 수양버들이 휘영청 늘어져 있고, 겨울에는 청둥오리도 수십 마리 나와서 먹이를 찾기도 하고 유유히 연못을 돌기도 한다. 그것이 좋아서 못가에 만들어 놓은 벤치에 앉아 오래 바라본다.

몸을 움직이는 것도 중요하지만 뇌를 움직이게 하는 것이 더 중요하므로 자연의 모습을 열심히 살피기도 하고, 물멍을 하기도 한다. 오늘은 동지, 아침 식탁에서 아내가 팥죽을 먹는 날이라고 코스트코에 팥을 사러 갔는데, 팥 사는 것을 잊어버리고 와서 팥죽을 못 끓여 미안하다고 한다. 신기하게도 팥 말고 다른 재료들은 빠뜨린 게 없단다. 웃고 말았지만, 웃을 일만은 아닌 것 같아 덜컥 겁이 나고 걱정이 되기도 한다. 제발 나쁜 병은 아니어야 할 텐데…….

지금까지 내 걷기는 대체로 1만 보가 기준이었다. 그러다가 금년 들어서는 걸음 수를 좀 줄였다. 이런저런 정보들을 살펴보니 나이 들어서 많이 걷는 것이 좋지 않다고도 하고, 생각해 보니 무조건 많이 걷는 것이 좋을 일도 아닐 것 같다. 그래서 하루 생활 걸음을 포함해 7천5백 보 정도로 줄여 걷는다. 이 정도는 아직까지 부담이 되지 않는데 부담스러워지면 더 줄여 걸을 것이다.

대곡지 벤치에 앉아 그야말로 온갖 생각들을 하지만, 오늘이 동지라 아무래도 가는 세월에 대한 생각이 없을 수 없다. 내 나이를 내가 생각해도 끔찍하게 많다. 절대로 적은 나이가 아닌데 무엇을 위해, 무엇을 욕심낸다 말인가 싶다. 그러다가도 욕심내는 것과 도전하는 것은 다르다는 생각을 해보기도 한다. 나이가 들었다고 모든 것을 포기하고 죽는 날이 오기만을 기다리는 것이 좋은가. 아무리 생각해도 그건 아닐 것 같다.

오래 살기 위해서가 아니라 살아있는 동안 건강하게

살아있기 위하여 오늘 내가 할 수 있는 일을 해야 한다. 운동뿐 아니라 정신을 깨우는 일도 게을리하지 말아야 한다. 한편 생각해 보면 일생 중 지금보다 더 행복한 시간도 없었다. 노인이 되니, 하기 싫은 일 하지 않아도 되고 내 하고 싶은 일만 하고 살 수 있으니 이보다 더 좋은 일이 어디 있는가? 욕심부릴 일은 절대 아니지만 도전할 일이 생기면 도전해 보는 것은 나쁘지 않겠다는 생각을 추스른다.

벤치에서 일어나 언덕길을 내려온다. 내려와서는 동화 천변의 운동 기구를 활용하는 스트레칭을 해본다. 허리돌리기, 자전거 타기, 어깨 풀기, 자전거 타기 등 장난삼아, 있는 운동 기구들 다 한 번씩 건드려본다. 운동하는 것이 아니라 건드려본다는 말이 맞다. 그리고 자동차가 있는 곳까지 걸어온다. 그러면 대략 6천5백 보. 나머지 천 보는 생활 속 걸음으로 하는데 다 차지 않는 날은 9시 뉴스를 보면서 거실을 걸어 7천5백 보를 채운다.

2025년 '문화로 노는 시니어'라는 제목을 걸고 주 마다 독서, 예술 관람, 스포츠, 여행 중 한 가지씩을 실천하고 글을 써왔다. 오늘 이 글이 2025년 마지막 주 52주째 글이다. 일 년 내 한 주도 빠뜨리지 않고 이어왔다. 뿌듯하다. 아니 그러고 보니, 일 년이 아니라, 『책으로 노는 시니어』, 『예술로 노는 시니어』에 이어 온 작업이니 3년

동안 잘 지켜온 일이다. 잘했다. 이 일을 계속해 왔기 때
문에 내가 건강하게 살고 있다. 그건 분명한 일이다.

2025년

해적이

2025/01

01 : 《창조문예》「신년 설계」,「가슴 덥히는 시 한 편」 발표

06 : 『예술로 노는 시니어』 원고 학이사 송부

15 : 계간 《유심》(2025 여름 호/재창간 8호) 원고 청탁 계약

16 : 〈대구신문〉 디카시 신춘문예 시상식 참여(심사위원)

20 : 책으로 노는 사람들 제96회 독서토론, 고골리『외투 · 코』

23 : 아양아트센터 신년 음악회 참석

24 : 서울문화재단 2025 원로예술 지원사업 선정 통보 받음(세종
     의 처방전)

31 : 기차 여행(동해남부선, 동대구-강릉)

2025/02

01 :『예술로 노는 시니어』 발간, 뜻밖에

   0314 : 〈영남일보〉 예술로 노는 시니어, 매주 한 장르 예술소
          비로 활력 있게 사는 시니어 삶(임훈 기자)

   0320 : 〈대구일보〉, 새 책) 예술로 노는 시니어(송태섭 기자)

   0320 : 〈경북매일〉, 문무학 시인,『예술로 노는 시니어』 출간
          (한상갑 기자)

12 :《에세이스트》 2025 대표 에세이 수록 작품 심사

   2024 발표작 300여 편 중 1차 80편 선정, 작가 상호 심사 60

   편 수록

17 : 책으로 노는 사람들 제97회 독서토론, 김주혜『작은 땅의 야
    수들』제1부
18 : 바람직한 출판 계약의 방법 간담회 참석(사이에이전시 주
    최, 동대구역 회의실 103호)
19 : 백수문학제운영위원회 참석, 백수동시조문학상 제정 발의-
    통과(11시 김천예총사무실)
20 : 대구간송미술관 첫 상설 전시 관람(2025. 1. 16.~5. 31.)
24 : 버스 여행(고령)
25 : 작곡가 전우정, 가수 금빈(윤차옥), 「호미로 그은 밑줄」, 「무
    싯날」 작곡 취입한 노래 가지고 방문
27 : 2025 원로예술지원사업 선정자 간담회 참석(서울문화재단
    대학로센터 2층)

2025/03

07 : 이호우 이영도기념회 운영위원회 참석(12시 상락)
10 :《유심》 여름 호 작품 송부(「세종의 처방전」 ㄱ, ㄴ, ㄷ, ㄹ,
    「오독사전」 번드르르, 비스듬히, 생게망게, 「無字詩」)
11 : 중국 시안, 낙양 여행(대구-인천-시안) 실크로드 시작점, 서
    원문거리, 서안 성벽, 회족거리, 종루, 고루, SHERTON XIAN
    CHANBA 호텔
12 : 양귀비 발자취/홍경궁, 화청지, 진시황 병마용갱, 진시황릉,
    진시황 지하 궁전, 실크로드 쇼 〈낙타의 방울소리〉, SHERTON

XIAN CHANBA 호텔

13 : 화산 북봉/중국고속철도 CRH 낙양/RAMADA BY WYNDHAM
    LUOYANG

14 : 숭산소림사 용문석굴, 백거이 묘, SHERTON XIAN CHANBA
    호텔

15 : 시안 인천 대구 도착

《나래시조》2025 봄 호, 김보람, 현대시조 창작노트 ④ '시각
적 은유와 감각의 확장' 에 「중장을 쓰지 못한 시조 반도는」
외 1편 수록

17 : 책으로 노는 사람들 제98회 독서토론, 김주혜 『작은 땅의 야
    수들』, 제2부

19 : 운곡 김동연 선생 초청 청주 여행(고인쇄박물관, 운보의 집,
    초정행궁)

20 : 2025 참꽃문화제 원고 송부(「봄, 비슬산」)

엄기백, 김종완 외 2025 대표에세이 『그래도』(에세이스트사,
2025)에 작품 「디지털 다바이드」 수록

21 : 아양아트센터 기획 〈팔공산예술인회 및 올해의 선정작가 초
    대전〉 오프닝 참가

출품 작품 〈홀소리 ㅣ〉(서예 심원 작)

레이디스 싱어즈 단가 가사 2편 송부

25 :《대구문학》5, 6월 호 원고 송부(「세종의 처방전」 ㅁ, ㅂ, ㅅ)

28 : 백천 서상언 〈한글매화도 미디어아트전〉 관람(문화예술회
    관 10 전시실)

31 : 구미문화재단 전문예술인 활동지원사업 심사

2025/04

01 : 《대구문화》 2025년 4월 호 '이달의 신간' 에 『예술로 노는 시
         니어』 소개
03 : 구미문화재단 전문예술인 활동 지원사업 심사
04 : 경북대 칠곡병원 건강 검진
15 : 김인주 원장 시 낭송 콘서트 축사 송부
21 : 책으로 노는 사람들 제99회 독서토론, 이숭원 『동주 시, 백 편』
23 : 구스타프 클림트 레플리카 전시 관람(아양아트센터)
25 : 《강원시조》 작품 송부(「세종의 처방전」 ㅇ, ㅈ)
26 : 이윤수 문학상 심사
28 : 『책으로 노는 시니어』 한국출판산업진흥원 2025년 제1차 오
         디오북 제작 지원사업 선정
29 : 2025 대구문협 해외문학기행 기행문 「세 곳, 세 사람, 세 가
         지 볼거리」 송고

2025/05

07 : HCN 〈영상자서전 - 인생〉(고령 향교 앞, 14시)
12 : 《좋은시조》 여름 호 신작 소시집 작품 10편 송고(「세종의 처
         방전」 ㄲ, ㄸ, ㅃ, ㅆ, ㅉ, ㅊ, ㅋ, ㅌ, ㅍ, ㅎ)
12~13 : 청파회 골프 투어(창녕 힐마루CC)
12~15 : 〈색동 입은 훈민정음〉 전시 관람(세종문화원, 세종특별

자치시 조치원읍 문화로 17)

14 : 세종문화원 전시 관람

19 : 책으로 노는 사람들 제100회 독서토론, 《책 노린 책》 2호(대
구출판산업지원센터 대강당)

100회 기념 특강 '독서토론 왜 하는가? 독서는 영양제 토론
은 강장제, 서평은 치료제'

20 : 〈색동 입은 훈민정음〉 전시 관람(세종문화회관 한글갤러리,
종로구 세종대로 175, 5. 20.~6. 15.)

24 : 류종필 개인전 〈DNA of love〉 전시 관람(Gallery WIZARTS,
5. 19.~31.)

25 : 《대구문학》 200호 발간 축사 송부(「《대구문학》 200호, 새로
운 출발점으로」)

27 : 이희숙 시조집 『화답을 기다리는 시간』 해설 원고 송부(「긍
정과 순수로 빚은 희망의 빛살」)

30 : 대구문인대사전 원고 송부(프로필 대표작 10편-「바다」, 「우
체국을 지나며」, 「인생의 주소」, 「물음표」, 「조사」, 「호미로
그은 밑줄」, 「뿐」, 「無字詩」)

유키 구라모토 콘서트 〈Peacefully(작지만 소중한 것들을 위
한 찬사)〉 관람(19시 30분, 아양아트센터)

31 : 김인주 시 낭송 콘서트(달성피부과개원 40주년 기념, 16시,
한영아트센터) 팸플릿에 축사 수록

04 : 〈쓰고, 그리고, 찍고〉 전시(서예가 류재학, 서양화가 정태경,
　　　사진가 이영기) 관람(IM GALLARY)

06 : 책으로 노는 사람들 문학 기행(세종문화회관 한글갤러리,
　　　색동 입은 훈민정음전, 교보문고 광화문점, 윤동주문학관)

09 : 한국시조시인협회 동시조문학상 심사(오송역)

14 : 대구레이디스싱어즈 창단 302주년 기념 제30회 정기연주회
　　　관람(콘서트하우스 그랜드홀)

15 : 《시조문학》 가을 호 원고 송부(「세종의 처방전」 ㅏ, ㅐ, ㅑ,
　　　끝소리 없음, 끝소리 ㄱ, 끝소리 ㄲ)

16 : 책으로 노는 사람들 제101회 독서토론, 버지니아 울프 『등대로』

18 : 이풍경 수필집 『분홍 유도선』 표사 원고 송부

20 : 강현국 시집 『경과보고』 출판기념회 참석

21 : 민병도 시조집 『새벽 물소리』, 동시조집 『구름과자』 출판기
　　　념회 참석, 축사(들풀시조문학관)

25 : 《시조문학》 여름 호 지상시화전 「세종의 처방전」 ㅏ, ㅐ, ㅑ,
　　　끝소리 없음, ㄱ, ㄲ 6편 게재

26 : 백수문학상운영위원회 참석(11시 김천예총회관)

27 : 작곡가 이연 선생 만남(17시 인터불고 커피숍)

30 : 《시조미학》 가을 호 원고 송부(「세종의 처방전」 끝소리 ㅐ,
　　　ㅕ, ㅖ)

　　　『문협시조분과사화집』 원고 송부(욕소재, 「세종의 처방전」
　　　끝소리 ㄳ, ㄹ, ㅊ)

2025/07

01 : 2025년 공직문학상 1차 심사(서울 용산구 인스파이어 비즈니스센터 9AB호실)

03 : 제8회 피아니스트 남자은 반주 리사이틀 공연 관람(수성아트피아 소극장)

04 : 창작 뮤지컬 〈설공찬〉 관람(문화예술회관 팔공홀)

18 : 《대구문학》 200호 발간 기념식 참가(15시 대구문화예술회관 달구벌홀)

20 : 《죽순》 원고 송부(「아홉산에서」)

《시와반시》 기획 송부("문화정책의 지양과 지향, 새 정부에 바라는—")

21 : 책으로 노는 사람들 제102회 독서토론, 김동인 외 『한국단편문학선 1』

25 : 필사 시조집 원고 2편 송부(「그냥」, 「연필로 쓰는 글자」)

30 : 팔공문화원 주최 오찬 참가, 일본 나가사키 현대미술가 〈링아트〉 그룹 동석

2025/08

05 : 이호우 이영도 문학상 관련 청도군수 면담

07 : 고령군수 면담, 대구신문 기획실 팀

08 : 《도동문학》 작품 6편 송부(「세종의 처방전」 ㅘ, ㅞ, ㅛ, ㅝ,

ㅔ, ㅟ)

시화전 원고 송부(「뿐」)

《강원시조》 40집 「세종의 처방전」 ㅇ, ㅈ 발표

09 : 광복 80주년 기념 서울특별시 태극기 언덕 게첨 시조 송부

（「다시 찾은 빛으로」)

10 : 《시조정신》 권두시 송부(「세종의 처방전」 끝소리 ㄷ, 가운뎃

소리 ㅚ, 끝소리 ㅄ)

13 : 통영문학상(김상옥시조문학상) 심사

15 : 《문학저널》 원고 송부(「세종의 처방전」 끝소리 ㅅ)

18 : 책으로 노는 사람들 제103회 독서토론, 사르트르『말』

19 : 통영문학상 심사평 송부(「가장자리와 개와 늑대의 시간을

벗어나다」)

20 : 『세종의 처방전』 시조집 출간 원고 책만드는집 송부

《국제시조》 원고 송부(「불자동차」)

21 : 김천 백수문학제 운영위원회 참석

대구시조 세미나 발표 원고 송부(「반거들충이 시조론, 삼관

삼도」)

25 : 《시조미학》 2025 가을 호 「세종의 처방전」 끝소리 ㅐ, ㅕ, ㅖ

발표

30 : 〈대구시조시인협회 2025 여름 세미나〉, 「반거들충이 시조

론- 3관3도」 발표(11시 국채보상운동기념도서관)

《개화》 34집 원고 송부(「세종의 처방전」 끝소리 ㄵ, ㄶ, ㄹ)

30 : 소산 박대성 개인전 〈화여기인〉 관람(리안갤러리)

31 : 《세종문단》 원고 1편 송부(「감국」)

『따슨 볕 등에 지고: 일역. 오늘의 한·일 정형시집』에 「어떤 역설」 일역, 수록

2025/09

01 : 일본 구마모토대 이현옥 교수 면담

04 : 학이사독서아카데미 '册을 策하다' 강의

09 : 백수문학제 운영위원회 참석(11시)

　　〈대구의 시혼 음악으로 피어나다-시조 가을, 가을 시조〉 공
　　연 관람(19시 아트팩토리 청춘)

11 : 학이사독서아카데미 '篤하게 讀하다' 강의

12 : 백수문학제 운영위원회 참석(14시)

14 : 경상북도 문예 대전 심사(14시 영주시립도서관 상상홀)

　　대구국제무용페스티발 참가(19시 문화예술회관 팔공홀)

16 : 문상직 화백, 대구시문화상 예술 Ⅱ 수상, 시상식 영상자료
　　촬영(9시)

17 : 김경옥 시조집 『노송지대 꽃길에 앉아』 해설 원고 송부(「나
　　를 찾는 시조, 시조를 찾는 나」)

18 : 학이사독서아카데미 '서평을 위한 독서법' 강의

19 : 시하늘 이희숙 북토크 대담(19시 떡본가)

20 : 진주 개천예술제 시낭송대회 지역 예선 심사(14시 출판지원
　　센터)

21 : 책으로 노는 사람들 제104회 독서토론, 정지용 『향수』(옥천

카페 향수길 33)

책으로 노는 사람들 문학 기행(기차 여행, 옥천 정지용 생가)

25 : 학이사독서아카데미 '독서토론' 강의

《대구문학》'줌인, 나의 문학' 원고 송부(자선 작품 「바다」,

「우체국을 지나며」, 「인생의 주소」, 나의 삶, 나의 문학(산문)

「반거들충이 군말」)

26 :《대구시조》 연간집 원고 송부(발표작 「감국」, 신작 「세종의

처방전」 ㅣ, ㄲ, ㄲ, ㄳ, ㄶ, ㅄ)

『세종의 처방전』 신간 소개 자료 보냄

제1회 대구 아리랑 학술대회 좌장

27 : 아리랑 축제 대구아리랑 소개(봉무공원)

28 : 2025 월드 오케스트라 페스티벌, 벨기에 국립교향악단 연주

회(백혜선 협연) 관람

30 :《가람시조》 원고 송부(「세종의 처방전」 ㅕ, ㅖ, ㅗ)

대구광역시 문화상 시상식 참가

2025/10

01 : 대구예총 시상식, 퍼레이드 심사(17시 30분)

〈경북일보〉『세종의 처방전』 신간 소개('한글소리로 빚은 언

어 치유')

〈경북매일〉『세종의 처방전』 신간 소개

03 : 도동시비문학상 심사(11시)

09 : 열한 번째 시조집 『세종의 처방전』 발행

여주 영릉(英陵, 세종대왕, 소현왕후의 합장릉) 참배

10 : 백수문학제 기념문집 원고 송부(「세종의 처방전 끝소리」ㆆ)

12 : 정혜진독주회 관람(반주 남자은, 특별출연 이은경, 수성아

트피아)

15 : 문인육필 김민정 시집 『들었다』 출판기념회 참석 및 작품

전시회 관람(인사동 한국미술관 3층)

《고령문학》 2025 원고 송부(「세종의 처방전」 끝소리 ㅌ, ㅍ, ㅎ)

〈매일신문〉 [주목 이 책] 『세종의 처방전』 신간 소개

『꽃에게 별에게 그대에게: 하루 한 줄, 나를 깨우는 우리시

필사 노트』에 「그냥」, 「연필로 쓰는 글자」 수록

16 : 〈대경일보〉 『세종의 처방전』 신간 소개('훈민정음 정신 담

은 현대시조')

학이사독서아카데미 '문장과 작문' 강의

20 : 웹진 《문예마루》 창간호에 신간 리뷰 원고와 작품 송부(「저

물녘의 대화법」)

《정형시학》 화제의 시조집 원고 송부(「세종의 처방전」 가운

뎃소리 ㅜ)

책으로 노는 사람들 제105회 독서토론, 김동인 외 『한국단편

문학선 2』

23 : 학이사독서아카데미 '작문과 비평' 강의

24 : 이호우 이영도문학상 시상식 참석(16시 40분)

이자규 『붉은 절규』 발간 기념 시낭송회 대담(18시 30분)

25 : 제9회 도동시비문학상 시상식 심사 소감 발표

26 : 《은시문학》 초대 작품 송부(「오독사전 · 16-반짝반짝」)

　　 《대구일보》 문향만리 「세종의 처방전」 첫소리 ㄲ 이정환 해설

30 : 학이사독서아카데미 '서평 개론' 강의

　　 《달성문학》 2025 제17집 「봄, 비슬산」 수록

31 : 대구문학관 〈오늘의 문장들〉 프로그램 출연, 『세종의 처방

　　 전』 발간 대담

　　 이상화 시인 생가 '라일락 뜨락' 폐업 위로

2025/11

01 : 시의 날 기념으로 구상문학관 관람(경북 칠곡군 왜관읍)

　　 대구문학관 문학방송국 〈오늘의 문장들〉 블로그 탑재

　　 웹진 《문예마루》에 『세종의 처방전』 신간 안내 및 작품 「저

　　 물녘의 대화법」 게재

　　 《대구문학》 2025 11/12 제202호, '줌인, 나의 문학' 에 「바

　　 다」, 「우체국을 지나며」, 「인생의 주소」, 산문 「나의 삶, 나의

　　 문학」 게재

03 : 《시인시대》 '시각과 시각' 원고 송부(「세종의 처방전」 끝소

　　 리 ㅍ)

04 : 〈경북일보〉 객주문학상 심사

05 : 한국방송통신대학 국문과 동인지 《반월》 원고 송부(「감국」)

06 : 학이사독서아카데미 '문학도서 서평' 강의

07 : 대구 예총 고문 및 회장단 간담회 참석

13 : 백수문학제 운영위원회 참석

　　　학이사독서아카데미 '비문학도서 서평' 강의

14 : 이윤수문학상 시상식 참석(심사위원)

15 : 달구벌 전국 시낭송대회 축사 및 심사

17 : 책으로 노는 사람들 제106회 독서토론, 2025 노벨문학상 수

　　　상 작가 크러스너호르커이 라슬로 『사탄탱고』

20 : 학이사독서아카데미 '종합 정리' 강의 및 11기 수료식

22 : 제15회 백수문학제, 문학상 시상식 참가(15시 백수문학관)

24 : 대구 색동회 인터뷰, 회지 「만나고 싶었습니다」

25 : 《창조문예》 문인들의 신년 설계 원고 1.5매 송부

　　　대구색동회《색동사랑》, 「만나고 싶었습니다」 인터뷰 원고

　　　송부

28 : 시조튜브 〈문무학의 시조 외전〉 1. 기획 의도, 2. 시조와 언

　　　어, 3. 시조와 삶 녹화

29 : 《내 마음의 보석 상자》 2, 여는 시 동시조 「책」 발표

2025/12

01 : 《정형시학》 2025 겨울 호, 신상조 「오래된 미래 되기」에서

　　　「역주행」, 화제의 시조집으로 『세종의 처방전』 소개

　　　《대구예술》 2025 겨울 호 '새책 소식' 에 『세종의 처방전』 소개

　　　《국제시조》 2025 통권 9호 「불자동차」 중역 수록

　　　《시조21》 2025 겨울 호 '성국희가 읽은 단시조' 「사람이 사

람 돼야지 물건 되면 어쩌냐」에「세종의 처방전」첫소리 ㄱ,
ㄴ 수록

02 : 창작음악연구소 봄은 창작 가곡 프로젝트〈시와 선율, 대구
를 노래하다〉공연 관람(19시 30분 수성아트피아 소극장)

04 : 백수문학제 운영위원회 참석

05 :〈영남일보〉대구문협이 추천하는 이달의 지역작가 도서에
『세종의 처방전』소개
《고령문학》2025 제29집 출향 문인 초대작「세종의 처방전」
끝소리 ㅌ, ㅍ, ㅎ 게재
《도동문학》2025 제10집, 권두시「세종의 처방전」ㅊ, ㅜ, ㄱ
발표

12 : 경주시 산내면 紅流山房 (김조수 시인) 방문
《시인시대》2025 겨울 39, '視覺과 詩角' 에「세종의 처방전」
끝소리 ㅍ 수록

13 : 경북대학교 융합기술경영대학원-AI활용 창의적 K-한류 아
이디어 발굴 워크샵 참석(9시 30분 경북대학교 총동창회관
2층 위니텍 라운지)
'K-컬처 한국어에 대한 심층적 이해' 특강
제3회 단시조문학상 시상식 참가, 수상자 신필영(16시 한영
아트센터)

15 : 책으로 노는 사람들 제107회 독서토론 및 송년회, 제임스 M.
케인『포스트맨은 벨을 두 번 울린다』
《좋은시조》2025 겨울 호, '시집 속의 시한편' 에「세종의 처
방전」첫소리 ㄱ 소개

《시조문학》 2025 겨울 호, 한영번역 「오독사전 6」(이정자 역)

수록

16 : 경주국립박물관 신라금관특별전 관람 및 석굴암 기행

19 :《고령문화》「바람도 고향 바람은」 송부

23 : 〈대구신문〉 2026 신춘 디카시 심사

31 : 『문화로 노는 시니어』 원고 학이사 송부

문화로 노는 시니어

지은이｜문무학

초판 발행｜2026년 2월 1일

펴낸이｜신우철
펴낸곳｜뜻밖에
출판등록｜제25100-2021-000005

대구광역시 달서구 문화회관11안길 22-1(2층)
전화_(053) 522-0700　팩시밀리_(053) 554-3433
전자우편_book0700@naver.com

ISBN_979-11-995329-1-5　03810